半邊藍天

半分、青い。（3）完結篇

日本戀愛之神・金牌編劇
北川悅吏子

緋華璃
黃薇嬪——譯

目次

二〇〇〇年　東京

煩人的電鈴聲響起。

鈴愛回到家，原本正準備晚餐，不得已只好關掉瓦斯爐的爐火，走向藤村家。

按鈴喊人的是光江。

打開門，只見她兩眼通紅，一看到鈴愛突然說了句：「這個故事真好。」

鈴愛這才發現她手上拿著《瞬間盛開》的漫畫，聽說是涼次借她看的。光江感動不已，頻頻拭淚，並問：「妳明明可以畫出這麼美好的故事，為什麼不繼續當漫畫家了呢？」

她的語氣裡沒有半點玩笑意味，所以鈴愛也很正經地回答：「我想大概只能說，就是時候到了。」

「我懂，我們家也是，我也覺得就是時候到了，才會關掉三月兔。」

三月兔這個店名，據說是光江等人的父親從《愛麗絲夢遊仙境》的瘋帽、三月兔和愛麗絲一起喝茶的場景得到的靈感。光江拿下架上的相框遞給鈴愛。照片上是一臉天真無邪的小光江，以及應是她父親的男子。光江戴著《小婦人》故事裡那種格外華麗的帽子。

光江炫耀說，那是她出生後的第一頂帽子，也是父親做給她的帽子。從她的聲音、她的表情，鈴愛明白光江心中有著強烈的後悔。雖說光江明白結束的時候到了，但心情上還是沒那麼容易完全接受。這種感覺鈴愛也懂。

「田邊先生剛才打電話來談進貨的事，我聽他說妳對於店裡生意提了不少有趣的點子？」

看樣子這才是這場對話的重點。

鈴愛垂眸表示歉意。「抱歉，那是因為我之前不懂加盟店的規矩。」

「不不，沒事。其實我也考慮過趁著這個機會結束加盟。」

「什麼？」鈴愛愣住，目光深深看向光江。

光江的眼神很認真。「大納言這種俗氣的店名差不多該結束了，我們兩個來想想類似三月兔這種好聽的店名吧。」

光江望著半空中，沉溺在自己的念頭裡。

「妳從明天起就是店長，我想把那家店交給妳。妳就是那家店的社長了！」

鈴愛沒想到光江會說這種話。該怎麼回答才好呢？她說不出話來，只是僵在原地。這時紙拉門嘩啦一聲打開，麥和瑪麗衝了進來。

她們兩人拚命勸著光江，說現在家裡的財務狀況已是如履薄冰，如果退出加盟，只怕連冰都沒得踩。但光江坦白自己早知道家裡的情況，卻還是一直有「想靠自己再開一次帽店」的念頭。她說她想賣自己的帽子。

麥臉上的表情凍如寒冰，她拿起幾個光江在房裡到處堆放的帽盒，說：

「大姊的帽子已經賣不掉了！這種東西跟垃圾沒兩樣，我要拿去去掉。」

「住手！」光江淒厲大喊，扯住麥的胳膊。

麥大叫著：「我們家沒錢！」反手抓住光江。

鈴愛原本以為瑪麗會上前制止眼前混亂的互抓舉動，沒想到她也說：「那些都是垃圾。」

替麥助陣。互抓演變成了慘烈的互毆，光江在兩個妹妹的攻擊下披頭散髮，仍執意應戰。她們三人眼裡已經沒有鈴愛的存在了。

鈴愛試圖介入調停，卻一次次被撞飛出來。於是她決定自暴自棄，開始大聲唱起竹內瑪利亞的《別再打架了》，而且故意把「兩個人」的地方改唱成「三個人」。

差不多唱到第一段結束，姊妹三人總算停手。

三姊妹一臉不可思議地看向正在喘氣的鈴愛。

在一段詭異的靜默之後，光江開口說肚子餓了，麥和瑪麗也立刻表態說自己也餓了。三個孀孀聊起晚餐要吃什麼，這氣氛教人很難想像三人方才還在互扯打架。家人關係真了不起，鈴愛忍不住佩服，接著主動舉手提議。「要不要煮烏龍麵呢？」

工作人員朝祥平行禮之後離開。

電影製作已快要進入尾聲，這天也有很多工作人員進出「Cool Flat」事務所。忙到現在這時已經很晚了，還留在事務所的只剩下祥平和涼次兩人。祥平停下手上工作，說了聲：「我們小酌一下吧。」就打開冰箱拿出罐裝啤酒。

原本專注工作、甚至忘記口渴的喉嚨，受到氣泡的刺激，感覺很舒暢。祥平看到涼次吐出一口氣放鬆，交給他一張合約，那是《追憶的蝸牛2》的DVD合約書。祥平說會用第一筆ＤＶＤ版稅收入把錢還給涼次，他一直很介意讓涼次填補資金缺口這件事。涼次想到這樣就能讓鈴愛放心，也鬆了口氣。

「抱歉。」見涼次低頭道歉，祥平皺眉表示他沒必要道歉，接著仰頭一口灌下啤酒，又變成一張監護人的表情凝視涼次。

「你總是為我做很多，幫我很多，但是涼次，你也差不多該拍自己的電影了吧。你已經二十八歲，也結婚了。等《追憶的蝸牛2》結束，我也會幫你，由你獨立製作。」

「謝謝……」

聽到祥平說肚子有點餓，涼次立刻起身。「啊，我去做飯。」

比起談自己的電影，為祥平做事比較輕鬆。

「對了，涼次，你的劇本寫完了嗎？拿去賣錢用的電影劇本。」

涼次看著冰箱裡，聞言臉上表情瞬間一僵。

「你老是說寫了寫了，我卻連一次也沒看過。」

「啊……我用剩飯做西班牙海鮮飯可以嗎？」

涼次把臉塞進冰箱裡說著，假裝沒聽到，但祥平可不會任由他這般唬弄。

祥平吃著涼次做的西班牙海鮮飯，喝著啤酒，再次問他劇本寫了沒。涼次放棄掙扎，老實招供自己目前還沒有寫完任何一部完整的劇本。

「劇本只寫到一半，不是因為你每次事情做一半就膩了的關係嗎？」

「有時確實是因為覺得膩……還有因為害怕，也懷疑自己沒有能力支撐到故事的最後……我可以說說自己的想法嗎？」涼次定睛注視著祥平。

祥平覺得不自在，但還是溫柔地說：「什麼想法？」

「每次故事結束時，我都會覺得寂寞。我討厭自己創作的故事結束。」

祥平的表情似懂非懂。涼次想要盡量讓他多少理解自己的想法，繼續說：「小時候不是會這樣嗎？翻閱自己喜歡的圖畫書、小說、《十五小英雄》[1]時，都會在心裡希望不要結束、不要結束。書中的世界結束時總是令人覺得寂寞。我希望故事永遠都能停在一半；一想到故事的世界一旦有了結局就會結束，我的這裡就會一陣緊揪，使我無法繼續寫下去。」

涼次按著胸口一臉難受，光是想像都令他痛苦。

「有了結局的話，主角、配角們也就不在了，所以我不想打上結束的標誌。這些想法是我第一次說出來。我很不正常吧？」

「那是因為你對作品的愛很深。我也不是不懂，所以我拍了續集電影。明明應該結束，卻拍了《追憶的蝸牛2》。涼次，你只是很獨特、很純粹罷了。」

聽到祥平溫柔的話語，涼次垂下頭。他很清楚自己說的話有多麼不像話。這就像畜產農家不願意放手賣掉親自養大的牛。這種態度有失專業，而涼次很顯然缺乏專業人士的自覺。

「既然這樣，你要不要換個做法，把現有的作品改編成劇本？」

聽到祥平出乎意料的建議，涼次抬起頭。

「目前已有的作品、小說之中，應該有你喜歡的作品吧？這種作品早就有結局，已經寫到最後了，不如你拿這種作品改編成劇本試試？」

「啊……我沒想過還有這一招。但像我這樣默默無聞、還不是正式導演的人，我想知名作家應該不會願意把原作交給我翻拍。」

聽到涼次的話，祥平苦笑。

「不，我不是叫你立刻就改寫劇本或開拍電影，總之你先把作品改寫成劇本，養成寫完劇本的習慣，這才是重點。什麼作品都可以，我要你做的是好好把劇本寫完。」

「原來如此！既然是已經有結局的故事，讓它結束就沒有罪了。」

涼次忍不住拿著啤酒站起來。祥平勾唇微笑。

「嗯，就是這個意思。我想我說得太多你也無法理解，不過我和你相識夠久了，多少也懂你。我欣賞你這種連蟲子都不願殺的性子。，畢竟連拍攝《追憶的蝸牛》用的蝸牛死掉時，你還為牠們辦追悼會。」

「所以我有時也會說錯，說成《追悼的蝸牛》。我沒想過可以拿小說練習改編劇本……不過我前面說得那麼冠冕堂皇，也許最後會發現那只是我無法把劇本寫完的藉口。」

1.《十五小英雄》（*Two Years' Vacation*），法國小說家朱爾．凡爾納的小說，一八八八年出版。內容描述十五名少年在無人島生活了兩年的冒險故事。

「唉……我想……應該是。」

聽到祥平這麼一針見血，涼次默默承受著打擊。藉口，的確是，除了藉口還能是什麼？

祥平見涼次就這麼僵在原地，輕咳一聲，說：「總之，不管是想當電影導演或作家，很多人在創作第一部作品時都無法堅持到最後，這種人只能算空談，連起跑線都沒有站上去。所以涼次，別猶豫了。」祥平拍了拍涼次的肩膀。

涼次的眼神沒什麼自信，仍舊緩緩點頭。

鈴愛站在藤村家的廚房裡煮烏龍麵。

雖然是簡單的料理，不過她對於菱本教她的高湯有些自信，也慶幸自己當煮飯小幫手時經歷過嚴苛的訓練。嬸嬸們一邊吃一邊讚嘆鈴愛迅速煮好的烏龍麵好吃，更驚訝鈴愛居然會做菜。她們原本以為鈴愛什麼也不會。

「打完架，肚子就餓了。」聽到光江的話，麥小聲竊笑。「對，我們從以前就是這樣。每次姊妹們一打完架，就會像這樣一起吃東西。」

鈴愛微笑聽著她們的對話。

大家一起吃著烏龍麵，鈴愛這才首度有機會與三個嬸嬸輕鬆閒聊。光江提到自己以前曾經嫁去大阪，因為丈夫有了年輕的小三，才會離婚回到東京。在大阪生活期間養成的大阪腔，在她回到東京之後就全忘了，但她覺得大阪腔比較有趣，所以講話習慣帶著大阪腔的風格。

令人驚訝的是瑪麗。鈴愛還以為她與麥一樣未婚，沒想到瑪麗面無表情地表示自己是已婚人妻，因為與丈夫吵架，所以離開世田谷的住處，此後夫妻兩人分居。

「我本來是想著，他如果來接我，我就跟他回去，哪知道他卻沒來。老公沒來接我，大概是工作忙吧。」說完，瑪麗吃了口烏龍麵。

鈴愛小心翼翼地問她離家多久了，瑪麗面不改色地說：「大約兩年了吧。」

鈴愛無話可說。

大家姑且交代完各自的狀況後，麥開始說起野鳥的話題。或許她平常就是這樣，光江和瑪麗以一臉很難判斷有沒有在聽的表情喝著燒酒。鈴愛一邊準備下酒菜一邊喝燒酒，聽著麥說話。她雖然對野鳥不感興趣，不過麥說的內容意外有趣。

聽完麥介紹從北極飛往南極的北極燕鷗，鈴愛莫名受到吸引。那種鳥能夠以小小的身軀往返半個地球。她在腦中想像著那種鳥的模樣。

「真羨慕鳥兒的自由……」

聽到自由一詞，原本沉默的光江突然有了反應。她一臉醉意，又提起要退出加盟、自己開店、讓鈴愛當店長的話題。光江似乎比眾人想像地更認真把這件事當成一回事。

鈴愛端正原本放鬆的姿勢，重新面對光江說：「謝謝妳願意讓我當店長。我喜歡工作，也希望妳讓我繼續在大納言工作。可是當店長……」

「妳沒自信嗎？」

鈴愛輕輕搖了搖頭。「那個……我是因為個人因素辭掉漫畫家工作，然後與阿涼相遇，得知了他有遠大夢想。他說想要成為電影導演，有這麼遠大的目標，而我卻放棄了自己的夢想。所以我懂，我懂人在憧憬夢想時很美，只是待在一旁看著，都能感染到那股幹勁。再加上阿涼是很好的人，所以我希望今後能夠繼續支持他。」

三個嬸嬸默不作聲看著鈴愛。

鈴愛笑了笑。「過去我一直活得很自私。為了實現自己的夢想，我很努力，可是我今後打算為別人而活，所以店長這個位子對我來說負擔有點沉重，也會減少我幫阿涼的時間。」

「我說妳啊，妳是想要完全退居幕後嗎？」

「我希望阿涼能夠像普通燕鷗一樣徜徉天際，在我無緣飛上的天空翱翔。」

菱本告訴她，要找到屬於自己的天空，而她找到的是涼次的天空。涼次的天空今後也是自己的天空。

這時候門喀啦一聲打開，涼次連滾帶爬撲進來。「鈴愛，謝謝妳！」

只見他雙眼溼潤，似乎在門外偷聽許久。

「妳的心情我懂。我會加油，我會努力成為電影導演！」

涼次伸手放在鈴愛的雙肩上，傾身這樣宣誓。鈴愛在他堅定的氣勢下點點頭。

「總之我會把劇本寫完！」

涼次注意到鈴愛看過紙箱內容物了，於是他對鈴愛發誓，這次一定會寫到最後。

「真的嗎？」瑪麗雙眼緊盯著涼次。

他自信滿滿地拿起一本書，是人氣女作家佐野弓子的新作《無名鳥》。

「我要把這本書改編成劇本，然後成為電影導演。」涼次堅定宣告，眼神坦蕩，沒有半點陰霾。他拿書宣誓的氣魄，彷彿是今後要改變世界的革命家。

「好，」光江說完，也倏然起立鼓掌，「我沒想到有生之年能夠看到這孩子宣誓！」

瑪麗喃喃說：「這孩子不是經常在說這種話嗎？要當卡爾・劉易斯[2]、要當馬克安諾等等。」

光江的眼中泛著淚光，熱情鼓掌，沒把瑪麗的話聽進耳裡。

「加油，涼次。」麥也跟著起身板著臉鼓掌。

鈴愛也被光江逼著站起來，由衷送上鼓勵。「加油，涼次。」

最後，瑪麗也心不甘情不願地加入，眾人一同為涼次鼓掌。

「謝謝妳們，我會加油。」

涼次一臉激動，細細凝視著在場每個人的臉。最後他與鈴愛四目相接，沒有逃避，全心全意接納她真心的支持，以及情深意重的承諾。

---

2. Carl Lewis，美國田徑運動員。

二〇〇二年　東京

儘管已經有原著小說，涼次的劇本還是遲遲無法完成。

涼次這段日子很用心在寫劇本，但一來他之前不曾寫完任何劇本，二來這劇本不管他怎麼寫都只顯得自以為是，說明不夠完整。

鈴愛和三個嬸嬸每次閱讀涼次的劇本，都會不解地偏著頭。這種時候，涼次就會戰戰兢兢地問哪裡寫得不對，再下來的日子就是不斷地、不斷地修改。他已經改到快要心灰意冷，幸好有鈴愛去大納言工作支持家計。

鈴愛也有過不停推翻故事架構重寫的經驗，因此十分明白涼次的心情。她努力忍著不去開口干涉，也竭盡心力省錢度日，等待著劇本完成的那天到來。

兩年後，二〇〇二年初夏，等待已久的時刻終於來臨。

鈴愛剛從大納言回到家，就得知涼次的劇本完成了。這件事就寫在涼次臉上——不是打比方，而是真的以麥克筆寫在涼次的臉上。他對於自己總算完成劇本，興奮到紅光滿面；明明沒有喝酒，卻像喝醉似的。

鈴愛一邊笑一邊伸手想要立刻看看稿子。涼次一瞬間猶豫了一下。儘管只有一瞬間，鈴愛還是沒忽略他遲疑著沒交出稿子的反應。

「阿涼，你是想要讓祥平先生第一個看到劇本，是嗎？」

「妳知道呀？」

「嗯，我猜的。」

「鈴愛，對不起。」

鈴愛笑著搖頭。「沒關係，畢竟他比任何人都希望你能成為電影導演。祥平先生也等你很久了，快把劇本拿去給他看吧。」

涼次點頭，抓著稿子立刻就往玄關去。鈴愛跟在他後面，在他身邊蹲下之後露齒一笑。

「不過我要當第二個喔。」

「嗯，當然！」涼次以坦蕩蕩的乾淨視線承諾，短暫抱了鈴愛一下，就一溜煙地跑向「Cool Flat」事務所去。

祥平讀完涼次的劇本，立刻喜悅到臉上放光，直說寫得很棒，又說：「有了這個就能爭取到原作授權改編電影了，佐野弓子也會同意吧！」

聽到祥平的話，涼次臉上也亮了起來。他一直很崇拜祥平，只要有他一句稱讚，涼次就覺得很開心。

「劇本寫得很好，沒有破壞原作的氣氛。哇，這個可以拍出佳作呢！啊，我立刻去找斑目先生談談。」祥平正打算討論今後的具體發展時，門鈴就響了。

他立刻收斂表情去開門，一名陌生男子走進來，是電視購物商品影片的製作人。

這陣子祥平完全沒有電影方面的工作。兩年前《追憶的蝸牛2》票房慘淡，製作費無法回本，造成嚴重赤字。從此以後，他幾乎是仰賴接這類影片製作工作維持生計。祥平也沒有交代得太詳細，所以涼次也沒有問得太深入。

「導演，拜託你幫幫忙，我們似乎有什麼誤會。我們不是搞藝術的，影片也不是要拿去參加電影獎。」男子的語氣裡大有嫌棄之意。

接著，他放出影片，單方面指出每個不行之處。男子指正：字體要大、要用紅色，要有鋸齒框，好突顯刻度湯杓的標價。

祥平解釋這樣會破壞畫面平衡，對方不耐煩地嘆氣說：「啥？算了，你實在太難搞了。你要講這些東西，我就去找別人做，反正想接這份工作的人要多少有多少。」

對方說完就準備離開。

祥平突然用力吞下原本要說的話，上前拉住男子。「我改。」

聽到他這麼說，涼次無法去看他的表情。

男子只留下「明天早上之前改好」一句話，就抱怨著離開。

祥平解釋自己沒有能力，又不能沒有工作。涼次立刻跳起來，離開「Cool Flat」事務所，逃也似地回到鈴愛等待的別館。

看到鈴愛閱讀劇本時露出的燦爛笑容，涼次心中原本湧現的暗黑霧靄逐漸消失。

「好棒！阿涼，你有辦法把故事寫成這樣真了不起。」

「妳不覺得那個女主角很像妳嗎？那種野丫頭的感覺，還有說話語速很快的地方。」

「語速很快？這個女主角哪有語速很快？」

鈴愛帶著輕鬆的語氣說完，舉高劇本原稿躺在地上。

「這故事真有意思，有點像我呢。是以我為參考嗎？」

「自然而然就變成這樣了。」

「自然而然？」鈴愛倏地坐起，睜大雙眼。「阿涼，這劇本很有意思，你一定會成功！」

涼次點頭，緊緊摟住鈴愛。兩人回顧這兩年的歲月，手裡拿著劇本原稿，緊緊相擁。

* * *

斑目從祥平那兒聽說涼次寫了劇本，儘管覺得沒希望，還是向佐野弓子的編輯打聽授權翻拍電影的可能性。畢竟提到佐野弓子，業界普遍都知道她不准筆下的作品拍成電影。

沒想到立刻就得到回應，佐野弓子答應前往祥平的事務所。聽說佐野弓子是《追憶的蝸牛》的影迷，很想見見電影獎得主。事實上，原因是什麼都無所謂，斑目認為這是個好機會，便著手安排佐野弓子的拜訪行程。

現身「Cool Flat」事務所的佐野弓子感覺有些性感嬌媚。就在斑目戒慎恐懼的問候時，她突然站起身欣賞獎盃，並開心地說：「哇，看到了！這個就是那個吧。」她的一舉一動全都自由過了頭，祥平不禁覺得這種人就是天才。

看佐野弓子終於回到沙發來，斑目立刻遞上涼次寫的劇本。

涼次本人不在場，因為斑目覺得來人太多很失禮，所以只安排自己和祥平到場。祥平原本覺得劇本又不是他寫的，對此安排還有幾分猶豫，斑目卻力勸祥平，說佐野弓子是他的影迷，所以祥平必須在場，這才說服他。斑目為正在看劇本的佐野弓子介紹，稱涼次是剛嶄露頭角、相當有才華的新進導演。

「剛嶄露頭角，也就是還沒有什麼成績，是嗎？」佐野弓子的話就像刀子般犀利。

斑目一拍自己的額頭，心想不妙，正打算開口諂媚一番，祥平搶先一步開口：「涼次一直跟在我身邊擔任導演助理，他非常優秀且有熱誠。」語氣平靜而真誠。

「是這樣嗎？」佐野弓子以小鳥般烏溜溜的眼睛看向祥平。「既然元住吉導演這麼說，我就看看這劇本吧。」

佐野弓子當場開始看起劇本。「看起來寫得不錯。可以給我一點時間嗎？我想要現在就看。啊，我在過來的路上有看到一間咖啡店，我去那邊讀完再回來，我需要專心。你們在這裡等我。」說完，她連一個眼神都不給，大步流星地走出事務所。

祥平等人儘管錯愕，還是起身送她離開。

「老師一向任性。」跟著佐野弓子過來的編輯有些自豪地說。

斑目重重點頭，說：「天才都是如此……」

佐野弓子遲遲沒有回來。幾個男人沉默地喝著咖啡等待。後來，編輯的電話響起，斑目的電話也響起，兩人一起離開座位。祥平望向空咖啡杯，苦澀心想，自己以前也經常被人說任性，但從某個時候起，便不再有人這麼說了。

他突然聽到小小的喀嚓聲，祥平抬起頭。

佐野弓子打開一條門縫，探頭進來。「嗨……我看完了。」

不曉得她為什麼要小聲說話。佐野弓子走進屋內，不可思議地看了看四面八方。

「咦，其他人呢？」

祥平告訴她，另外兩個人出去講電話了。佐野弓子在回來的路上應該有碰到他們，不過她一溜煙趕著回來，所以沒留意到他們。

「嘿！這個劇本寫得真棒，很有趣。」

佐野弓子立刻遺忘其他不在場的人，那張興奮的小臉閃閃發光。

祥平清楚她是個想到什麼就說什麼的人，而這句話對於他來說，也像是自己得到稱讚般開心。

「真的嗎，對吧？寫得很棒吧！」

「我要拍，我把這個拍成電影！我想拍，這個劇本真的很厲害，我喜歡！」

「真的？妳真的是說真的嗎？涼次，不對，森山老弟一定會很高興！啊……應該稱森山涼次先生才對。他這個人……非常，有才華。」

有嗎？他想。祥平的表情變得有些陰鬱。

不過佐野弓子完全沒放在心上，心情大好地繼續說：「翻拍電影的事就這麼說定了。只要有我出面就不會有人反對，即使是出版社也是。」

「請問……」祥平開口那瞬間，還沒有反應過來那是自己的聲音。他就這麼不由自主地開了口。「不能由我來拍嗎？」

「什麼？」

「《無名鳥》，不能由我來擔任導演嗎？」

工作……我想要有工作。這情況就像把食物擺在快要餓死的人面前一樣，他的腦子裡，此刻只剩下食物。近在眼前的這份工作，他想要。

祥平抬眸凝視佐野弓子，眼中始終閃爍著晦澀的光芒。

斑目把涼次找去「Cool Flat」事務所，告訴他決定用他寫的劇本拍成電影，但導演會是祥平。斑目說，佐野弓子無論如何都要祥平當導演，否則不同意拍攝。涼次一直以為只要自己努力寫出好劇本，就能打開導演之路，所以他無法接受這殘酷的現實。

「電影不能交給我導，對吧……啊，不過我很高興我寫的劇本受到認同，而且我的劇本將由祥平哥來拍。我好像在作夢。」

儘管如此，涼次還是勉強保持微笑。但祥平沒有回以笑容，只是以陰鬱的表情低著頭。

「你以後還會有當導演的機會。」斑目不負責任的話，聽來空洞無意義。

涼次無精打采地回到家。

鈴愛從回來的涼次口中聽聞這件事，氣沖沖表示難以置信。

「那個劇本不是阿涼的嗎？不是阿涼花了兩年時間寫的嗎？」鈴愛不停重複地質問。

事實上，涼次也很想對斑目他們怒吼。

涼次對鈴愛鞠躬。「對不起。」這兩年都是鈴愛在賺錢養家，涼次只負責寫劇本。

「你用不著道歉啦！」鈴愛氣憤難平地說，「可是阿涼那麼努力，為什麼卻變成祥平先生去拍？劇本明明是阿涼寫的啊！」

「我下次會再努力。」這句話的空洞程度，不輸給斑目。

《無名鳥》被譽為佐野弓子的最高傑作，翻拍電影的消息一出，立刻引起話題。

《無名鳥》是一種雖確定存在，卻無人見過、世人認為最美的鳥，本書就是尋找這種鳥的故事。如何把無名鳥實際拍成影像，不止書迷期待，多數民眾也樂見其成。

除了無名鳥，電影中還會出現許多鳥類。

涼次拜託麥幫忙提供野鳥知識。既然祥平希望懂鳥類生態的人幫忙，他就推薦了麥。

「你也太爛好人了吧？電影導演的工作都被祥平先生搶走了不是嗎？」

聽到光江這麼說，涼次微笑著，不知該如何回應。

「不是被他搶走……」

負責拍攝《無名鳥》電影的是祥平。叫涼次繼續去當他的導演助理確實不好受，但如果自己不去幫忙的話，祥平一定會擔心。祥平最近急速消瘦，經常帶著失魂落魄的表情發呆，大概是在煩惱著要如何拍攝《無名鳥》電影，被那股壓力飽受折磨吧。

涼次回到別館，翻開《無名鳥》的劇本開始畫分鏡表，想像如果是自己的話，會用什麼樣的手法呈現世界最美的鳥。若墨守成規，無論多美的鳥，拍出來都只會顯得無趣。他希望這部電影不是讓觀眾直接看到最美的鳥，而是利用看不到，去挑動觀眾的想像。

他全心投入畫起分鏡表，恍然回神才丟下鉛筆。心情悲傷，沒有半點愉悅，做這種事根本毫無意義，但他還是忍不住悄悄把分鏡表完成。畫滿分鏡表的筆記本已經累積了好幾本。

「我回來了！」

聽到鈴愛的聲音，涼次想要藏起分鏡表，卻已經來不及了。

鈴愛一邊嚷嚷大納言今天難得有很多客人，一邊走進來。她注意到涼次沒能藏起來的筆記本，聲音戛然而止。

「阿涼……你連分鏡都畫好了呀？」

聽到鈴愛溫柔的嗓音，涼次微微點頭。他低著頭，覺得無法放棄這部電影的自己很沒用。但鈴愛沒有說話，只是抱住涼次，包容他的不甘。

祥平來到電視台的櫃檯前，介紹自己是《無名鳥》的電影導演，希望和佐野弓子見個面。這天，佐野弓子預定要上《News 11》節目，宣布確定拍攝《無名鳥》的電影。

祥平被人領到休息室。他悄悄觀察室內，看到弓子正在上妝。

弓子看到祥平憔悴的臉龐，什麼也沒問，先把其他人趕了出去。直到休息室裡只剩下兩人，祥平吞吞吐吐說出想要請辭導演一職。

他也對斑目說了同樣的話，但斑目駁回，並說事到如今已經來不及了。

祥平考慮了許久，認為還來得及逆轉情況的人，只剩下佐野弓子。

「那個劇本是森山涼次的作品，請讓他來拍攝，讓他擔任導演，拜託妳了！」

祥平深深鞠躬。

「可是……我記得不是有人說，原著作者佐野弓子要求導演必須是元住吉祥平，否則就不給翻拍……嗎？」

弓子說的話在祥平心中擲下沉重的大石。

「這世道就是這樣，不是嗎？」弓子補充。

「事實上不是妳要求必須由我拍……」祥平抬起頭迎向弓子的視線。他不準備繼續敷衍，也不打算逃避。「老師，妳當時原本是打算讓森山涼次擔任導演，是我，在那個時候開口說了能否讓我拍。」

「對，你開口時的樣子，就像被拋棄的小狗。」弓子失神地笑了笑，「你當時的眼神很汙穢，就像在說：『啊啊，有沒有什麼工作可做呢？』」

弓子說這些話的意圖，顯然就是要傷害祥平。

祥平緊咬牙根，勉強克制住自己。「那個時候正好沒有其他人在場，房裡只有我們兩人。我原本就打算把這件事當成祕密帶進墳墓。只能怪我一時鬼迷心竅。」

「所以你說說你想要怎麼做？」弓子突然語帶輕佻地問。

「我希望趁現在把一切導回正軌，讓涼次擔任導演——」

聽到祥平的話，弓子輕蔑一笑。「哪有可能？贊助商和電影公司都已經敲定了，怎麼可能全盤推翻？你的腦子還在嗎？」弓子以食指敲了敲腦袋，「你已經無法抽身了。」

這句話就像詛咒。

「我覺得你和我很像，就是你偶然跟我兩人獨處，對我說：『不能由我來拍嗎？』的那個時候。」

「很像？」

「我是個作家卻沒有上過大學，家裡又窮，因此我虎視眈眈等待出道的機會。對！我去出版社附近的咖啡店打工，認為這樣或許有機會認識出版社的人。只要看到掉在桌下的名片是主管階層，我就會把稿子送上去！賭對方或許會因此記住我的長相。我就是靠這種方式一步步走到現在這個高度，像一隻敏捷的貓，無論多渺小的機會都不肯放過。我為此做過許多不道德的骯髒事。那個時候，你那雙『用我當導演』的眼神，讓我想起曾經害怕明天到來的自己。」

弓子慢條斯理地交疊雙腿，語帶同情地說：「問題在於你是好人。好人不行，如果不成為壞人，無法在這世上存活，因為活著就必須與人競爭。即使第一個衝過終點線，很快下一輪比賽又要開始了，我們必須不斷朝著終點線奔跑。這份工作就是這樣。」

祥平以深不見底的雙眼看著弓子。這個女人一路與人賽跑，絲毫不受影響，迎向他的視線。這時敲門聲響起，女助理通知弓子差不多要進棚錄影了。

「好的。」弓子起身朝門走去，又轉過身來。

「我要去錄影了，期待電影成品。試映的時候見了。」輕輕說完，弓子關上門。

留在休息室裡的祥平動也不能動，始終以晦暗的雙眼凝視著空無一物的地板。

晚餐時，涼次放在桌上的手機響起。

「啊，是祥平哥。」

涼次立刻接起電話。「是我。」

電話裡傳來的聲音聽來遙遠又含糊不清。

「我知道，怎麼了？」涼次問，把電話貼緊耳朵想要聽清楚聲音。

「涼次，對不起，原諒我。」還來不及問他什麼意思，他就把電話掛了。

涼次緊握著電話，看向鈴愛。

心中莫名有股不安，涼次連忙回撥回去，對方卻已經關機。

***

麥抱著大量的鳥類資料，敲了敲「Cool Flat」事務所的門。

她已經敲了好幾次，卻沒有得到任何回應。要她在這時間把資料送過來的人正是祥平，所以麥認為他不可能出門了。她突然想起開會時祥平那張憔悴不已的臉，擔心他會不會是昏倒在屋裡。

「祥平先生，祥平先生？」麥喊著，轉了轉門把。門一下子就開了。

麥小心翼翼走進昏暗的事務所。她聽見風聲，看到窗簾翻飛。

風從敞開的窗子吹進來，這景象使得麥的心臟差點停止。

她連忙跑向窗子看向樓下，不過沒看到她以為會看到的東西。麥倚著窗框鬆了一口氣。

這時她注意到餐桌底下，在那兒看到低聲痛哭的祥平。

「祥平先生！」麥快步上前。

「沒死成……」只聽見祥平蜷曲著身子喃喃自語。

「我太害怕了所以沒死成。」祥平反覆說著，臉上滿是淚水。麥輕拍他的背。

祥平維持這個姿勢，斷斷續續地懺悔自己的罪。

他偶爾失神，睨向窗子。那眼神令麥感到害怕，她一直輕拍著祥平的背直到天亮。

到了早上，祥平主動向斑目坦承一切。

他一直反覆說著要去向涼次道歉，接著也對陪他到早上的麥鞠躬，希望麥同意他去藤村家道歉。麥有些遲疑，仍應允了。她認為，涼次有權親自從祥平的口中聽到真相，或許也能減輕祥平心裡的愧疚。

斑目也來到了藤村家。他很驚訝自己離席時發生了那樣的事，也自責自己只顧著佐野弓子的要求，卻奪走了涼次擔任導演的機會。

涼次只是一臉痛苦，沒有說話。

「不原諒！」鈴愛連涼次的份一起憤怒。「這兩年，涼次是以什麼樣的心情在寫劇本，我是如何在大納言不停地工作加班，大家、大家都是為了阿涼的導演夢啊，為了幫助阿涼實現成為電影導演的夢想！」

「我說妳，妳現在這些火氣是要撒給誰看？祥平先生又還沒來。」

聽到光江這麼說，鈴愛垮下肩膀，重重嘆氣。

「他如果人在這裡的話，我沒把握自己能說出這些話，所以我要趁著他還沒來，先把這些怒氣全部吐光。畢竟如果害得他真的尋死，我也會很困擾，而且他是阿涼很重要的人。」

「鈴愛，這些話不能說。」原本一直鬱鬱寡歡、默不作聲的涼次靜靜開口，「妳剛才講的那些話，絕對別對祥平哥說。」他望著前方，不看鈴愛，語氣堅定地交代。

「知道啦。」鈴愛聲若蚊蠅地回答。

不一會兒，瑪麗就領著祥平進入客廳。

涼次怯怯凝視著難得打扮正式的祥平。

祥平承受不了他的注視，垂著眸。「涼次……對不起，是我對不起你。」

他差點就要跪下磕頭，涼次拚命抓住他的胳膊阻止。

「祥平哥，你把臉抬起來。」

「你也知道我最近的狀況……沒有工作，下一部電影也沒有著落。我太心急了才會……」

聽著都覺得難受。自己原本一直嚮往、喜歡的人，如今卻在自己面前脆弱顫抖。

「我不會求你原諒，也沒有想要得到你的原諒。我只是，過來向你道歉。很抱歉，這件事是我對不起你。」

涼次沒有開口。

打破沉默的是斑目。他早就沒了對涼次的歉意，腦子裡只有重要工作要如何完成。斑目對祥平訴說現實，殷切地闡述目前有多少人為這個電影計畫動起來，但祥平仍堅持自己的想法。眼見勸不聽，斑目只好轉向遊說涼次。

「他說要辭掉這部電影的導演工作。」

涼次這才得知祥平的打算。

「這樣會很困擾、很難處理……」一旁的斑目不斷呻吟。

「祥平哥，」涼次開口，「我問你一件事，就一件事。那個劇本，我寫的、我改編的《無名鳥》劇本，你覺得有趣嗎？」

「嗯，當然。」

「看了會讓你覺得很想自己拍嗎？」

「嗯……想。」

明白祥平說的是真心話，涼次輕輕笑了笑。「這樣的話，我覺得很榮幸，也很開心能夠寫出元住吉祥平想拍的劇本。你拍吧，請讓這部作品問世，麻煩你了。」涼次朝祥平深深鞠躬。

鈴愛什麼話也不能說，只能面對著地板。原本盈滿雙眼的淚水猛然湧出，一顆顆落在地毯上，緩緩滲入、擴散。

涼次沒有掉一滴淚，始終掛著淡淡微笑。

這天之後，涼次就自我放逐了。

坐在面影咖啡廳裡，鈴愛一邊往咖啡杯裡倒入大量砂糖，一邊向裕子和小誠訴說涼次的情況。這段日子，涼次一直躲在家裡，也不像從前那樣做菜，只是整天躺在床上，開著電視沒在看，只顧吃零食、看漫畫雜誌。不管鈴愛說什麼都沒用。他只會「嗯」地回應些沒有意義的聲音。

「唉，阿涼先生會壞掉也是合情合理。」小誠心情複雜地說。曾經拿走鈴愛〈神的備忘錄〉點子，不惜背叛秋風也要自立門戶的小誠，似乎能夠明白祥平的心情。「得過電影獎的人，現在卻連工作也沒有……我想他大概對未來十分恐懼，所以一不小心就走了岔路。」

「也就是……鬼迷心竅吧。」

裕子說完，小誠重重點頭。「畢竟這種工作經常有鬼迷心竅的時候。」

他的說法太好笑，鈴愛稍微笑了幾聲。她很慶幸自己還有辦法笑得出來。

「不過啊，一般不是說『失敗了，重新來過就好』嗎？可是我覺得人生中的『就是現在！』『這一刻！』只有一次。」鈴愛說。

裕子和小誠齊聲說：「我懂！」

「能夠成就一番事業、獲得成功的人，一定會親手抓住那機會，絕對不會錯過。」

「意思是這一次，就是唯一……一次的機會嗎？」

「我也不曉得。不過可以確定這確實是很重要的機會。」

鈴愛覺得老天爺很惡劣。假如佐野弓子不是祥平的粉絲，那麼這次的事情也不會那麼複雜；問題是，如果佐野弓子不是祥平的粉絲，一開始根本就不會有翻拍電影的機會。所以鈴愛覺得老天爺真的很惡劣。她一口氣喝下甜膩的咖啡。

「我曾經背叛秋風老師，被逐出師門。當我被趕出秋風老師門下，開始在《愛慕月刊》連載色情漫畫時，我還以為自己的漫畫生涯走到盡頭了。」

鈴愛和裕子靜靜聽著小誠說話。她們以為小誠離開秋風老師門下之後，沒多久就成為人氣漫畫家了，不過兩人也深知沒有那麼容易。

「但我是同性戀，又沒有其他可取之處，只能像打不死的蟑螂般，對著兩百七十毫米乘以一百八十毫米的框框不停地畫。直到後來，機會再度降臨。」

鈴愛隱約明白小誠是在為自己打氣，但她無奈地想，涼次和小誠不同。涼次不是打不死的蟑螂那樣的人。

「啊，對不起，這樣說好像變成我在炫耀。」

看到小誠慌張搖手，裕子溫柔地說：「我們知道你沒有。」

「我和鈴愛都很為你感到驕傲，沒有羨慕也沒有嫉妒。」

小誠看著裕子和鈴愛兩人露齒微笑。

「結果我還是沒有小誠對於漫畫的執著，還用婚姻逃避。我經常對鈴愛說，畫漫畫還是需要才能，而我們都盡力了。人生啊，通常總是在後悔『早知道那個時候我應該那樣做』或『早知道我應該做這件事』之類的。不過我和鈴愛都沒有這種後悔的時候；我們用心挑戰了，然後也都被漫畫之神嫌棄說『你們不合格』，所以封筆退出。我們的情況跟只是嚮往卻毫無作為就放棄的人完全不同。」裕子的表情很平靜。小誠一臉認真地聽著。

「實際挑戰過，都會受傷；什麼也不做，只在心中嚮往，就不會受傷，因為不會有人告訴你『你不夠格』。」

「嗯？什麼意思？」小誠不解偏著頭。

裕子自己也稍微側首，繼續說：「唉，我的意思是，有一種人，是想著『我要當漫畫家』、『我應該能夠成為漫畫家』、『我很會畫畫』，卻連一次也不曾投過稿就直接去當上班族了。這種人心中或許一直都在後悔：『早知道我應該去試試，其實我還是很想當漫畫家。』」

「嗯，我懂。」

「可是，反過來說，心裡一直惦記著：『我非做不可，非動手不可，我有機會成為漫畫家。』卻有可能才剛動手，就被漫畫之神斷定：『你不夠格。』現實很殘酷。」

「你不夠格……」

「對，自尊因此四分五裂，覺得受傷、沮喪。可是啊，活著不就是這麼一回事嗎？縱使害怕，害怕受傷，害怕聽到別人說你不夠格，仍必須伸手爭取想要的東西，這不就是活著嗎？」

「嗯，我舉雙手雙腳贊成。」鈴愛呵呵笑著舉手，「所以我挑戰了，不斷挑戰。明知我的手搆不到，明知自己不夠格，我也付出了九年。」

「我五年，可是我覺得很值得，至少比什麼都沒做好多了。我也是因為這樣，才有機會認識小誠和鈴愛；也因為有那五年，才有現在。人類很強悍的。」

「嗯，活著就會愈來愈堅強。」

「妳們真是值得依靠……」小誠看著耀眼的裕子和鈴愛。

「我也很尊敬現在仍持續面對二百七乘一百八毫米戰鬥的小誠。」

「我也是。」

「謝啦。」

三人慢條斯理喝下咖啡。啜著已經冷卻的甜咖啡，鈴愛真的很慶幸有裕子和小誠在。如果她的世界只剩下每天往返大納言和別館，八成也會像涼次一樣失常。

「鈴愛，妳也別急，繼續支持阿涼吧。雖然不清楚他接下來有什麼打算，不過眼前就先靜靜地陪他……」

聽到裕子的話，鈴愛點頭。「也是。不管阿涼打算放棄挑戰或繼續挑戰，我都支持。」

這時，老闆悄悄在三人桌上放上一塊蛋糕，說：「我喜歡你們說的話，所以這個我招待。」看到滿是鮮奶油的蛋糕，鈴愛連忙掩嘴走向洗手間。

鈴愛在洗手間待了一會兒，好不容易平息想吐的感覺，才從洗手間出來，朝座位上的裕子招手。裕子一臉訝異靠過去。

鈴愛在她耳邊說：「我好像懷孕了。」

「什麼？」裕子驚呼。

「什麼？」老闆和小誠也驚呼。

鈴愛一臉錯愕。自己明明只對裕子說，不是嗎？結果裕子告訴她：「鈴愛，妳的悄悄話音量調節很有問題。」裕子原以為是鈴愛一邊耳朵聽不見的緣故，看樣子似乎不是。

「妳用那個會出現直線的東西驗過了嗎？」

「出現直線了。」

「那就是罪證確鑿了。」

裕子模仿犯人說話的樣子太好笑，鈴愛忍不住笑了出來。

脫下鞋子，鈴愛盡可能以開朗的聲音說：「我回來了。」

從外頭進門，才發現別館的空氣有多麼沉悶不流通。

「回來啦。」涼次舉起吃完的洋芋片袋子，把細碎殘渣倒進嘴裡，淡淡說了一聲。

「鈴愛，借我錢，我想出去喝一杯。」

還在想隔了這麼久他總算願意出門了，沒想到居然是要去喝酒。儘管如此，鈴愛還是從錢包拿出千圓鈔票。她抽出兩張，想了想，拿出三張交給涼次。

「去工作吧，阿涼。」

「我要做什麼？」

「你不是有導演助理的工作嗎？」

涼次冷哼。「做一個永遠當不了導演的導演助理，有什麼意義？」

「至少能夠賺錢。」

聽到鈴愛的話，涼次粗魯丟開手裡的三千圓。

「這種小錢我還看不上呢！」

千圓鈔票在空中亂飛。鈴愛一張張緩緩撿起。

「我在大納言的時薪是八百圓，所以這些錢，我差不多要賺四個小時……」

「……什麼窮酸樣！」涼次恨恨說完，就這樣搖搖晃晃出門。

他重重摔門，弄出很大的聲響。鈴愛緊握著三千圓鈔票，眼淚就快要掉下來。

她把三千圓放在桌上，突然按住肚子。肚子好痛。

「啊，唉，好痛……好痛……」

她按住肚子蜷曲著，不曉得該怎麼辦。

鈴愛爬到叫人鈴底下，按下電鈴，祈求藤村家那邊有人在。

涼次磨磨蹭蹭，遲疑了半天，還是打開了別館的門。家裡沒人在。他坐在茶几前，把買回來的東西輕輕放下。那是一只小巧可愛的袋子，價格不貴。他告訴店員是要送人的，店員就幫忙綁上了緞帶。

涼次一直吸著鼻子。他站起身，拿杯子裝自來水，一口氣喝光。水裡有次氯酸鈣的味道。他的手支著流理檯，反省自己究竟在做什麼。

下了計程車，鈴愛在光江她們的攙扶下，緩緩走向藤村家玄關。

聽到叫人的電鈴響起後，光江很快就趕了過來，並迅速叫來麥和瑪麗，打電話叫救護車。鈴愛擔心肚子裡的孩子出事，所以她真的很感謝光江她們看診時全程陪著她。

涼次抱膝坐在玄關前等著，表情簡直像是被拋棄的小狗。他一看到鈴愛就蹦地跳起來，不停詢問怎麼回事。光江很不滿，叫他先讓鈴愛休息，並把鈴愛攙到客廳椅子上坐下。之後，光江她們才語帶責怪地告訴涼次鈴愛暈倒的事。

鈴愛的肚子痛與懷孕無關，醫生說大概是壓力或緊張造成的突發性疼痛。

涼次摟著鈴愛的雙腿道歉。

「對不起！真的對不起。我因為前一陣子的事把自己過得很糟，好幾天無法振作，才會讓妳太過操勞……」

「阿涼，我有話要說……」鈴愛對著涼次的後背開口。

聽到她積極有力的嗓音，涼次霍然抬頭。「咦，妳要提離婚嗎？妳該不會是要提離婚，但是說不出口？要問我？不要，我不答應，我——」涼次像鬧彆扭的孩子般重複這些話。

「不是。」鈴愛微笑說，「阿涼，我懷孕了。」

聽到她平靜說出這句話，涼次的嘴巴一張一闔，驚訝到發不出聲音。

「真、真、真的嗎？」他總算勉強出聲。

「真的。」鈴愛點頭。

涼次大喊：「太好了！」站起來比出勝利手勢。

「太好了啊，孩子！」

「咦？你這麼高興嗎？」

「我超開心！我本來就想要孩子，這是我跟鈴愛的孩子，超開心！」

涼次就像小朋友過耶誕節般喧鬧。

鈴愛心裡鬆了一口氣。她原本擔心，如果涼次認為小孩是負擔該怎麼辦，也擔心涼次不願意接受孩子。鈴愛老實坦白自己的不安後，涼次說：「妳怎麼這麼傻！」

他緊鎖眉頭，又說：「我怎麼可能不喜歡孩子！我超開心，太好了，孩子！我要當爸爸了，鈴愛要當媽媽了！」

涼次開心的反應，反而使得鈴愛更加不安。他是因為現在的日子過得很苦，覺得有了孩子就有了生活寄託，才拚命讓自己看起來很開心嗎？可是鈴愛旋即打消這種念頭。她心想，只要涼次開心就好。

「對不起，鈴愛，妳很不安吧？是我讓妳難受了，我一直帶著負面情緒遷怒妳，讓妳甚至無法把這個好消息告訴我。我……醒了，我決定徹底放棄電影。」說這些話的涼次，好像真的變了個人。「我要為了鈴愛和肚子裡的孩子努力工作！我要腳踏實地工作，從電影的世界金盆洗手。」

「阿涼……這樣好嗎？」鈴愛戰戰兢兢地問。

涼次毫不猶豫地點頭。「最重要的是孩子。孩子的未來，以及鈴愛的現在。」

「阿涼……」

鈴愛對於涼次的心意很感動。兩人儘管失去了費時兩年培養的重要夢想，但只要涼次有心，他們今後仍能繼續生活在一起。

回到別館後，鈴愛收到涼次給的緞帶袋子。

涼次難為情地說那是禮物，是一個萬花筒。

「哇，真美。萬花筒，阿涼送的禮物。」鈴愛看著萬花筒裡面，發出雀躍的聲音。

她想起從前和涼次一起為東雲女士製作萬花筒的過往。

「四公分……好小啊……」涼次看著胎兒的超音波照片，彷彿百看不膩。

鈴愛笑了笑。「你要看多久？」

「因為，四公分啊，全長四公分？這個會動嗎？太驚人了。我下次一定要陪妳一起去產檢。」

「嗯，你一定會哭出來。」鈴愛笑了笑，再度轉動萬花筒，看向裡面。

一想到稍早鬧彆扭跑出去的涼次，隨意走進店裡買了這個萬花筒回來，鈴愛心中就湧上一股感動。儘管她失去夢想，對於丈夫的一切仍有不了解的地方，但她還是覺得這個人是「好人」。鈴愛這樣告訴自己。

隔了好久終於振作的涼次，帶著鈴愛一起前往「Cool Flat」事務所。涼次說，辭職前想要向祥平好好打聲招呼。

「你接下來有什麼打算？」看到涼次鞠躬提出辭呈，祥平猶豫了一會兒後問。

涼次突然有些自嘲地笑了笑。「我知道，憑我這個沒什麼特殊才能、又年過三十的男人要找工作，不是太容易……所以還是說服嬸嬸們，讓我在她們經營的大納言百圓商店工作。」

「趁這段時間我還能夠去店裡，我們會一起工作。」鈴愛在一旁補充。

涼次看向鈴愛，笑著點頭。「為了肚子裡的寶寶，我想這也是最好的選擇。」

「啊……原來如此。」得知鈴愛懷孕，祥平的表情突然變得溫柔。「恭喜你們。」

「謝謝。」

涼次與祥平始終沒有看向對方的眼睛。原本親如兄弟的兩人，如今變得比陌生人還要陌生，過去一起生活的點點滴滴彷彿不曾發生。

「啊，對了，你等我一下。」

祥平從會計盒裡拿出明細給涼次。「這是《無名鳥》的電影劇本費。」

只看一眼，涼次就喘不過氣來。從鈴愛的角度看不到金額，不過看涼次的反應，她推測那數字大概超乎想像得多。

「這麼多？祥平哥，你該不會挪用部分自己的導演費給我了？」

原本態度清冷的涼次，聲音中多了些動容。鈴愛瞥看他一眼。即使發生過那種事，涼次還是很為祥平著想。鈴愛對於這一點感到心痛。

「不，我沒有……」祥平連忙收起明細並否定。

但事實上就是這樣吧，鈴愛氣呼呼地覺得祥平這麼做也是理所當然的，畢竟他對涼次做出那種事。沒想到涼次竟然鞠躬。「太好了，謝謝你！有這筆錢，我們就可以買齊很多東西了。對吧，鈴愛？」

鈴愛含糊點頭。

這時祥平突然抬頭看著涼次的雙眼，說：「我、我會想辦法幫你找到成為電影導演的機會，找各種機會。一來也是為了那件事賠罪……」

鈴愛的表情有些迷惘。涼次雖然錯過了一次重要的機會，但放棄夢想是否真的是正確決定？她懷疑，是不是自己害涼次拋棄了夢想呢？

然而涼次的臉上沒有半點遲疑，他毫不猶豫地靜靜說：「不用了，那些事我已經完全不想碰了。我下定決心了。」

「是嗎。」祥平再度垂眸。

「這些日子，謝謝你的照顧。」涼次最後深深一鞠躬，鈴愛也跟著他的動作深深鞠躬。

涼次漫長的夢就這樣告一段落。

接下來，將是與鈴愛，還有肚子裡的小孩一同展開的全新旅程。

二〇〇二年　岐阜

預產期近在眼前，鈴愛的肚子變得又大又圓。因為肚子裡面裝著一個人，她覺得自己的身子很笨重，提不起勁做任何事情，腰部也總是緊繃。

鈴愛躺在客廳裡吃甜饅頭，涼次正費勁地揉著她的腰。

晴捧著洗好的衣物走進客廳，瞪向鈴愛。「我說妳啊──」

鈴愛只稍微抬頭，懶洋洋地回答：「怎樣？」

「就算妳是孕婦，也該節制一點。小涼，鈴愛這孩子一向身強體壯，你用不著對她這般呵護。」

涼次含糊笑了笑，對晴說：「岳母也試試這個。」把傳聲筒遞給她。

那是晴從前用來與肚子裡的鈴愛說話用的傳聲筒，線很短很短。鈴愛特別要晴從壁櫥深處找出來，後來每個人都搶著用來跟寶寶說話。

晴把洗好的衣物放到一邊，拿起傳聲筒說：「寶寶，我是你的外婆，你今天好嗎？」

「還可以。」

聽到晴甜滋滋的嗓音，鈴愛故意以高八度的聲音回答。

晴看著鈴愛笑了笑，再度對著傳聲筒說話。

「我們很快就要見面了。」

涼次揉著鈴愛的腰，微笑望著岳母的樣子。

第一次生孩子，鈴愛選擇回娘家生產；回娘家生孩子的話，就可以請貴美香醫生接生，涼次也二話不說贊成。回到娘家後，感覺就像泡在溫暖的熱水裡一樣，心情也跟著放鬆。之前那個死都不願意回家的自己，彷彿不曾存在。

好久沒來的燈火咖啡廳還是跟以前一樣，完全沒變。

聖誕節即將來臨，店裡多了耶誕裝飾，不過裝潢和老闆都還是鈴愛高中時候的模樣。

在位子上坐下，與菜生、屠夫面對面喝茶，感覺真像回到了高中時代。

如今，鈴愛的肚子裡有寶寶，而每個人也因歲月流逝逐漸變成阿姨叔叔，聊天的節奏卻還是跟以前一樣，教人感覺不可思議。

「那裡面有寶寶嗎？就要生了嗎？」屠夫害怕地望著鈴愛大大突出的肚子。

鈴愛抬手輕輕放在肚子上點點頭。「女人身體的祕密，為人母的力量真了不起。」

「我也動心想要孩子了。」菜生吶吶說著。

屠夫的反應跟漫畫上一樣，把剛喝下的飲料噴了出來，臉上有明顯的驚嚇。

「你們還沒結婚嗎？」鈴愛來回望著兩人的臉問。

這兩人很久之前就開始交往，起因是菜生說：「你要對我負責！」逼著屠夫答應。交往之後，兩人原本只是一起去東山動物園看無尾熊的單純關係，卻因屠夫看到菜生睜著水靈靈雙眼說「抱著無尾熊的屠夫好可愛」、「我的真命天子就是屠夫你！」於是動念開口表白：「我們結婚吧！」

只不過，兩人直到現在還沒結婚。剛開始屠夫對於結婚很積極，菜生很冷靜；不過時間久了，兩個人的態度反了過來。

屠夫雖然有打算要結婚，但真要結婚時卻又有些恐懼，決定順其自然。即使此刻聽到鈴愛逼問，他也只是隨口回答：「嗯，就快了吧，快了。」

「連律都已經結婚有孩子了，啊！」

菜生原本是在對屠夫嘟嘴抱怨，一想到鈴愛在場，立刻住嘴。

鈴愛擺擺手說：「給我等一下！我也已經嫁作人妻，而且懷著寶寶了。律是誰？他哪位？我跟他的記憶早就不值得一提，我對他也沒有半點留戀，只希望他能夠過得幸福。」

這番話裡雖然有些不滿、誇大的部分，不過倒是她的真心話。

「原來如此。」屠夫臉上的表情是鬆了一口氣。既然律的話題不再是禁忌，屠夫就開始一股腦兒地說起律的近況。

「他的婚姻生活似乎過得不太順遂。」

「是嗎？」

「律和他老婆生了一個兒子，好像兩三歲了吧。他老婆很注重教育，堅持要小孩去上那種考試入學的幼稚園。這麼小的孩子就讓他上補習班、學才藝。」

「男人一旦結婚，一切都會聽老婆的吧。」

聽到菜生這麼說，屠夫大驚失色說：「咦，真的嗎？」

「你現在也很聽老婆的啊。」鈴愛毫不留情地表示。

屠夫一臉沒出息的樣子抬頭看向菜生。

涼次在並排鋪在客廳的睡鋪上，用傳聲筒朝鈴愛的大肚子說了很久的話。

一直以同樣姿勢坐著的鈴愛很難受，但她還是任由涼次做他想做的。

鈴愛把涼次晾在一邊，獨自跑去面影咖啡廳，被晴罵了一頓。晴告訴她，她找涼次一起去，涼次沒有答應，那是他體貼，覺得老同學聚在一起沒有外人比較開心。

涼次真的是很好的人，鈴愛覺得感激，她想要疼愛這個對著孩子認真說話的男人。

「爸爸只希望寶寶能夠健康出來……」涼次還在繼續。

鈴愛終於受不了，說：「你差不多說夠了吧。」

「啊，嗯。那，我再說一句就好。我們就快要見面了，雖然還沒有見到寶寶，不過爸爸很愛你。」

這樣直白的一句話，深刻迴蕩在鈴愛心中。

「鈴愛，妳還在岳母肚子裡的時候，岳父、岳母也像這樣跟妳說話吧？妳還記得嗎？」

「你是問真的嗎？我怎麼可能記得？」

「是嗎……忘了也好。有人告訴過我，會忘記也是正常的。」

涼次的笑容很安穩、溫暖，但鈴愛明白涼次是想起了已逝的父母。

「妳家爸媽一直都是『宇太郎』、『晴』這樣互相稱呼嗎？一般家庭有了孩子之後，不都是互稱『孩子的爸』、『孩子的媽』嗎？」

「沒錯，我們家一直都是互相稱宇太郎和晴。」

「真好，我希望我們也能夠成為那樣的夫妻。」

鈴愛呵呵笑。「是啊。」

鈴愛突然想起從屠夫那兒聽到有關律的消息。

她心裡真的很希望律得到幸福。就像自己現在很幸福，希望他也能夠過得幸福。

鈴愛的羊水是在三更半夜破的。

起來上廁所的晴發現鈴愛蜷縮在走廊上，立刻送她去岡田醫院。可是被送上分娩台的鈴愛，卻堅持不想在這天生孩子。

鈴愛硬是要離開分娩台，惹得晴不耐煩地斥責：「妳在說什麼傻話？」

涼次原本只是不知所措地陪著，突然想到什麼，問：「鈴愛，妳該不會因為明天是十二月二十四日，所以不願意現在生吧？」

鈴愛雙眼放光，重重點頭說：「果然還是阿涼懂！我想要這孩子在二十四日誕生。能夠在聖誕夜誕生，不是很棒嗎？」

「妳在胡說八道什麼？」晴氣到想揍人。

貴美香醫生連忙安撫晴，以漫不經心的語氣告訴鈴愛：「鈴愛，這孩子大概沒辦法繼續在肚子裡擺一天，現在都還沒有黎明呢。可是鈴愛，我教妳一個好法子，就是偷改出生日期。以前十二月三十一日出生的人，都喜歡假裝自己是元旦出生。反正不管是三十日或二十九日出生，只要是年尾生的人，都會把出生證明上面的日期往後延，謊稱是元旦生。」

「我才不要，我不想才剛生下這孩子就要對他說謊！」

「妳怎麼能說這是說謊？真沒禮貌！妳這樣對謊報是元旦出生的人太失禮了。」

鈴愛正要反駁晴有點離題的回應，突然一陣劇痛來襲。那是她不曾經歷過，幾乎要把她撕裂的痛。

「啊，好痛、痛痛痛痛！」

晴握上鈴愛呻吟中的手。「誰教妳淨說些傻話，陣痛開始了。」

接下來，鈴愛沒有半點力氣再亂說話。她在心中祈求著孩子現在就立刻出來吧，用不著等到聖誕夜也無所謂。

每次陣痛來襲，鈴愛就會慘叫。她彷彿要被殺掉的駭人表情和叫聲，嚇得涼次不知所措。

「啊，每個孕婦都是這樣。」

聽到貴美香醫生面無表情這麼說，涼次勉強回應：「啊，是，唉……」

下一秒他就暈過去了。

護理師們在貴美香醫生的指示下，扶著涼次去候診室。

宇太郎和仙吉緊張地看著涼次慘白一張臉、淺淺呼吸的樣子。兩人原本準備開店營業，卻還是因擔心趕了過來。

仙吉伸手輕輕安撫涼次，這時一陣吵鬧聲逐漸靠近。

「情況如何，是這邊嗎？」

「姊，妳安靜點！」

來者是三個嬸嬸。她們半夜接到羊水破了的消息，打算參與感動的瞬間，所以搭乘清晨第一班新幹線趕來。

和宇太郎他們互相打過招呼之後，嬸嬸們注意到涼次的臉色很差，上前問：「你怎麼了？」

就在這時，傳來哇哇大哭的聲音。

涼次的眼睛突然睜大，儘管腳步踉蹌，還是朝著產房跑去。

在產房，滿頭大汗的鈴愛漲紅著臉注視天花板。

「生……了嗎？」

鈴愛知道貴美香醫生等人在她的腳附近忙著。她什麼也看不到，不過可以聽到聲音——寶寶奮力大哭的聲音。

「生了嗎？生了嗎？生了嗎？」

鈴愛筋疲力竭，動著不靈活的舌頭，滿心期待地重複問了幾遍。

「生了一個可愛的女孩。」

貴美香醫生抱著嬰兒給鈴愛看。鈴愛鬆了一口氣，沒能說上一句話。

鈴愛的臉上帶著微笑。頭髮因汗水黏在額頭上，臉蛋像燙過般鮮紅，但是看著寶寶的那張笑容，絕美得令人神往。

「真可愛，不像猴子……」看到寶寶清秀漂亮的長相，晴咕噥著，像是受到什麼打擊。

涼次搖搖晃晃趕來，宇太郎、仙吉、三個嬸嬸也跟在他身後進來。

眾人以快要融化的視線微笑看著寶寶。涼次抽抽搭搭哭著，儘管如此，還是定睛注視著寶寶，連一秒也不願意挪開視線。光江把手帕遞給涼次，不停拍著他要他振作點。

鈴愛在床上微笑看著眾人的反應，雙眸也因淚水顯得比平常更燦爛。

二〇〇二年十二月二十三日這天，只差那麼一點點就在聖誕夜前夕誕生的女孩，取名為花野。

二〇〇三年　東京

街上滿溢聖誕節的歡樂氣氛，大納言也換上耶誕裝飾。站在收銀機前的涼次扮成聖誕老人，田邊則是選擇麋鹿裝，莫名適合。

這天是花野的一歲生日，三個嬸嬸晚上會幫著一起慶生。

聊起這件事，田邊笑著說：「孩子現在正是最可愛的年紀。」

「沒錯，所以我用小孩的照片做了賀年卡。」

「哈哈，你病入膏肓了。」

田邊剛才就在翻閱週刊雜誌，手停在「今年十位最活躍的人物」那一頁。在運動選手、藝人當中出現祥平的照片，田邊故意拿給涼次看。涼次的臉色也沒有因此轉壞，只是帶著沒有情緒的淡笑，凝視照片中被視為天才的祥平。

「哦，明年還要推出新作品啊。真厲害……不過，涼次你選對了。」田邊用力闔上雜誌，「人生中總會遇到需要改變方向的時候。」

接著田邊望向遠方，開始說起自己的過往。

目前單身的田邊，年輕時邂逅帝王製紙的社長千金。對方曾要他入贅當女婿，甚至為他準備了社長大位。但當時的田邊一心想當音樂家，無法放棄音樂之路，最後他們只好分手。

「那個時候，我沒有改變人生方向真的做錯了。如果當時就結婚的話，我現在就是帝王製紙的會長，也可能已經抱孫了。唉，雖說現在這樣也不算壞啦。」

「嗯……」

「所以啊，我要說的是，涼次，你是在剛好的時候以剛好的方式轉換了方向，現在才有這麼可愛的老婆和女兒小花。」

扮成聖誕老人的涼次微笑。他想，人生的方向嗎？又有誰會在什麼時候曉得這樣的轉換是否正確呢？他看著店裡的時鐘，約定的時間就快到了。

花野凝視著個頭比自己還要高大的玩具熊。

那是小誠送給花野的生日禮物，裕子則送了REDAHAA童裝。兩人白天時過來別館，替花野慶祝一歲生日。

裕子說她因丈夫工作的關係，即將搬去仙台。鈴愛說，少了裕子她會感到不安，並緊緊抱住裕子。裕子總是在身邊毫無顧忌地給予意見，一想到她即將不在身邊，鈴愛覺得既害怕又孤單。但她又覺得，到時或許沒有那個閒工夫仔細感受害怕與孤單。有了小孩後，鈴愛沒有時間發呆亂想。現實一波接著一波湧到她面前，搞得她二十四小時都很忙。

不過這也是一種幸福。

鈴愛緊抱著花野。藤村家的大餐桌上，擺著光江等人一早就在準備的餐點。屋裡裝飾著色紙摺的裝飾彩帶。

「抱歉，讓妳們做了這些。」

「沒關係，我們也像是回到了小時候，很好玩。」瑪麗微笑。

因為花野的誕生，鈴愛與三個嬸嬸的距離又瞬間拉近。

「小涼好慢啊。」麥看著時鐘喃喃說。

大納言應該已經下班了，涼次卻還沒有回來。

花野開始鬧彆扭。鈴愛向嬸嬸們賠不是，帶著花野回到別館喝奶。

她讓花野睡進睡鋪裡，找來奶嘴想要先讓孩子安靜下來。

家裡因花野的物品變得雜亂。鈴愛到處翻找，看到涼次的抽屜，突然板起臉打開。底下藏著一本筆記本。

鈴愛翻開，裡頭寫的是劇本。那是涼次的新作品，鈴愛之前打掃時發現的。劇本寫到筆記本的一半結束，最後幾頁亂七八糟畫著幾個叉。裡面有涼次隱藏不了的不甘心。

花野在鈴愛身後嗯嗯哼著。

「好了好了，妳要喝奶，對吧？」

鈴愛連忙把筆記本放回原本的地方，泡好牛奶抱起花野。

這時才發現不對勁。花野的身子滾燙，鈴愛連忙量她的體溫，不敢置信地看著體溫計上顯示四十二度。

三個嬸嬸代替抱著花野、心急如焚的鈴愛調查有急診的醫院，並送她們到醫院。都這種時候了，卻還無法聯絡上涼次，光江她們打了幾次手機都沒人接。

花野立刻被送進診療室看診。

鈴愛儘管被交代留在候診室，她卻無論如何都想進入診間。

一聽到醫生說要吊點滴，鈴愛怔愣。「這麼小的孩子？」整個人亂了分寸。護理師用木板固定花野的手臂，插入點滴注射針。花野開始哇哇大哭。

看到眼前景象，鈴愛差點暈倒，被護理師扶著。

護理師送她到其他空診間，要她暫時在這裡休息。

「我的孩子不要緊嗎？」鈴愛緊緊纏著那位護理師問。「我、我想知道她的耳朵不會聽不見、不會有一邊耳朵聽不見，對吧？我、我以前就是那樣！」

她問話的氣勢，幾乎快撲上去揪住對方。護理師以堅定的力量讓鈴愛坐在病床上，語氣溫和地說：「這位媽媽，妳稍微冷靜一下。」

「嗯……我好沒用。」這時，傳來孩子大哭的聲音，鈴愛立刻就曉得那是花野。「啊，花野在哭……」鈴愛搖搖晃晃準備起身，護理師用力壓住她。

「孩子的媽媽，交給我們，妳在這裡休息一下。如果做媽媽的在孩子旁邊太激動，小孩也會嚇到。」

「好。」鈴愛的眼裡盈滿淚水。

護理師保證會把花野的情況即時告訴她，說完就離開了。

已經聽不見花野的哭聲了。留在診間的鈴愛腳步不穩地起身，拿出包包裡的手機，走出醫院打電話。電話響了幾聲，晴很快就接起。鈴愛鬆了一口氣。

鈴愛告訴晴花野發燒的事，還哭著說自己好怕。

晴要鈴愛別擔心，說鈴愛當時臍帶都繞上脖子了，卻還是平安生下，楡野家的體質都很強健，所以花野絕對不會有事。

「妳已經當媽了，花野的媽媽就只有妳！妳要振作起來。小花她不會有事的。」

這一聲聲「不會有事」說得毫無根據，鈴愛卻因這番話得到力量。

她站著不動，回答：「是。」

現在這時候自己不該軟弱，必須堅強起來——她眼中又重新燃起光芒。

鈴愛和光江等人在候診室裡等醫生。光江說，總算聯絡上涼次，他正趕過來。

聽到她這麼說，鈴愛鬆了一口氣。

等待的時間很煎熬，光江的腳在顫抖。

「咦？我的腳在抖。」光江的腳抖到停不下來。

診間的門終於打開。醫生一走出來，鈴愛他們立刻站起來。

「孩子已經穩定下來了。發燒是因為耳下腺腫起來，她得了腮腺炎。」

那正是奪走鈴愛左耳聽力的疾病。

「那個，後遺症，耳朵、耳朵會聽不見！我、我就是腮腺炎導致一邊耳朵失聰，腮腺炎失聰。花野、花野她也會變成這樣嗎？我、我不要，絕對不要！」鈴愛驚慌失措，害怕得不得了。一想到聲音可能從花野小小的耳朵被奪走，她就七上八下。

護理師說：「只有極少數人才會因腮腺炎失聰。」但鈴愛聞若未聞。

「鈴愛！」

鈴愛撞進趕過來的涼次懷裡，他牢牢抱住滿心不安的鈴愛。

血液檢查結果，確定花野罹患的是腮腺炎。接下來她持續高燒了兩天，直到第三天就完全退燒，能吃能笑了。這三天忙著照顧花野的三個嬸嬸，確認花野痊癒後，就說有事要談，把涼次叫去藤村家。

她們是為了追究涼次是否有外遇。

花野發燒那天，光江打電話給涼次，接電話的卻是女人。

嬸嬸們問起對方是誰，涼次很坦然地說是佐野弓子。

涼次表示是祥平聯絡他，希望他來寫弓子的新作《戀花火》的劇本，他便去出版社與弓子碰面。

涼次不曉得什麼時候又與祥平恢復了聯繫。

「你是打算回去電影圈，當一文不名的無業遊民嗎？」

聽到光江這麼問，涼次連忙否認。他解釋是因為《無名鳥》的劇本寫得好，對方想要委託他繼續寫劇本。他雖然覺得開心，但還是拒絕了。

即使佐野弓子說：「我這次要由你來寫，由你來拍。」涼次也沒有猶豫，很乾脆地拒絕：「不了，我對於電影導演這個工作已經沒有半點留戀。」

聽到涼次這麼說，瑪麗忍不住大叫：「好可惜啊！」

「瑪麗！」

光江一瞪，瑪麗嬌嗔聳肩說：「對不起。」

「唉，如果是那樣就好。不是有了其他女人，也拒絕了電影工作。那孩子，鈴愛和小花，明天要檢查耳朵，你得有擔當一點。」

聽到光江這麼說，涼次強自忍住情緒，點點頭。「嗯，我會保護小花和鈴愛。」

「如果你真能做到就好……」

光江一向清楚涼次的危險之處。見他認真到駭人的態度，忍不住低語。

涼次摟著鈴愛的肩膀，一起聽花野的檢查結果。

「別擔心，她的兩邊耳朵都聽得見。」

聽到醫生這麼說，鈴愛的雙眼落下一顆顆眼淚，停不下來。涼次也哭了，兩人抱頭痛哭。

鈴愛回到別館，在花野的右側搖晃玩具，花野就以不可思議的眼神看向右邊，她接著在花野的左邊揮舞玩具，這次看向左邊，瞬間綻放笑容。

鈴愛微笑。「我害怕得要命。」

涼次把鈴愛緊緊摟在懷裡。

得知花野沒事之後，鈴愛鬆了一口氣，也是這時才知道自己一直在害怕。如今，她也明白了晴在得知自己的耳朵聽不見時，哭成那樣的原因。

鈴愛打電話給晴，告訴她花野沒事。晴深深鬆了一口氣。「太好了。」

宇太郎他們似乎也很擔心。

「媽，對不起。」

「嗯？為什麼這麼說？」

「我想到媽當時應該很害怕。在我左耳聽不見的時候，媽經常在哭。」

「有嗎？在孩子面前這樣，真是要不得。」

「我當時不懂，只在想我又沒有做什麼壞事，媽為什麼要哭成那樣。」

「是嗎，所以妳很堅強。」

「我現在總算明白了。即使花野只有一邊耳朵聽不見，我也會覺得心臟被捏碎。」

「嗯……有了孩子就是這麼一回事。」

「什麼意思？」

「因為出現了比自己更重要的人。耳朵的事，媽媽覺得很對不起妳。」

「媽！」鈴愛錯愕大叫，「妳在說什麼？我才要向妳道謝。我最愛媽、爸、爺爺、奶奶、草太，我愛你們大家，也愛楡野家，現在也是。我慶幸自己能夠在那麼好的家庭環境中長大，我都沒自信自己有辦法建立一樣好的家庭。」

「妳別擔心。小涼是個好人，他的嬸嬸們也很擔心花野不是嗎？」

嗯，鈴愛孩子氣地點點頭。她覺得晴的「別擔心」就像魔法一樣；只要晴一說「別擔心」，鈴愛就會覺得用不著擔心。

「光江嬸嬸緊張到腳都抖了，她們就像是花野的親奶奶。」

「小花有好幾個奶奶，過年也能夠拿到很多紅包。」

聽到晴這樣說，鈴愛笑了笑。

涼次在她旁邊陪著花野玩。明天光江將會為她們準備慶生會，替因為腮腺炎延後慶祝的花野慶生。

手工生日蛋糕上插著一根蠟燭。

眾人圍著蛋糕。抱著花野的涼次與鈴愛，還有三個嬸嬸正唱著生日快樂歌。

「祝妳生日快樂，親愛的小花，祝妳生日快樂！」

「小花，吹吹！」光江做出吹蠟燭的動作給花野看，花野只是瞪大雙眼看著光江。

「她才一歲，還不懂，不會吹……」

「小花，這樣，吹吹。」涼次也示範給花野看，卻不小心吹熄了蠟燭。

眾人指責的視線集中在涼次身上。涼次露出搞砸的表情縮縮脖子。安靜無聲了一秒，花野或許是覺得有趣，呵呵笑了起來。看到那惹人憐愛的笑容，眾人也跟著笑。

「小花笑了，這樣就好。」麥鼓掌，其他人也跟著鼓掌。

涼次抓起花野的手，教她鼓掌。

涼次感受著花野那對楓葉般小的小手，強迫自己將夢想封印。

二〇〇七年　東京

與小嬰兒相處的濃情蜜意時期，轉眼就過去了。

花野一眨眼就長大，迎來第五次的生日。鈴愛在別館裝飾著草莓蛋糕。

花野先一步去了藤村家，由三個嬸嬸陪著。每年生日這天，她都會在手印簿上留下掌印。這時她應該已經讓嬸嬸們在手掌抹上墨水，用力印下掌印了。現在的花野雖仍年幼，不過與手印簿上一歲時那猶如楓葉般的小手掌相比，已經長大許多了。

原本在想著花野的鈴愛，停下擠鮮奶油的手。等她回過神來，就看到一身下班打扮的涼次站在她身邊。

「咦……？」鈴愛抬起頭看向涼次。他表情緊繃，正在說話。

「你剛才，說什麼？」鈴愛反問。

涼次以不帶情感的聲音重複一遍：「我說，我想和妳離婚。」

「……你有其他女人了？」

「什麼？」

「因為你最近都很晚才回來。」

涼次稍微笑了笑。「不是。」

涼次晚回來那幾天，是因為待在大納言的後場辦公室寫劇本，小說改編的電影劇本。

「……我不懂你的意思。」

「我寫的劇本得到認同，要拍成電影了。」

「愈聽愈迷糊了。」

「我要當導演了。」

「你在說你昨天作的夢嗎？」鈴愛勉強自己微笑，但涼次沒有笑。「你快點醒來吧。今天是二十三日，花野的生日喔。」

鈴愛擠完最後的鮮奶油，把原本拿在手裡的擠花袋放在吧台，再度轉身面對涼次。

「我知道你還在寫劇本，我打掃時有看到過。你不是已經為花野放棄了嗎？你不是為了我們一家人而選擇要過安定的生活嗎？」

「我原先是這樣打算的，但佐野弓子老師對我說，非要我的劇本不可……啊，有人需要我，我覺得得到了認同，也覺得自己或許有才能。」

說著說著，涼次本來苦澀的表情逐漸改變，不再是和鈴愛母女一起生活的父親，反而像是他們初識時那個無憂無慮的少年，臉上甚至掛著淺淺的微笑。

鈴愛對著那張臉怒罵：「傻子！阿涼你真的很傻。容易對人好，容易上當受騙，容易得意忘形。你才沒有什麼才華呢！」

「妳為什麼要說那種話？為什麼要那樣說……我們剛認識的時候，妳不是很支持我嗎？」

「我們不是已經結婚了？不是一起生活了？不是有花野了嗎？」

涼次帶著受傷的表情默不作聲。

「阿涼，你幾歲了？別再說夢話了。你看，大家都在主屋等著，我們過去吧。」

鈴愛背對涼次準備捧起蛋糕。

涼次按住她的手。「等一下，鈴愛。我不是在說夢話，我是說真的。」

涼次說，佐野弓子有一本小說叫《戀花火》。

故事從孤獨的中年男子與過去心儀的同學重逢開始。最後什麼也沒有發生，兩人之間只剩下一枝過季的仙女棒。

「啊，我的說明聽起來像是隨處可見的故事，但其實真的真的是很棒的故事。」涼次熱誠地訴說著，「主角的中年男子以前是班上的第一名，也是班長，他一直只為了工作而活，甚至沒有時間建立家庭，現在卻被裁員——」

「阿涼，你很不會說故事，我也聽不懂你在說什麼。」鈴愛不耐煩地打斷。

涼次再度露出受傷的表情。「總之，我從佐野弓子老師那兒取得了原作改編權……啊，不對，正確來說我一開始原本拒絕了，可是田邊先生剛好有那本書，我借來翻看就停不下來。漸漸地、漸漸漸漸地腦海裡有了畫面！那兩個人的呼吸、聲音、點燃煙火時風吹來的感覺……」涼次忘我地說個不停，眼裡已經沒有眼前的鈴愛。

「我確信那個世界、那本小說的世界能夠變得更立體，變成活生生的東西，而且愈是去接觸就愈顯得真實。我告訴自己，趁著空閒時間留在大納言當作興趣去寫，持續寫著劇本，寫了又修正，寫了又修正，就這樣過了四年。寫好劇本後，拿給弓子小姐看，她稱讚我寫得很好，她說沒想過這根仙女棒會用百圓打火機點燃。弓子小姐說非我的劇本她不要，所以之前一直沒有翻拍成電影。」

「叫什麼弓子小姐，聽起來好噁心。」

「就是這樣，我花了很多時間。我陷進去了，每個畫面都是我的愛，我一個又一個小心翼翼地疼愛著，寫好又修改。等到劇本完成時，我心想無論如何我都要自己拍，這次我不想被祥平哥搶走……」

「原來上次的事情還有後續……我都不知道……」鈴愛以憤怒到顫抖的聲音說。

這情況比起跟前任復合更過分。鈴愛認為涼次的舉動，對她和花野是無上的背叛。

「阿涼，你是說當我在替花野換尿布，一整天忙著餵她七八次奶，耳朵覺得難受卻還要承受她夜晚大哭，抱著她去附近散步時，你沉迷在不存在的世界，迷上那個虛構的、虛構的、如今遭到裁員的不起眼主角和他以前的同學嗎？這不是背叛嗎？你為什麼之前不說？」

「我說不出口。鈴愛放棄了漫畫，我放棄了電影，然後我們共組了一個家。我自覺不應該回頭去找夢想。」

「既然這樣，就放棄你的夢想吧。」鈴愛忍住突然湧上來的淚水，懇求著。

涼次的臉上卻很燦爛，他以更宏亮的聲音說：「但是電影的世界在呼喚我。看過我完成的劇本後，弓子小姐也很滿意，我說希望由我來拍攝，她也同意了！」

明明要與鈴愛和花野分開，他的臉上卻看不到半點苦澀與難過，只顧著凝視自己閃閃發光的未來。這個天真無邪的男人，鈴愛打從心底覺得可怕，覺得憎恨。

「我終於可以拍電影了，終於如願以償當上電影導演了！」

「等一下，這件事情發展到什麼地步了？」

「等過完年，就要開始準備了。到時候我也會辭掉大納言的工作。」涼次說得雲淡風輕。

鈴愛試圖尋找雙方的共識。「你怎麼這麼自私……有家庭就不能拍電影嗎？」

涼次卻非常冷淡地說：「我想自斷後路。我不是打算只拍一部就結束，接下來還會繼續拍攝好幾部電影，生活也會因此變得很不安定。我無法做正職工作，只能兼職打工。家人會成為我的負擔。」

「給我去死……」

「嗯？」

「你給我去死，阿涼。你死了我就會原諒你，就會和你離婚。」

她這話裡有一半是認真的。

儘管如此，涼次仍舊睜著天真無邪的燦爛雙眼說：「鈴愛，我把一切賭在這次的電影上。如果真能拍出受人認同的作品，我的人生就能開啟新篇章了。」

聞言，鈴愛想起漫畫家時代的自己。

裕子成天趕著截稿，哀嘆：「我變成想像世界的人，變成畫漫畫的機器了！」

當時的自己，還自信滿滿地對她說：「這樣正好，我要的就是這樣，當漫畫機器很好！因為啊因為，畫漫畫、創作故事使人感動，能夠超越人生！我甚至會覺得這個世界就是我的。」

她當時是真心這麼想的。那個時候的鈴愛，不管誰說什麼都不肯放棄漫畫。

「那個時候的我，阿涼就像那個時候的我……」鈴愛茫然自語，「一切終將報應在自己身上，都要面對懲罰！這樣的阿涼不是阿涼。我的阿涼、我認識的阿涼、我愛的阿涼不是你這樣的阿涼！你這個叛徒，我不會原諒你！」

鈴愛拿起塑膠杯、湯杓等身邊的物品一個接一個扔去。涼次只是抬手護著自己，默默承受著。「你要作夢到什麼時候？快點醒醒！我們已經這把年紀，已經不年輕了，已經當父母了，你這個傻子！」

這時，一個小小身影飛奔過來。是花野，她手上緊緊握著手印簿，大概是要拿給鈴愛和涼次看。

花野極力張開小小的身體，護著涼次。「不行！媽媽，快住手！爸爸會痛，會痛！」

「你要丟掉花野離開嗎？」鈴愛停下丟東西的手，改用說的。

涼次只是不吭聲地聽她說話。

「你要丟掉花野離開嗎！」鈴愛哽咽斥責。

「爸爸不會丟掉小花。」護著涼次的花野抬頭仰望鈴愛，說得堅定。接著大概是想到什麼好事，突然一笑，咚咚跑向鈴愛抓起她的手，接著拉著鈴愛的手走向涼次，把兩人的手牽在一起。

「好了，你們快和好吧。」

但鈴愛和涼次已經無法直視彼此的眼睛。涼次的手很冷，鈴愛覺得，他彷彿是個陌生人。

鈴愛癱坐在地上啜泣。花野在一段距離外與稍微變舊的玩具熊玩耍。她對著玩具熊唱了好幾次：「你叫什麼名字？」那是在幼稚園學到的遊戲歌。花野臉上出現想到什麼的表情，跑向哭泣的母親，接著對鈴愛唱：「妳叫什麼名字？」

「森山鈴愛。」

鈴愛明白，這是花野擔心她的方式，所以儘管在哭，仍勉強撐起笑容回答。

「唉呀，好棒的名字呢！」面帶笑容唱歌的花野惹人疼愛，鈴愛緊緊抱住她。即使她邊哭邊收攏雙臂，花野也沒有反抗。

「小花呀。」

「這裡喲。」

「妳改叫楡野花野，不再是森山花野，好嗎？」

「哦！」花野覺得有趣，唱著：「妳叫什麼名字？」接著自己回答：「楡野花野。」然後笑著說：「聽起來好怪。」

「是嗎，很怪呀……」鈴愛抽抽搭搭哭著，再度抱住花野。

這時傳來喀嚓聲，鈴愛抬起頭。去藤村家一趟的涼次回來了。

他沒有看向鈴愛，逕自開始收拾起行李。

鈴愛原本期待光江她們能夠幫忙阻止，看樣子是沒成。涼次的左臉紅腫，大概是挨打了。

涼次陸續把東西塞進包包裡，鈴愛也跟著逐漸變得不安，忍不住開口喊：「阿涼？」

涼次沒有回頭。

「爸爸？」似乎感覺到什麼，花野跑過去纏住涼次，他才停下手上動作抱起花野。

「小花，生日快樂，給妳。」

涼次把脖子上綁著緞帶的可愛狐狸布偶交給花野。

「哇，狐狸！好可愛！」花野歡呼。

涼次把花野舉高。

「爸爸，小花已經五歲，是姊姊了，所以不能舉高高。」花野一副小大人的模樣說。

於是涼次改抱著花野在較低的位置搖晃。「那麼，舉低低。」

花野哈哈大笑。

涼次放下花野，看向掉在地上、攤開的手印簿。

「小花的小手變大了。」涼次擦掉滲出的淚水，微笑著。

花野精力充沛舉手張開手掌，想讓涼次看個仔細。「對呀，我已經可以撿很多橡果了！」

「橡果啊。」

涼次笑了笑，接著拿起波士頓包，緩緩走向玄關。

「你要去哪裡？」

「……對不起。」涼次就這樣走出家門離開。

花野追著涼次走了一小段，小聲說：「爸爸。」

鈴愛沒有動，一直癱坐地上，垂著頭。

不曉得過了多久，繃著一張臉的光江邊說邊走進來。「我進來了。」

「我過來的時候遇到他，希望他稍微冷靜冷靜就會回來。」

「反正他一定是去祥平先生家。」鈴愛有氣無力地說。

「是啊，他也沒有其他去處。」光江笑著。

鈴愛卻笑不出來。「與其去祥平先生那裡，倒不如是因為有女人。」

鈴愛想起涼次第一次完成的劇本，也是祥平先生看。她覺得落寞。

她眼中帶著深沉的悲傷，望著花野與小狐狸玩偶玩耍。

聖誕節、正月新年，涼次都沒有回來，沒有任何聯絡，也沒有半通電話。

別館少了涼次而變得很空曠，鈴愛在家與花野玩扮家家酒。

花野拿玩具菜刀假裝切玩具蘿蔔，接著把玩具蘿蔔放在盤子上，遞給鈴愛。

「來，今天吃紅蘿蔔。」

「配菜只有紅蘿蔔？我們好窮啊。」

鈴愛拿起玩具筷子準備吃蘿蔔，又停下動作。淚水突然湧了上來。

她最近一直都是這樣。不管做什麼，都會突然覺得很恐懼，無法抑制眼淚。

「怎麼了，媽媽？貧窮太難受了嗎？」

聽到花野的話，鈴愛緩緩搖頭。「小花，怎麼辦，爸爸不回來了。」

「今天可能不回來，不過明天或後天，他就會回來了。」

花野以氣定神閒的表情掛保證，鈴愛紅著眼看向女兒。

花野朝鈴愛伸出雙手要她抱抱。花野也開始感到不安了吧，自從涼次離開後，她要求抱抱的頻率增加了。鈴愛張開雙手，緊緊抱住撲過來的花野。

「嗯，他會回來。明天或後天……」鈴愛像是在說服自己般，默默低語。

這時，涼次正在「Cool Flat」事務所的廚房裡油炸碎掉的鏡餅，做炸年糕。

他把現炸的年糕盛盤，跟祥平一起吃。時間彷彿又回到他結婚前的樣子，涼次再度一副理所當然的態度住進祥平家裡。

「涼次，你不回去，這樣真的好嗎？」

「是，我決定了。」涼次沒有半分猶豫地回答。祥平嘆氣。

這時門鈴響起。

祥平一開門，就看到打扮正式的光江和麥站在門外。

「他在吧？」光江問得直接。

涼次在後頭的房間裡緊貼著牆壁，不敢大口呼吸。

「小涼，涼次，我是光江嬸嬸。」

聽到光江的呼喚，涼次迫不得已「喵」了一聲假裝貓叫。

「怎麼，你有養貓嗎？這樣啊，讓我進去看看，我想摸摸貓肚子。」

光江大步走進屋裡，在裡面的房間找到涼次。他死到臨頭還不甘心，又「喵」了一聲。

光江朝他的腦袋瓜狠狠打過去。那股魄力，讓祥平忍不住哆嗦。

涼次和祥平聽從光江的要求，坐到桌前。在尷尬的沉默後，祥平率先開口，說自己一直想替涼次把機會找回來。

「不是每個人都有機會，而涼次曾經差點抓到機會。當然他也有實力，我卻搶走了他的機會。很抱歉，我後悔得不得了……」

所以祥平決心要讓《無名鳥》成功。有錢、有人脈之後，他才能替涼次重新準備一個電影導演的位子。

但是這件事，涼次拒絕了。

「我明白他不想再和我有瓜葛。」

「那你為什麼……」光江兩人看著祥平。

如果他說的是真的，兩人照理說應該再無往來才是。

「但是……」把話接下去說的人是涼次，「是我主動聯絡祥平哥。我還是無法放棄祥平哥、放棄電影的世界……不，我本來認為再也沒有機會當電影導演，所以我只是不想和非常有才華、能夠創作美好作品的祥平哥斷了緣分。我對他的嚮往、崇拜沒有消失。」

接著，因為佐野弓子的要求，涼次寫了劇本。

「涼次將佐野弓子的小說《戀花火》寫成很出色的劇本，我身為一個電影人，也認為這部作品絕對要由涼次來拍攝。」

祥平這番話說得堅定，涼次聽得很開心。

「是嗎，前因後果我明白了。既然這樣，你去拍不就好了？」

光江突然露出不自然的笑容說。

「咦？」

「想當電影導演就去當不就得了。好，就這麼決定了。來，我們回家吧。小花的爸爸是電影導演，聽起來很帥。」

「我不回去。」涼次態度堅決，「我不回家，我要和鈴愛離婚。」

「為什麼？莫名其妙。如果你是擔心錢，這問題總有辦法解決。反正有大納言在，而且就算你無法全職工作，大家也會幫忙分攤，對吧？」

光江問麥尋求同意。麥含糊點頭，卻也隱約明白這條路行不通。

「我已經決定不回去了，我要自己一個人單打獨鬥。」

「為什麼？」

「光江嬸嬸，現在對我來說是一輩子只有一次的機會。這麼平凡的我能夠得到這個機會，這種事不會再有了！就算要我賭上人生也不足惜。」

「這世上還有比家人更重要的東西嗎？」

「鈴愛很惹人憐愛，小花也非常可愛，我的生活過得太圓滿，這樣一來，我的人生也就到此為止了。」

「你到底在說什麼……」光江是真的不懂涼次的意思，因而感到不知所措。

「我想要讓這次的電影成功，而且不想只拍這一部就結束。電影導演是上萬人嚮往、必須一個人去拚的特殊工作。我認為待在平凡的幸福裡無法成功。啊……至少我認為自己不行。我相信有能力的人應該可以雙方面都兼顧，但我做不到。」

「所以你選擇拋家棄子？你把家人和電影放在天秤上，最後選擇拋棄家人？」光江抓住涼次，「我不記得我們家有養出你這種人！」

光江不希望涼次變成她們的父親那樣。

相框照片裡那位帥氣的父親，以前是帽子設計師，說什麼在尋找繆思女神，所以與諸多女子往來，替那些女人做帽子。製作出色的帽子就是他的全部，但他最後被趕出家門，孤單死去。身為帽子設計師，生意好的時候不錯，很多人吹捧奉承；但生意差的時候，就連女人都跑了。光江當時獨自照看沒錢去醫院、脾氣暴躁的父親。

光江告訴涼次，不可以變成那樣，人不可以拋棄人性，還說即使會變成知名的大藝術家也不能如此。光江眼裡帶著不甘心的淚光，抓著涼次的襯衫。麥拚命阻止她，但涼次只是由著皤皤動粗，對於光江所說的話沒有半點情緒波動，緊抿著雙唇默不作聲。

祥平低著頭，一直聽著光江說話，臉上像是在隱忍什麼。

不管光江的話說得多重，不管麥偶爾軟言軟語相勸，涼次還是堅決不回應。

光江最後堅持不住，在麥的攙扶下垂頭喪氣地離開。

「你這樣做真的好嗎？」

只剩下他們兩人，祥平再次問了不曉得問過幾次的問題。涼次立刻堅定稱是。

「祥平哥，身為一個人，我是不是做錯了？」

「嗯……應該是。」

涼次低下頭。

祥平勾起嘴角微笑。「不過，你的人生是你的。既然涼次這樣決定，我就會支持你。」

祥平也再次下定決心，以低沉的嗓音輕聲說：「我會站在你這邊。」

拋棄家人的分明是涼次，他卻以棄犬般的眼神凝視著祥平。

到了傍晚，鈴愛沒有開燈，房間如暈開的淡墨般昏暗，她抱著膝啜泣。

看不下去鈴愛憔悴的模樣，瑪麗把花野帶去藤村家照顧。鈴愛心裡也清楚，為了花野她不該再這樣下去，眼淚卻止不住。

桌上放著涼次那天送她的萬花筒。只是盯著萬花筒，新一波的淚水又立刻湧上來。

鈴愛一把推開，萬花筒掉下去，滾到了手機旁邊。

鈴愛無意識拿起手機，無意識按下電話號碼——那個從小就按過無數次的號碼，她的手一直都記得。

她有些猶豫要不要按下最後一個數字，最後還是按了。為什麼突然想要打電話給他？鈴愛自己也不明白。她維持著抱膝坐下的姿勢，耳裡聽著來電答鈴。

「喂？你好！」

聽到少年的聲音，鈴愛手忙腳亂。她真的以為接電話的是小時候的律。

「喂？我是萩尾！」

「咦，誰？」

鈴愛忍不住小聲問，接著又說：「啊，和子女士、和子阿姨在嗎？」

「和子女士……啊，奶奶嗎？她現在不在家！」

聽到這句話，鈴愛總算反應過來對方是律的兒子。想到律有了孩子，鈴愛心裡就湧上一股情緒；不是嫉妒或悲傷的汙濁情感，而是清澈、一陣又一陣的溫暖感覺。

「我爸在家！叫爸爸來接電話可以嗎？」律的兒子以聰明伶俐又活力充沛的嗓音問。

鈴愛猶豫了一下，回答：「啊，不用，沒關係、沒關係。」

接著她突然想起，問少年的名字。

少年回答：「我叫翼。萩尾翼，今年七歲。」

「你叫翼啊，名字真好聽。」

「有嗎？您是哪一位呢？需要我幫忙傳話嗎？」

「啊，沒關係，我會再打來。謝謝你。」鈴愛溫柔說完，掛了電話。

她緊握手機，喃喃自語：「律的兒子啊……真是不敢相信。小翼……」

不曉得為什麼，淚水溢出了眼眶。

「咦？我是怎麼了……」

鈴愛自己也嚇了一跳，正在擦拭淚水，從藤村家回來的花野直直從玄關跑過來。

「我就知道妳還在哭。」

「原來我在妳眼裡就是一直在哭啊，這樣不行。不過，小花，這不是悲傷的淚水，是感動的淚水喔。」

花野偏著腦袋不是很懂。她窩進鈴愛懷中，讓鈴愛抱個滿懷，再把手上的摺紙交給她。

「拿去，這個，我也做了一個給媽媽。是麻雀！」那是用紙摺成的麻雀。

「哇，好厲害，這是瑪麗嬸婆做的吧。」

「被識破了。」

鈴愛抱緊花野，忍不住喊了她的名字：「小花……」

「是！媽媽。」

鈴愛哭紅的雙眼含笑。「媽媽嗎？我已經是媽媽了，是媽媽。」

律在不知不覺間也已經是爸爸了，小翼的爸爸。鈴愛在心裡想著，哭著。

時光在我們身上流逝。

律也有了生命的延續，成為別人的爸爸。想到這裡，鈴愛覺得心裡一暖，又想到兩人從年幼走到了這麼遠的未來，心情變得很複雜，有些寂寞又有些安心。

泡好咖啡，祥平原本準備離開，鈴愛制止他。「如果方便的話，你也留下。」

祥平一臉緊張地在涼次旁邊的位子坐下，涼次則始終繃著一張臉，直視前方。

昨天鈴愛聽光江說，涼次人在祥平的事務所。光江說她過來勸過了，涼次卻沒有改變想法，還說改天會再過來勸勸他。又說涼次現在是因為第一次當導演，一時樂昏了頭，等過幾天就會冷靜下來。可是鈴愛不這麼認為，這不是冷靜幾天就能夠解決的問題。

她決定親自去一趟事務所，把話說清楚。

繼續這樣不把事情解決，對花野不好，鈴愛自己也無法接受。她已經不再是哭著要人幫忙的小孩子，她要為自己的人生抗爭。做出決定之後，鈴愛隻身來到「Cool Flat」事務所。

「阿涼。」鈴愛對好久不見的丈夫喊了一聲。

見對方終於看向自己。鈴愛扯唇笑了笑。「新年快樂，雖然拜年的時機早就過了。」

「嗯……」

「我們今年也一起好好過……可以嗎？」

涼次不改緊繃的表情。

「我聽光江嬸嬸說了，你的決定，還是一樣嗎？」鈴愛以細小的聲調問。

「是。」

得到明確的回應，鈴愛的表情瞬間變成悲傷。「我不答應……」

聽著那個哀痛的聲音，祥平眼中充滿不捨，看向鈴愛。涼次的臉上卻面無表情。

「我不要和你離婚。我從那個時候、從那個時候起，從阿涼在雨中拋開雨傘，陪我跳舞的那個時候起，我就愛上了你，一直愛著你，現在也愛你愛得不由自主。」

淚水一顆顆從鈴愛雙眼落下。涼次也眼眶泛紅，卻一直忍住淚水沒有哭。

「涼次，你回來吧。」鈴愛凝視著涼次，掏心掏肺地傾訴。

涼次卻垂眸，小聲說：「對不起，鈴愛。小花就拜託妳了。」

心臟停止了。

鈴愛突然覺得眼前的現實變得好遙遠。她失神地想著「對不起」這句話真像是一把利刃。

她慢慢回到了現實，看著涼次，接著盡全力彎起一抹微笑，一個母親才有的溫柔微笑，說：「後會無期。」

涼次沒有回答，只是靜止不動，像在忍痛。

鈴愛轉向祥平，說：「祥平先生……涼次就拜託你了。」

最後，她以妻子的身分，堅定鞠躬。

事實上她早有預感，所以才會要求祥平留下，只為了最後把涼次託付給他。

「好。」祥平也堅定鞠躬，回應鈴愛的意思。

涼次已經不再看鈴愛的臉，他的肩膀微微顫抖。

祥平把鈴愛送到門口。

鈴愛踏出門外一步，突然仰望天空，從大樓五樓看著天空。

「天空真藍。」鈴愛忍不住說。

祥平也仰望天空，沉吟道：「嗯……」

來到東京之後，第一次看到這麼藍的天空。

鈴愛一直望著天空，那片湛藍的天空，讓她想要回岐阜。這是她來到東京之後第一次，打從心底有這個念頭。

二〇〇八年　岐阜 I

到了四月，鈴愛決定帶著花野搬回岐阜。

光江她們對她說，要在藤村家待多久都可以，甚至希望她們留下，可是鈴愛沒有改變決定，這是一個了斷。代替自己的大納言工讀生很快就找到了。看到自己的位子很乾脆地被人代替，鈴愛有種難以形容的寂寞。

她花了不少時間把別館打掃乾淨，就與三個嬸嬸道別。

「妳們要再來啊，希望能夠再見到妳和小花。」

聽到光江的話，鈴愛笑著點頭。

光江她們不只是花野的嬸婆，對於鈴愛來說，也已經等同於家人了。鈴愛與花野眼中含淚，笑著與嬸嬸們說再見，出發前往岐阜。

鈴愛沒有對娘家透漏半點風聲，無論是她要搬回家或離婚，她都沒有說。

鈴愛下定決心之後就採取行動，買了新幹線車票而非夜間巴士車票。她給花野買了霜淇淋，又在品川車站地下街給自己買了香檳，打算一路喝回家。

此刻的鈴愛，需要這種程度的裝模作樣。

「呼喲喲。」

鈴愛拉著花野的手，站在杉菜食堂前，忍不住說出久違的口頭禪。

花野也立刻模仿：「呼喲喲。」

杉菜食堂前面大排長龍。

「小花，媽媽好像走錯地方了。」鈴愛忍不住開玩笑。她不認為杉菜食堂有可能這麼風光，但眼前的確實是杉菜食堂。

杉菜食堂在鈴愛不知道的時候，成了人氣餐廳。儘管過去曾一度差點倒閉，但草太在婚後回到梟町繼承了食堂，把店裡的生意經營得有聲有色。

草太設計的豬排飯大受歡迎。豬排不是滷過，而是炸得酥脆，再放上軟嫩的雞蛋。這碗鬆軟又多汁的豬排飯因口耳相傳蔚為話題，甚至有人不惜遠道而來吃上一碗。

鈴愛鑽過排隊的人龍，進入店裡。晴他們正全體出動，忙著服務坐滿店裡的客人。早就過了退休年紀的仙吉，也俐落送著豬排飯。

「我回來了。」

聽到鈴愛的聲音，晴等人瞬間停止動作。

「我回來了！」什麼都要模仿的花野重複一遍。

晴等人同時看向鈴愛母女。

屠夫碰巧坐在店裡吃豬排飯，也驚訝地睜大雙眼。

晴第一個開口：「妳是怎麼回事？怎麼突然……」

「我們回來了。」

「哦，妳們今年過年沒回來，太爺爺正覺得很寂寞呢。小花，過來。」

仙吉蹲下，張開雙手，花野大步跑過去撲進他懷中。

「怎麼了，鈴愛，妳們這次打算待多久？」

聽到宇太郎的問題，鈴愛視線飄渺地說：「永遠。」

瞬間聽懂的晴立刻皺眉。

「我去東京的時候，爺爺、爸爸還有媽媽都說過，只要我想回來隨時都可以回來，所以楡野鈴愛，回來了。」鈴愛氣定神閒地說完，彎身一鞠躬。

原本抓著仙吉的花野也連忙回到鈴愛身邊，跟著低頭一鞠躬。

「妳在說什麼，小涼怎麼了？」晴不停粗喘著，彷彿此刻就要倒下。

屠夫吃著豬排飯，興味昂然地望著這場面。

「外婆。」

聽到花野的叫喚，晴的表情突然變得溫和。「怎麼了，小花？」

「那個啊，外婆，媽媽被爸爸甩掉了。妳不要罵媽媽，媽媽很可憐！媽媽被爸爸丟掉之後每天哭，很可憐！」

花野以整家店都能夠聽到的音量，大聲維護著自己的母親。現在不止屠夫，全店的人都在注視著鈴愛她們。

鈴愛得知自己在花野眼中原來是這種形象，深受打擊，無法重新振作。

「媽媽她沒有搭乘夜間列車去北方，從下小雪的懸崖跳進大海裡，就很值得獎勵了，媽媽第一名！」花野拚命對晴說著。

「這孩子平常都看什麼電視連續劇呀？」

聽到仙吉的話，鈴愛無力笑了笑。

「妳離婚了嗎？」

晴這句話，使得原本正在吃豬排飯的客人們全都停下筷子。眾人豎起耳朵，聽著鈴愛他們的對話。

「妳和涼次離婚了吧？」晴眼裡已經看不進四周的一切了，毫不留情地又說了一次。

客人們全都哽住嗆到，連忙喝水舒緩。

沒道理繼續把家裡的醜事拿到客人面前丟人現眼，於是屠夫站起來開口：「呃，阿姨……」

「屠夫，你為什麼在這裡？」鈴愛這時才發現屠夫也在場，忍不住出聲威嚇。

「我只是過來食堂吃豬排飯，沒什麼特別的。那個，阿姨，這些事情在這裡談似乎不太好，進去裡面吧，好嗎？去裡面。」

屠夫推著晴的背，催她進去裡面。花野這時突然跑向屠夫仰望他的臉，哈哈笑了起來。

「叔叔，你的臉好好笑！」

屠夫後來與菜生結婚，也生了兩個孩子，此刻卻瞪著花野，完全沒有大人的模樣。不怕事的花野眨了眨亮晶晶的雙眼仰望屠夫，看起來就跟小學時那個小屁孩鈴愛一模一樣。

屠夫不自覺回到那個時候，語氣恨恨地回嘴：

「妳媽可是麻雀呢。哈哈哈，什麼怪名字，麻雀！烏鴉嗎？老鼠嗎？」

「怎樣，你自己叫屠夫，還好意思跟小孩說這種話？」

鈴愛把花野護在身後，抓著屠夫說。

「還不是因為妳叫我屠夫，從此之後大家一直都叫我屠夫！大爺我的本名可是氣勢磅礡的龍之介——」

「屠夫叫屠夫就很夠用了。」兩人就像小學時一樣，拌起嘴來。

「啊，你們快住手！」就在晴介入調停時，拉門喀啦一聲打開。

「你好。」

鈴愛立刻就知道那是律的聲音。她仍抓著屠夫，轉頭面向店門口，找到那張懷念的臉。

「律！」

認出鈴愛的律，臉上露出難以形容的表情。

啊，為什麼又是這麼糗的時候！鈴愛反射性這麼想。

這其實是兩人時隔十三年的重逢。

鈴愛把花野交給仙吉等人，與菜生約在燈火咖啡廳碰面。

她們以啤酒慶祝久別重逢。鈴愛只把要搬回娘家住的打算告訴菜生，她期待菜生能夠代替她去把這件事告訴大家，就像她以前讓草太去告訴大家，自己不當漫畫家的消息那樣。

哪知鈴愛才說完，菜生就笑著說：「這種事情妳得自己去交代。」

離婚的事情還沒說完，鈴愛就提起律出現在杉菜食堂。

「怎麼連律都在這裡？」當時鈴愛錯愕地問。

律不改一如往常的完美撲克臉，回答：「我只是過來食堂吃豬排飯，沒什麼特別的。」

「這樣啊，律沒有告訴妳他的近況嗎？」菜生意有所指地壓低聲音說。

「咦，他離婚了嗎？律也離婚了？」

原來如此，怪不得他才會回到梟町嗎？鈴愛很滿意這個自以為是的答案，內心瞬間騷動不已。兩人在同一時間點離婚，回到故鄉重逢，這不是命中注定，什麼才是？

看到鈴愛臉上赤裸裸呈現出腦子裡的想法，菜生沒好氣地盯著她。

「妳還是沒變，鈴愛，老是喜歡把一切都往自己想要的方向、自以為是的方向去解釋。」

這時門上的鈴鐺啷一響，屠夫走進來。鈴愛看到跟在他身後的律，不小心嗆到咳嗽。菜生看到屠夫，氣急敗壞地問，交給他看著的摩卡和亮晶晶兩個孩子怎麼了。屠夫轉開視線，回答孩子們和爺爺、奶奶還有姊姊去烤肉了。

「你們的小孩取名叫摩卡和亮晶晶嗎？真有特色。」律說得雲淡風輕。

「好了好了，貓頭鷹會的成員好久沒團聚了呢，一起坐、一起坐。」

在老闆雅子的勸說下，四人在從前的老位子坐下。

鈴愛瞥了一眼坐在對面的律，又轉開視線。

他仍是那張撲克臉。

「離婚了？」

律在自己的玻璃杯續滿一杯啤酒，又問了一次。

鈴愛點頭。「對。」

「準備搬回娘家嗎？」

「對，就選在今天這個良辰吉時。」

不久前，四個人才舉杯慶祝貓頭鷹會成員全體到齊。顯然喝過頭的屠夫和菜生從剛才就移動到其他座位去吵架。說吵架，其實是菜生單方面在抱怨屠夫忘記紀念日，屠夫則偶爾提出一句「妳不也是」作為反駁的攻防戰。

鈴愛面對律，小口喝著啤酒，開始說起自己離婚的前因後果。

「所以我現在是美麗的寡婦。」

「咦？妳老公死了嗎？」

「嗯？是這樣嗎？寡婦是老公死掉時用的嗎？」

「對。」

「那就不是，我不是寡婦。他還活著，我前夫還活得好好的。」

「那就好。」

鈴愛一口喝光剩下的啤酒，說：「或許他死了還比較好，我就可以徹底死心了。」

律一語不發替她倒啤酒。

「律……」鈴愛把手放在律的手臂上，以炙熱的眼神望向他，不只是喝酒的緣故。

看到她溼潤靈動的雙眼，律不禁嚇得往後一退。

「怎麼了？」他小心翼翼地問。

鈴愛微笑說：「那天……」

「那天？」

「那個時候。」

「那個時候？啊，妳在說那首歌的歌詞嗎？」

「不是。那個時候，你在夏蟲車站向我求婚那個時候。」

「啊……」律的表情有些尷尬。

鈴愛語帶熱切準備要說，現在該是兩人結束跨越十三年的錯過的時候。

「我當時告訴你我沒辦法——」

「啊，沒關係，那個時候的事情已經……」律的反應很冷淡。

鈴愛緊緊抓住他的手臂，希望無論如何，都要解開這個誤會。

「不是的，律，我當時說沒辦法是因為——」

菜生這時搖搖晃晃走回來，盯著鈴愛和律的舉動，以大到整家店都能聽見的音量說：

「啊，釣凱子！」

在關鍵時刻被打斷，鈴愛忍不住在心裡嘖了一聲。

「啊，妳才剛回來就釣凱子，就想要和律再婚！」

菜生一個人呵呵笑著，看樣子是完全喝醉了。

屠夫連忙扯住她，以親切的笑容面對鈴愛他們。

「兩位請繼續……」

鈴愛在心裡不滿咕噥：「你這叫我要怎麼繼續？」

雅子拍拍手說：「好了，你們，別在這種地方搞外遇，快點回家！」

「咦，外遇？」

鈴愛立刻看向菜生。

菜生賊笑點頭。「鈴愛，律回來不是因為被老婆退貨，他的老婆可是好好地待在大阪。他只是請調到名古屋的菱松電機，之後還是會回去大阪，只是暫時待在梟町而已。」

「什麼，原來是沒帶家眷外派啊？那我剛才說的，取消！」

鈴愛立刻放開律的手，笑一笑掩飾自己的失誤。聽到這情況，鈴愛的醉意也徹底清醒了。早該知道不可能這麼巧。長大成人後，自以為是的毛病還是沒變。鈴愛對於自己不知所云的行徑很氣惱，一邊喝光剩下的啤酒。

律還是一張撲克臉凝視著鈴愛，但他什麼也沒問。

「你們的青春時代早已過去了，高中畢業都什麼時候的事了？都已經是當叔叔阿姨的年紀了吧？三十歲，四十歲？不清楚啦。總之你們的孩子都在等著你們吧？還不快點回去，你們這些不良中年！快滾，放學了！」

正好店裡也沒有其他客人，雅子決定今天就還在這時間打烊，於是把鈴愛他們被趕出店外。喝醉的四個人搖搖晃晃，走在夜晚的商店街。

四人齊聲唱著〈故鄉〉，不斷反覆，自然而然就分成高音部和低音部，譜出和諧的合唱。他們的歌聲超乎想像地好聽，鈴愛感覺自己還在青春時代。

結果她比預期中還要晚才回到家，花野已經和仙吉一起睡了。

晴讓鈴愛睡客廳。鈴愛原本以為可以睡在自己的房間，

晴期期艾艾地解釋：「那個房間現在有點破爛。」總之就是不方便。

鈴愛只好老老實實地在客廳裡鋪好睡鋪。她走向仙吉的房間，看看花野的臉。

看著花野的睡臉，她瞬間變成溫柔母親的表情，接著順勢在花野身旁躺下，仰望天花板。

過來看看情況的晴小聲問：「妳在幹嘛？」

鈴愛緩緩起身，放低音量回答：「媽，天花板上有魚。我以前和爺爺一起睡的時候，總愛盯著那個魚看。好久沒看了。」

晴忍不住嘆氣。「妳啊，這副德性真的是當媽的料嗎？」

「我是花野的媽媽呀，我全世界最愛、最寶貝的就是這個孩子。啊，妳也是我很重要的人。」

「少貧嘴，妳以前有漫畫。媽媽還以為對妳來說漫畫最重要，以為妳只愛漫畫。」

鈴愛如今才懂晴的感受。她連忙搖頭。

「不對，媽，我是沉迷於漫畫。沉迷，那不是愛。生下這個孩子之後我才懂。」

「是嗎……媽媽很疼妳和草太，也希望妳嘗嘗我感受過的。」

晴把手裡的小狐狸玩偶交給鈴愛，那是花野的小權太。

「小花說，媽媽自己一個人會很寂寞，所以要我把這交給妳。」

鈴愛抱緊小權太，看向花野的睡臉。

大概正作著開心的夢吧，花野隱約帶著微笑，真的好可愛好可愛。

洗好澡之後，鈴愛大字形躺在客廳的睡鋪上，身旁躺著小權太。她閉上眼。

只要眼睛一閉上，就能強烈感受到熟悉的老家味道。

待在梟町就能和過去一樣，對菜生、屠夫、對律說「明天見」。鈴愛不自覺鬆了一口氣。

「那些都不算什麼了……」不曉得為什麼，淚水滑落。

鈴愛微笑著，深深吸入家裡的味道。

她此刻才感慨——我回到故鄉了。

第二天早上，鈴愛就明白為什麼無法睡在自己的房間。

她一醒來，就看到一名身材結實的陌生男子坐在客廳大口吃飯。鈴愛大喊：「有小偷！」趕來的晴告訴她這位是健人，還說他為了把草太的豬排飯帶回去美國推廣，正在店裡當學徒。

這名男子目前正住在鈴愛的舊房間裡。

他的父母分別是關西人和東京人，而他則在美國長大，所以說話的方式很獨特，結合英文、標準日文和關西腔。他用英文摻雜關西腔，劈里啪啦地對著鈴愛說話，再加上擁有爽朗的笑容，鈴愛有些招架不住。她的心裡固然對這傢伙有好感，但一想到自己的房間被他占去，鈴愛還是有些不悅。她的家人也都很喜歡健人，鈴愛有一股危機意識，覺得自己的地位被搶走了。

她心想，梟町感覺上好像沒變，但其實也改變了。

而且改變的還不止這些。

打烊後的杉菜食堂裡，鈴愛從晴和貴美香醫生那兒聽說了和子的病情。她罹患的是心臟疾病，稱為擴張型心肌症，據說是心臟變大的心肌病變。貴美香醫生不確定和子能夠活多久。

鈴愛想起才剛見過的和子。她稍早去了一趟照相館分送蠶豆。當然，分送蠶豆是藉口，去探望和子才是真的。當時她只聽晴說和子身體不適，見到好久不見的和子躺在床上休息，精神不錯，氣色也比想像中好。久別重逢的兩人互相擁抱，聊了一會兒。

「阿姨也因為律回來很開心吧。」

聽到鈴愛這麼說，和子微笑。

「又不是要一輩子留下來，他只會待到我的病情穩定而已。」

於是鈴愛笑著說：「原來如此。阿姨也很矛盾吧，希望自己的病能夠治好又不希望治好。」

鈴愛沒有多想，就把這件事告訴晴，晴這才告訴她和子真正的病況。

「就是這麼一回事，妳以後說話小心點。」晴交代。

鈴愛在想，和子當時是以什麼樣的心情聽她說那句話呢？鈴愛當然希望和子的病能夠治好。她就是覺得一定能夠治好，才會無心說出那句玩笑話。可是和子的病怕是治不好了……

「她不是馬上就會死掉吧？」鈴愛懷著希冀問。

「嗯，應該不會……」貴美香醫生含糊回答。

「大家都知道嗎？」

「和子只告訴我。」

「只告訴媽……」

貴美香醫生表示，有些人或許已經隱約察覺到了，但詳細情況除了和子一家之外，就只有貴美香和晴知道。

「她為什麼會告訴媽？因為她相信妳嗎？」

「她說是因為不希望每個人看到她，都在想著：『啊，和子快死了。』」

鈴愛多少能夠明白這種感覺。

「至少在面對其他人的時候，她會想要忘記自己的病痛。自己想忘記，也希望見到她的人覺得她很有精神，這樣子比較輕鬆。」

「如果是這樣，為什麼要告訴媽呢？」

「因為她也希望有個真正在乎她的人能夠懂。」

貴美香醫生代替不曉得該如何回答的晴開口。

「也想對自己真正喜歡的人撒嬌。」

「原來如此……」

「身為醫生的我，很久以前就認為生病的人有特權，可以對人撒嬌。」

「這樣啊，也是。」

「妳這孩子冒冒失失的，我怕妳把事情捅出去。以後跟和子阿姨講話時注意一點。」

鈴愛失神地點點頭，腦子裡都是和子的事。她希望和子也對她撒嬌，雖然不知道自己能夠做什麼，但還是希望她能依賴自己。

「妳沒事吧，鈴愛？」

聽到貴美香醫生這麼問，鈴愛很認真地回答：「嗯，我沒事。」

鈴愛獨自在燈火咖啡廳，喝咖啡沉思著。

她在想自己能夠做什麼、自己可以做什麼。

得知秋風罹癌時，鈴愛說：「生病的事不應該隱瞞，應該和大家一起戰勝病魔。」

但當時律反對。律告訴她，沒有三思過的言論也可能傷人。

她不想讓律討厭，但又不能什麼都不做。

「怎麼，妳一個人啊？」屠夫笑得沒心沒肺地靠過來。「怎麼了？哈哈，妳居然一個人在喝咖啡。妳在家裡沒地方待嗎？被老公退貨的人果然很辛苦。」

鈴愛沒有心情理會屠夫的挑釁，一口氣喝下咖啡。

「咦，妳怎麼轉性了？我還以為妳會拿咖啡潑我，都做好防備了。」

「律他總是什麼也不說。」鈴愛的眼裡微微泛起淚光。

屠夫斂起臉上的壞笑，輕聲問：「妳是指和子伯母的事？」

屠夫也注意到了。原本在大阪機器人研究小組擔任領導人的律，卻要求暫時轉調到名古屋分公司，屠夫也察覺到了原因。如果和子的病情能夠痊癒，公司也不會這般配合。

「妳別在律面前提起這件事。只要那傢伙沒提，妳就不准說。」

「太卑鄙了。」淚水從鈴愛的眼眶落下。

屠夫不解地粗魯反問：「什麼意思？為什麼這時候會冒出卑鄙兩個字？聽不懂妳在說什麼。」

「他前不久還擺出雲淡風輕的表情，高中時的那張臉、那個鬼樣子，跟我們一起笑鬧……」

鈴愛想起大家一起合唱〈故鄉〉一邊回家的那一晚。那時候的律，完全看不出對於和子的病情有半點痛苦。

「只有我什麼都不知道……只有我永遠跟小孩子一樣……」鈴愛的眼淚滴滴答答掉落。

她覺得自己很沒用，每次都要等到別人告訴她，她才會發現。律準備考大學的時候也是，直到他告訴她沒辦法跟以前一樣一起去玩為止，鈴愛自己都沒有自覺。自己從那時候起就完全沒變。屠夫清了清喉嚨，把面紙遞給她。鈴愛接過面紙擦了擦眼淚，擤了擤鼻子。

「和子伯母……和子伯母，會死掉！」鈴愛以面紙按著逐漸湧出來的淚水，自言自語著。

她的腦子裡裝了太多和子的事情，一不小心就暴露了和子隱瞞的祕密。

聽到鈴愛的話，屠夫兀自驚慌失措。

這時店門打開，律出現。

「哦，你們兩個都在呀。」看到鈴愛和屠夫，律語帶輕鬆地說。

但等他注意到鈴愛正在哭，就有些想走人。

「喂，真的假的，你們兩個又吵架了？你把她惹哭了？你瘋了嗎，都已經幾歲了。你又說人家被老公退貨吧？」

屠夫連忙擺擺手否認。

「嘿，被老公退貨的。」律開玩笑地說。

鈴愛卻沒有看向律，繼續哭著。

「咦，哭真的？我先走好了。」

話還沒說完，雅子老闆已經默不作聲在律的面前放上一杯咖啡。

明白雅子的意思是要他坐下，律戰戰兢兢落坐。

鈴愛和屠夫什麼話都還沒說，律很快就明白是怎麼回事了。他不再插科打諢，反而慢悠悠喝著咖啡，等待鈴愛哭完。

等到鈴愛的眼淚終於停住，他以認真的表情靜靜說：「我希望妳用一如往常的態度跟和子女士相處。」說著這句話的律，感覺比平常更遙遠，真正的想法也比平常藏得更深。「和子女士也希望妳這樣。」

「律……我想成為你的支柱。」

鈴愛迎向律的雙眼。她沒有重逢時那些不正經、心存邪念的念頭，一心只想支持他，就像律始終支持自己那樣。

在廚房裡洗完碗筷之後，鈴愛哼著歌，一把抓起客廳裡的甜饅頭。就在她悠哉考慮著要不要泡個茶，就被晴責備：「沒有工作的人不准吃！」

鈴愛原本滿腦子都是和子與律的事情，後來才想到自己也有必須解決的問題。

她，沒有工作。

決定搬回娘家時，她本來計畫在杉菜食堂跑跑腿就好，但現在有健人在，店裡不缺人手。一般人在這種時候都會擔心到手足無措，鈴愛卻在看了杉菜食堂大排長龍、生意興隆的樣子後，認為店裡既然這麼賺錢，自己和花野兩人蹭個飯應該也無所謂。自我感覺良好的毛病，即使成為母親也還是沒改過來。

從晴的態度來看，今後若想繼續住在娘家，她還是需要有一份足以餵飽花野和自己的收入才行。涼次姑且還是會支付扶養費等，但那也只是杯水車薪。

鈴愛很快就著手找工作。可惜梟町這地方沒有像樣的產業，幾乎沒什麼工作可找，再加上大多數人高中畢業後都去名古屋了，沒有顯赫資歷的鈴愛找不到自己能做的工作。

她也考慮去名古屋，但一想到來回通勤的時間就放棄。

她還找過仙吉在農協的熟人。那個人以前曾讓她靠關係進入農協工作。她為以前給對方添麻煩的事情道歉，也送上草太的豬排飯賠罪並低頭鞠躬，但那個人和仙吉一樣將近九十歲，也離開農協幾十年了，當然沒有人脈能幫鈴愛再走一次後門。

「煙火砰的一聲打上天，好漂亮。」

鈴愛哼著歌，走在回家的路上。最後，她沒有找到任何工作。

她努力開朗地唱著歌，試圖排解憂鬱沮喪的心情。

這時，她望見小誠在杉菜食堂前四處張望，一度懷疑自己看錯。

小誠發現鈴愛，臉上立刻一亮，趕忙跑上前來，賊笑對著嚇到定住不動的鈴愛說：「還有一個人要來！」

半夜裡，小誠在電話上突然說決定明天來看鈴愛。他說大家成為大人之後，老是藉口很忙、沒空見面，他覺得太無趣，所以提議：「我們不當無趣的大人，明天三點在杉菜食堂集合。」說完就掛了電話。鈴愛跟著小誠來到杉菜食堂不遠處，就聽到店裡傳出懷念的笑聲。

小誠的表情瞬間燦爛。

「啊，不會吧！她好像已經到了。」

「咦，裕子？是裕子的笑聲！」

「太好了，裕子有把我的提議當一回事。」

小誠打電話的對象當然是裕子。

鈴愛和小誠一起跑進杉菜食堂。「裕子！」

「鈴愛，小誠！」三人歡呼，互相擁抱，雀躍亂跳。

晴、宇太郎、仙吉皆微笑看著他們。

為了招待遠道而來的裕子和小誠，宇太郎提早打烊，為大家做一頓好吃的。宇太郎和仙吉一邊欣賞裕子成熟美麗的外貌，一邊喝著酒。他們對於小誠的陰柔氣質有些好奇，仍與他微笑互相倒酒。

裕子和小誠津津有味地吃著味噌蜂斗菜等樸實的料理。鈴愛也打了電話去照相館叫律過來。一聽說裕子和小誠來了，律也帶著日本酒過來。

「哇，是律！」

「律，好久不見。」

裕子和小誠歡呼迎接律。

律抵達時，大家都已經吃飽了，彼此一開始的客套早已消失。裕子對律招手，讓他坐在自己和鈴愛中間。原本在講護校話題的裕子，突然想到什麼，拿出手機把兒子的照片秀給鈴愛看。本來還小小的小酷，明年就是國中生了。

「哦，我也要看、我也要看。」律也湊近一看，跟著拿出手機，「你們要看看我兒子嗎？」

「要看要看！」裕子和小誠雀躍地說著，旋即愣了一下，看向鈴愛。

「咦，啊？怎麼了？」

看著鈴愛一臉不解的樣子，裕子和小誠欲言又止。

「這要我怎麼說呢，畢竟鈴愛……律……」

聽到小誠這麼說，鈴愛瞬間漲紅了臉，連忙說：「呃，等一下！你們完全不用介意我，那已經是很遙遠、一億千年前的事了吧？」

「是啊。」律毫不在意地說。

因為太過不在意，鈴愛的心裡反而覺得有些寂寞，也湊向律的手機。

「跟律長得很像。」

鈴愛只在電話上聽過對方的聲音，不過律的兒子氣質和他很相似。

律接著秀出有妻子一起入鏡的三人合照。

小誠看著照片大叫：「啊，我見過，還記得嗎？就是那個通知結婚的明信片……」

聽到這句話，鈴愛心頭緊了一下。收到明信片之後的事情，猶如跑馬燈般回到腦海中。

鈴愛無力呻吟：「啊，我不想提起那件事。」

大概是覺得這類話題還是留著年輕人自己聊就好，宇太郎有些侷促不安。晴倒是氣定神閒，說那些都是過去的事了。仙吉也落落大方，微笑表示：「我老了，大家都有孩子、變成大人，成家當爸媽了。這是好事啊。」

聽到仙吉的話，裕子和律有點擔心小誠會在意。

「嗯，幹嘛看著我？別那樣看我，我也有這個！」

小誠誇張裝出羞澀的樣子，秀出手機上的照片。照片上是他的髮型師男友。

鈴愛和裕子尖叫著互相爭搶看照片。

「喂，你們安靜點。」草太緩緩朝食堂探出頭來，他似乎正在幫忙哄花野睡覺。

「啊，謝了。」鈴愛輕聲道謝。

草太笑著說：「不客氣，她一眨眼就咚地睡著了。」

聽到他這麼說，鈴愛突然很想看花野的臉，便站起來。

才在奇怪草太為什麼要站在門口欲言又止，就看到他朝小誠遞出藏在身後的《幫我問候女光源氏》漫畫，一臉緊張地請小誠簽名。看來他是小誠的粉絲。鈴愛對於他的喜好感到意外，一邊走上二樓。不久之前還被健人占用的房間，因為健人找到公寓搬出去，終於物歸原主了。不過這房間經過健人自行改裝，已經變得有些美式風格。

一如草太所說，花野睡得正熟。聽著她柔和的酣睡聲，鈴愛注視她的睡臉，看了一會兒後微微一笑，在花野和鈴愛的睡鋪旁，鋪上裕子他們的睡鋪。

「鈴愛、鈴愛。」裕子上來二樓，有點慌張地喊，「樓、樓下情況不好了！」

小誠正在樓下纏著律。「所以說啊，我想問律，你在夏蟲車站向鈴愛求婚了對吧？」

小誠對著律大聲說完，把手上的日本酒杯大力放在桌上。

晴他們不曉得該怎麼辦，只是繃著臉。

小誠完全喝醉了。他幾乎不能喝酒，卻因為太開心而喝多了。

聽到這情況，鈴愛連忙跑下樓梯，卻失足跌下來。

她的膝蓋重重撞到，忍著痛大喊：「等一下、等一下。」

鈴愛很快就察覺樓下的氣氛變得一片冷寂。經律提醒，才發現自己膝蓋流血了。她拿著面紙隨便抹了抹。

「你該不會是說了、說了我跑去大阪看律的老婆那件事？」

這句話說出口那瞬間，屋裡的溫度更是急速下降。

「啊，那件事我還沒提到。對，還有那件事呢！」小誠放聲大笑。

其他人面無表情，晴他們完全愣在原地。

草太也錯愕地說：「原來姊以前是變態。」

就連永遠一張撲克臉的律，也表情緊繃地說：「這行為真的嚇到我了……」

鈴愛發現自己自掘墳墓，心想慘了。她很想乾脆把自己埋進墳墓裡。

「那些不重要！」小誠開口，不理會眾人的反應，繼續熱切地說：「我絕對不允許這兩個人就這樣錯過！」

鈴愛不曉得小誠即將要說什麼，整個人惶惶不安。

律已經恢復不在意的涼薄表情，喝著日本酒。

「那一天啊，那一天那個時候在那個地方，鈴愛對律的求婚回答沒辦法是因為——」

「媽媽，我要上廁所。」花野揉著眼睛下樓來，硬生生打斷小誠的話。鈴愛在腦子裡拚命想，不確定自己此刻離開這裡是否妥當，接著想出計策，不如讓律帶花野去廁所。

「你只要在廁所外面等就好。去吧，她可以自己上。」

律很錯愕，卻也沒有不情願的樣子，牽起花野的手去廁所。直到看不到律的身影，眾人才同時吐出堵在胸口的那口氣。

「小誠。」鈴愛以駭人的恐怖嗓音逼近小誠。

他卻只是軟軟一笑，問：「叫我幹嘛？」

鈴愛請晴幫忙倒杯水來。必須讓他醒醒酒，否則不曉得他又要亂說什麼了。其實鈴愛更想拿一桶水從他頭上澆下去。

「唉喲，反正既然都這樣了，不如乾脆把真相告訴律，不是很好嗎？」

裕子從二樓下來，小心翼翼地說。

鈴愛沒想到會聽到這句話，有些錯愕。這時上完廁所的花野正好讓律牽著手回來。

「啊，上完了好暢快。」

花野等律坐下，理所當然地爬上他的大腿坐上去。

「小花……妳不睡了嗎？」晴問。

花野以炯炯有神的目光說：「小花已經醒了。」

眾人還不解是什麼情況，小誠又若無其事地接下去說：「那天在夏蟲車站，鈴愛對於律的求婚，回答說沒辦法是因為——」

「什麼，你還要繼續？小誠，有小孩子在場，小花在場。」

「啊，不用意在我。」花野以大人的語氣豪爽地說。

不曉得她從哪裡聽來這句話，可惜說錯了。

「說沒辦法是因為？」眼看無力阻擋，律只好催促小誠繼續說完。

小誠定睛望著律的雙眼，語氣熱切地說下去：「不是因為討厭律。鈴愛那個時候才剛出道，我剽竊了鈴愛的漫畫點子被秋風老師趕出師門，而裕子又正好結婚離開，奇妙仙子工作室只剩下鈴愛一個人。她沒辦法開口說要離開秋風老師，也沒辦法離開東京，才會對你說沒辦法。其實鈴愛對於你——」

「等一下！說得好好的卻被我打斷真的很抱歉，但是等一下，後面的內容你別說！」

鈴愛慌張大聲阻攔，但醉到兩眼發直的小誠冷冷說：「不等。」

接著，很乾脆地吐露鈴愛始終無法說出口的那句話。

「鈴愛喜歡你。」

鈴愛因打擊太大而大聲慘叫，抱著頭在地上扭來扭去。

「你為什麼要說，為什麼是小誠說！既然要說，我想要自己說啊！」

鈴愛一邊慘叫，一邊繼續滾來滾去，結果滾出簷廊摔下去，狠狠撞到腦袋。

好痛，好丟臉，好悲慘。她哭了。

律抱起花野放到一旁，迅速起身走向簷廊，接著朝倒地不起的鈴愛伸出手。

鈴愛戰戰兢兢握住他的手。律看著坐起身的鈴愛，看了好一會兒，然後靜靜地問：

「鈴愛……他剛才說的是真的？」

「呃，你問我是真的還是假的，真的，假的？哪個哪個哪個？我，現在，這個時候，應該怎麼回答才好？」她把腦子裡想到的話全都說了出來，自己卻沒發現。

她也不曉得正確答案，只是拚命在想。「這個嘛……」

鈴愛下定決心，直視著律。

就在她打算坦白內心想法那瞬間，律搶先她一步，說：「鈴愛，對不起。」

「咦？等等……」

「我無法對妳的心意做出回應，畢竟我是有婦之夫。」

「呃，等一下。」

鈴愛準備盡可能放慢速度，把自己要說的每個字說得清清楚楚。

她想說，其實當年她原本希望律能夠等她。她不懂為什麼事到如今，要在全家人面前正式被甩，而且還不是自己親口表白的情況下。

面對茫然的鈴愛，律很果斷地說：「我要說的就是這些。」

「等一下！」鈴愛拉住轉身要走的律。

「我從剛剛就一直只能說等一下……」

「其實夏蟲車站那件事，我很早之前就聽過了。」

律說自己早就從菜生那兒聽過，還說可是那已經是在與賴子結婚之後。

「她為什麼要在那個時間點告訴你？莫名其妙，我打電話……打電話給菜生……」

感覺不去罵兩句她無法接受。鈴愛拿出手機正要打電話，晴阻止她。菜生只要一喝酒就什麼都說了。明明鈴愛自己也一樣是守不住祕密的人，卻只顧著埋怨菜生。

「嗯，還有，總覺得事情變得亂七八糟的，不過我還是趁這個機會說清楚。」律鄭重開口，「前陣子妳凝視著我，對我說想要支持我，可是我已經結婚了。」

「不是，不對！你誤會我的意思了，律！我只是以朋友、以死黨、以青梅竹馬、以鄰居、啊……還有和子伯母的事，所以想著要成為你的力量，我是那個意思！」

「啊，原來是這樣嗎？什麼嘛，原來如此。我也想過應該是這樣，不過還是想確認一下……」律靦腆地笑了笑。「害我緊張了一下。」

大概是喝醉了，律感覺也比平常更多話。對於律說緊張了一下，鈴愛也緊張了一下。

「這種事情還是應該說清楚比較好，才不會想歪了。」

「不是不是不是不是，誤會誤會，都是誤會。」

「啊，也是……」

鈴愛乾笑，律也笑得僵硬。

裕子聽到這無可救藥的對話，氣到嘴都歪了。而原本不斷自行幻想羅曼蒂克的情節、認為兩人應該共結連理的小誠，此刻也是一臉苦澀。

「嗯，所以你用不著道歉。」鈴愛一心只想盡快結束談話，說話的語氣有些強硬。

「好。」

「也不用像這樣在我家人面前公開處刑，更不用甩了我。」

「啊，抱歉，我只是想趁這個時候講清楚。」

「嗯，講清楚了，律，我們已經講清楚了。還有，夏蟲車站的事情，已經是過去式了。」

「……嗯。」

「對吧？」

「嗯。」

鈴愛的心在哭泣，卻仍面帶笑容面對著律。不管是過去或現在，都沒必要這麼正式地甩人吧？給人留點夢想不是很好嗎？律大概是鬆了一口氣吧，又恢復成平常那個面無表情的臉。鈴愛對他的反應很不滿。

半夜醒來，鈴愛發現裕子不見了。

她瞪了一眼睡得歡快還打呼的小誠，緩步走下樓。裕子正在食堂裡喝水。

「睡不著？」

「嗯，有點，難得能看到半夜的食堂。」

「沒什麼特別的。要喝點酒嗎？」

明明已經喝了不少，兩人又把剩下的酒倒進杯子裡喝了起來。

「小誠完全失控。」裕子笑著。

鈴愛嘆氣。「完全失控到教人不敢相信。然後到了明天，那傢伙一定什麼也不記得。我為什麼要當著所有家人的面前被律甩掉？」

「不不，也不能說是被甩，律只是在說明自己的想法而已。你們兩人的關係存在得太理所當然，在眾人之間又是公開的，從小就是如此，現在也仍是如此……全家人都一直在看著……我，突然覺得很感動……」裕子愈說愈有感，有些泛淚。

「裕子，妳該不會發生什麼事了吧？妳怎麼會突然跑來？」

「我沒有自信了。」裕子輕聲說道。

她去年開始上護校，最近出去實習，結果醫院實際的狀況比想像中更辛苦，自己也比想像中更沒用。如果實習就已經是這種狀態，等到正式獨當一面時又會變成怎樣呢？一想到這裡，裕子就感到洩氣。

「我快撐不下去了，所以很想看看鈴愛的臉。無論秋風老師如何退妳稿子，妳都還是不停地畫、不停地畫。留在奇妙仙子工作室奮鬥到最後的鈴愛，我好想念。」

「可是我現在已經全都放棄了呢。」

「會再找到的。」裕子笑著斷言，「鈴愛，妳一定會找到自己要做的事。」

「是嗎？」

「嗯，鈴愛很有力量，生命力很強，一般人完全無法跟妳比。」

「謝了。聽到妳這麼說，我覺得自己又能努力堅持下去了。」

兩人回憶一起拚命畫分鏡的日子。終於完成分鏡的兩人，把那天訂為兩人成為漫畫家的紀念日。

「我認為人能夠重生許多次，在人生中塑造全新的自己。裕子這次重生成為護理師，妳一定能夠成功，也可以使患者安心，獲得患者依賴。」

「嗯，我會加油，不會認輸，也不會被那些灰心喪志的日子給打敗。」

「等裕子成為真正的護理師，我會去找妳，我們說好了！就像裕子今天過來找我一樣，換我去找妳。」兩人打勾勾約定。

「好丟臉，我們都幾歲了。」鈴愛笑著。

「就是這張臉，我想看的就是鈴愛的笑容。」

說完，裕子微笑注視著鈴愛的臉，彷彿要把她的笑容烙印在心頭。

晚上，屠夫趁著快打烊來到杉菜食堂。鈴愛被晴叫來，不得已陪著屠夫喝酒。

喝到一半時，律也來了。

「喲。」律說。鈴愛也回應：「喲！」兩人的態度從容自然，旁人根本不會想到他們一個曾經鄭重甩人、另一個曾鄭重被甩。

屠夫不斷自吹自擂，自己是如何出名，成為在地名人，接著對鈴愛說，願意僱用她在自己的不動產公司工作。

晴正好送啤酒過來給律，一聽就說：「這樣不是很好嗎？」

但鈴愛連考慮都沒有就拒絕了。

「我才不要。要我去當屠夫的員工，我不如去乞討。」

被這麼一說，充滿優越感的屠夫氣到都發抖了。

晴平靜地糾正鈴愛的態度，問她回家之後打算繼續玩多久。

「我已經決定了。」鈴愛語氣鄭重地宣布，「我不要給人僱，我要自己當社長。」

「妳說什麼？妳這孩子腦袋出問題了嗎？離婚的打擊太大了嗎？」

「沒禮貌！我要開杉菜食堂二號店。」

晴徹底呆滯了，但鈴愛是認真的。

鈴愛鎖定的，是晴手上壓寶豬排飯賺來的那桶金。

她在打烊後，再次放低身段，提出想要借用那筆錢當作二號店開店基金一事。可是晴只當她和平常一樣是一時衝動，不把她的話當一回事。即使鈴愛努力解釋，晴也不肯相信。

「妳這三十七年來做的每件事都是一時衝動，都是臨時想到的！妳就是這樣活過來的！」

「不是啦，媽，我是認真的！那筆錢，賣豬排飯賺的那筆錢，請借給我！我希望妳同意我開二號店，我會把錢加倍奉還！」

晴對於她所說的話，一個字都不相信。的確，她只知道鈴愛的人生過得太隨心所欲，總是憑著一時衝動就採取行動，再想盡辦法去突破。因為鈴愛不知道其他方法。

鈴愛找家人談過二號店想開咖啡店，而且店裡要賣的東西已經決定了，就是仙吉的五平餅。鈴愛一直很介意仙吉不再做五平餅這件事。杉菜食堂只剩下為了豬排飯上門的客人，五平餅完全不再有出場的時候。

鈴愛一直希望再次把聚光燈打在五平餅和仙吉身上。

仙吉的五平餅絕對美味，好吃到連那個難伺候的秋風羽織都愛吃，因此絕對會大賣，鈴愛有勝算。當然她不可能讓年近九十歲的仙吉一整天站店。她決定自己來做。鈴愛打算接受仙吉親自特訓，繼承爺爺的完美風味。

事實上，店面已經有著落了。夕霧高中附近的店鋪正在出租。鈴愛第一時間從菜生那兒得知這消息時，就直覺這個店面一定適合。

「哦，這主意或許不錯。」

具體提起店面的話題時，宇太郎或許是有了美好的想像，居然首次出現考慮的反應。只見晴滿臉不悅地瞪著宇太郎。看到那副表情，宇太郎想起來了。

晴存著那筆錢，是為了作為晴和宇太郎的旅費。宇太郎已經六十一歲，只顧著工作的兩個人幾乎沒有離開過梟町。晴真的很期待這趟旅行，甚至拿了旅遊行程介紹手冊回來。

仙吉和草太也在得知這件事之後，勸他們一定要去旅行。還說既然要去玩，不如搭乘豪華遊輪。

看到晴似乎對旅行很期待，鈴愛頓時垂頭喪氣。

「原來如此……對不起。」

晴平常沒有任何奢侈的嗜好，現在要搶走她的期待，換作是鈴愛也辦不到。

晴在客廳裡望著豪華遊輪「愛鷹號」的簡介手冊。行程是從橫濱港出發，行經澳洲、紐西蘭、普吉島，然後返航，為期大約兩個月。鈴愛覺得這趟旅行也太奢侈，但草太認為反正都要去，他建議乾脆環遊世界一周。

「對了，我貢獻出我的存款，你們就去環遊世界怎樣？」

聽到草太的體貼，晴覺得很窩心。

仙吉也說：「如果有需要，我的年金也可以拿出來。」

晴嫁來之後只離開過梟町兩次；一次是去大阪世界博覽會，一次是去東京找鈴愛。她心想，怎麼可能去環遊世界，卻也不排斥地翻著簡介手冊。晴還在看著有游泳池的大型遊輪陶醉其中，就看到宇太郎氣勢洶洶衝進來。

「晴、晴，我想到一個好主意！」

那雙眼睛與鈴愛神似，閃閃發亮。晴還以為他打算說什麼，原來是鈴愛的二號店構想。

「就是這個！這個，我從前的夢想！石之森章太郎老師的《唐吉軻》！」

《唐吉軻》是一部漫畫，講述離開鄉下、外出闖蕩的少年唐吉軻，住在草原上的廢棄電車裡。宇太郎想，咖啡店的內裝可以弄成電車的樣子。

「既然店裡賣的是五平餅，就不能只是裝潢成普通電車，必須是路面電車。」不曉得為什麼，宇太郎說得理直氣壯。

鈴愛正好回來，聽到宇太郎的話，也開心地臉上放光。

晴一副置身事外的表情，聽著宇太郎和鈴愛說得歡快。

連仙吉也說，杉菜食堂當年要改裝時，宇太郎也曾提議要改裝成電車。一聽說電車造型的食堂是宇太郎一直以來的夢想，晴緩緩起身，把原本正在看的遊輪之旅簡介手冊捏皺，扔進垃圾桶。

眾人不敢吭聲，等著晴接下來的動作。

晴以冷漠的語氣說：「我明白了。要做什麼隨便你們，不管是路面電車還是巨無霸噴射客機，都隨你們高興。總之我不奉陪。」

接著她看了宇太郎一眼，低頭鞠躬。「這麼久以來，多謝照顧。」

晴就這樣大步走進臥室，開始收拾行李。

鈴愛等人追過去，眾人無不戰戰兢兢地開口，道歉挽留。由於大家太拚命想要慰留，晴反而無法拉下臉改口說不走了，只好拿起胡亂收拾的行李離家出走，連要去哪兒都沒個底。

最後，晴能想到的去處只有和子家。

但她也不好意思在這麼晚的時間去身體不適的和子家裡打擾，只敢在門前徘徊。

彌一發現了她的身影。

和子今天的狀況不錯。晴對和子撒嬌說是想來看看她，也把鈴愛的二號店構想、宇太郎的《唐吉軻》之類的事一併說了。

「對不起，還讓妳聽我抱怨，明明現在不該做這種事。」

「沒事，晴，我反而希望妳忘了我有病在身，希望妳用一般的態度對我，而且，妳願意在晚上來我這邊投靠我，我很高興。」

晴知道和子說的是真心話，不是客套。

等晴意識過來，她已把心中隱隱存在的想法全盤托出。晴覺得，鈴愛想要繼承仙吉的五平餅也是好事。還說，一想到《鐵達尼號》，她也真的覺得大海有點可怕。又提到草太的豬排飯大受歡迎之後，不只是仙吉，就連宇太郎在杉菜食堂也失去了舞台。

說到這裡，晴靜靜哭起來。

她雖然在訴苦，但不自覺就會想到其他的，還有和子的心情。

「對不起，我真的太自私了，只顧著說這些話……很抱歉。原諒……請……原諒我……」

和子溫柔注視著晴，輕輕擁住她。

「咦，妳們怎麼了？」送咖啡過來的彌一問。

和子淺淺一笑，說：「晴哭了，代替我哭。」

「對不起。」

「沒關係。不是有人說過嗎？有人一起笑就會感覺喜悅加倍；所以有人陪著一起哭的話，難過……或許能夠減半，悲傷就會減輕。」

「那倒是……真的有減輕嗎？」

「嗯，所以，謝謝妳，晴。」和子拍拍晴的背。

晴拿起面紙擦拭眼淚。「可以讓我……在這裡再待一會兒嗎？」

「不是說只是個主意嗎？居然忘記跟晴的約定，宇太郎真的太過分了。才說過要搭愛鷹號遊輪去玩，眼下噴出嘴的口水都還沒有乾，又說要開《唐吉軻》漫畫裡的店，真過分，到底把我們晴當成什麼了？」

和子洋洋灑灑說了一大串，接著露出壞笑。「給他一點懲罰也是剛好。」

兩人齊聲大笑。

在隔壁的照相館，律和彌一聽到那個笑聲，面面相覷。

「她們在笑。」彌一笑著說。

律突然把一隻手伸到自己面前，在半空中握緊。「我抓到媽媽的笑聲了。」

彌一笑出聲來，律也跟著笑。

律和彌一都盡可能保持平常的態度過日子。在這樣平凡的生活裡，靜靜珍惜著和子仍存在的此刻。

後來，鈴愛過來照相館找人，晴與她一起回去。

以前都是晴過來接鈴愛，這次卻是反過來。聽到彌一這麼說，母女兩人同時面紅耳赤。

萩尾家就像楡野家的避難所。母女倆一起向和子等人鞠躬道謝後回家。

隔天早上，宇太郎態度一改，跪在地上磕頭，說今天會去旅行社報名。

晴反而對自己惹出的騷動鞠躬道歉。「我也覺得二號店的主意不壞。」

聽到晴突然改變心意，眾人張口結舌。

會有這樣的轉變，都是因為和子昨天的一席話。「情勢向著自己的時候，更要乘勝追擊。」她還推波助瀾，說這種時候付諸行動的話，做什麼都會很順利。

聽著和子溫柔的嗓音，晴的心情也變得誠實坦然，積極考慮二號店的計畫。

見宇太郎一臉錯愕，晴語氣犀利地告訴他：「我們好好規畫一下吧。」

既然要做就不能失敗。晴也是實際評估過前期成本、設備維護成本等等之後才做出決定。二號店不是杉菜食堂的延續。晴對於做生意還算有點自信，接下來她比對各種數字，預估收益，預測成本。但光憑手上的數字，還是有太多計算不完的地方。最後，晴用力闔上決算書。

「這種東西不能只靠數字。老實說媽媽對於數字也不是很懂。這種事情就要靠氣勢、氣勢。只要有氣勢，船到橋頭自然直！氣勢好的時候就要乘勝追擊。好，我們就開二號店！」

「太好了！」鈴愛大聲歡呼。

於是鈴愛一時興起誕生的二號店計畫，正式啟動。

接下來的每一天，鈴愛都在打烊後的杉菜食堂裡，接受仙吉的五平餅特訓。仙吉意想不到地嚴厲，簡直像五平餅版本的秋風塾。鈴愛面對的不再是灑滿天的原稿紙，而是毫不留情的重烤要求。

「五平五升。意思是五平餅太美味，好吃到可以配五升[3]的白飯。」

「加入這個醬汁裡的核桃，也不能碾壓得太碎或太粗；壓到竄出香氣的時候，就是剛剛好的粗細，這時就要停止碾壓。」

鈴愛將仙吉說的每句話逐一寫成筆記，一字一句烙印在腦海和手裡。

裝潢等店面事務，則主要交給晴和宇太郎負責。為了實現宇太郎堅持的裝潢，晴死命敲著計算機。她的嘴上不停地抱怨，但也同樣很期待。她想，和子說得沒錯。

「這情況就是和子說的，只要付諸行動，做什麼都會很順利。」

「是嗎？和子這樣說過啊。」

「她很會說聽起來很有道理的話。」

宇太郎笑著。「不過，付諸行動，就是好事。」

「或許是吧。」晴想起和子的臉，覺得和子的話語有不可思議的力量。

鈴愛與仙吉將各自做好的五平餅放好，讓人分不出哪個是誰做的，交由晴和宇太郎。兩人一臉認真地試吃評比。這是鈴愛的最終考驗，看她是否完全繼承了仙吉的味道。

晴和宇太郎將每個五平餅都試吃了一口，接著偏著頭。他們原以為立刻就能知道哪個是鈴愛做的五平餅，沒想到卻分辨不出來。

「分不出來，雙方做的都很好吃。」晴老實回答。

仙吉十分認同地頷首，說：「好，合格。」

鈴愛擺出勝利姿勢。

這時花野回來了，好像是律送她回來的。花野堅持要自己去照相館，於是捧著裝了五平餅、豬排飯，以及和子也能吃的鮮魚料理等美食的多層便當，完成第一次的跑腿任務。

便當盒應該還留在照相館那兒，鈴愛卻看到花野帶著什麼東西回來。她跟著花野走進自己的房間，就看到女兒躺在地上看漫畫。那是《瞬間盛開》。

鈴愛不願讓花野知道她曾經是個漫畫家，所以特意把杉菜食堂裡的《瞬間盛開》都撤走。花野手上的書，似乎是從律那兒借來的。雖然她還不識字，依舊看得入迷。

「等一下，就算只看圖畫也不行！把書還來。」

鈴愛態度強硬，準備從花野手裡扯回自己的漫畫，但一看到花野快要哭出來的眼睛，就無法施展蠻力搶奪。逼不得已，鈴愛只好打電話給律，想著至少也要向他抱怨幾句。電話遲

3. 換算下來，也就是七．五公斤的米。

遲未接通，她很有耐性地等著，最後律終於不情不願地接起電話。

「你為什麼要把這件事告訴小花？」

她告訴過律，不希望花野曉得她曾是漫畫家的過往。鈴愛語帶責怪地質問，明明交代過了，為什麼還要說出來？

律有些歉疚地回答：「啊，只是一不小心就說溜嘴了。」

「我不想讓她知道。」

「對不起……可是，為什麼？為什麼要瞞著妳女兒？」

「因為那是一段挫敗的過往，最後無疾而終，很丟臉。」

「小花說過，她說媽媽從來沒有和她一起畫過畫。」

鈴愛的心緊了一下。她不曾想過花野竟然注意到了這件事。她總是一個人畫得很歡快，鈴愛以為自己只要在旁陪著也就夠了。

「她說，就算她要求媽媽畫些什麼，妳也從來不肯答應，連一次也沒有，拒絕得很徹底。」

「我只要一拿起畫筆就會想要認真畫，這令我很心慌。我無法輕鬆隨便塗鴉，尤其是在孩子面前，我就會更想要好好露一手，畫得很專業，但我不希望別人認為我不是普通人。」

「妳本來就不是普通人，《瞬間盛開》是很棒的作品。」

「我不想再去碰觸那些事了。」

「還不能放下嗎？」

「什麼？」

「妳還不能放下嗎？」

這句話正好刺傷鈴愛最脆弱的地方。她可以大言不慚地要求涼次放棄夢想，自己卻無法完全割捨。

「即使你是我朋友，即使我們是死黨，是青梅竹馬……即使我們同一天出生……即使你是律……」她的聲音因憤怒而顫抖，眼底的怒火正盛，對著手機那一頭的人怒吼：「還是有能說跟不能說的話！」

鈴愛用力掛斷電話。她很生氣，也有那麼一點點難過。

花野就在她身邊，看著她的漫畫。看不懂文字也就無法理解故事內容，但她還是樂在其中。鈴愛帶著複雜的情緒，凝視著那張完全沉溺在書中的臉。

收拾好晚餐的碗盤，鈴愛拿抹布擦拭餐桌。

晴去洗澡，客廳沒有其他人在。擦完餐桌後，鈴愛突然看到一張紙，那是張廣告傳單。

她伸手拿起那張紙，翻面一看，背面是空白的。

鈴愛偷偷摸摸看了看四周，從電話旁的筆筒裡拿出一枝筆。

拿起筆，面對擺在餐桌上的白紙，鈴愛一瞬間停止動作，隨即毫不猶豫地快速動起筆，一眨眼就畫出《瞬間盛開》的角色。明明已經很久沒畫了，或許是手感還在，畫出來的人物比起職業漫畫家時期毫不遜色。

她緊張地看了看四周，想著如果有人出來的話，就停筆，但不見任何人影，於是鈴愛開始畫起其他角色。

《瞬間盛開》的人物一個接一個躍然紙上，感覺就像與昔日好友相見。

漸漸地，鈴愛完全沉溺在作畫中，甚至沒空去留意有沒有人出來，直到聽見喀答的聲響，她才驚覺抬頭。仙吉站在那兒。

鈴愛靜靜放開手上的紙。她抬眸望著仙吉，表情就像做錯事準備挨罵的孩子。

「不愧是漫畫家，畫得真好。」仙吉看著鈴愛的畫說，「畫給小花不好嗎？小花一定會很高興。妳當過漫畫家的事情，今天曝光了嗎？」

鈴愛點了一下頭。「早知道我應該要在《瞬間盛開》那時候就引退，後來就混得很差，直到辭職。我不想讓小花知道自己曾經很狼狽。」

「狼狽嗎？不狼狽啊，小花的媽媽很努力了。無論結果如何，都是值得自豪的一件事不是嗎？」

鈴愛的眼裡滲滿淚水。

「爺爺知道妳努力過了。這樣說或許很裝模作樣，不過我了解妳的感受。」

仙吉以沙啞的聲音笑了笑。「唉，爺爺也沒什麼了不起的，就是一家小吃店的老闆，賣著五平餅而已。後來宇太郎也有自己的店了對吧？然後現在草太的豬排飯大熱賣，熱賣啊！爺爺我不甘心，五平餅不再受到青睞了……」

「有嗎？」

「有、有。妳試試烤五平餅的時候，旁邊的客人不斷喊『豬排飯』、『豬排飯』看看？唉，算了，不做也好。」

「爺爺真孩子氣。」

仙吉永遠面帶微笑，態度沉著，甚至當每個家人遇到什麼事的時候，第一個商量的對象總想到他。這樣的仙吉也有孩子氣的一面，鈴愛很意外。

「鈴愛，我教過妳吧，人永遠不會長大，永遠都像個孩子；遇到比賽就想贏，想要受人喜愛，想要有錢。」

「你亂講。」鈴愛放聲大笑。

「妳對我說要開二號店，還說要賣爺爺的五平餅，我很高興。」

「爺爺……」

「有人願意烤五平餅，有人覺得五平餅好吃，這樣就好，這樣就夠了。」

「這樣就夠了嗎？」

「這樣就夠了，妳要牢牢記住。」

鈴愛在想，自己經常想得太複雜。比方說畫畫這件事，花野知道了很開心。明明這樣就好，自己偏偏要想那些亂七八糟的。

仙吉離開後，鈴愛繼續在另一張紙上畫畫，這是為了花野而畫的。

她想起以前楡野家養的波奇，就畫了狗。畫出來的狗帶著戲謔的笑，又好似在沉思。

「畫好了！」鈴愛拿著狗的畫走向自己與花野的房間，結果花野不在。

鈴愛整個家裡到處找，終於在宇太郎的房間裡找到她。

宇太郎陪著她，正把《瞬間盛開》當作繪本讀給她聽。

「住手——別念出來！」

念出來未免太丟臉了。比起畫被看到，這簡直是不同類型的丟臉。

鈴愛潛入房間準備搶下宇太郎手上的漫畫，但是他冷不防挪開拿著漫畫的手，害她迎面撞上榻榻米。

「好可恥……」忍著臉上一陣陣的痛，鈴愛縮成一團。

「媽媽……」聽到花野在喊，鈴愛鬆開手抬起臉。

「小花好感動。」花野以認真的眼神看著鈴愛。

這句感想如此直接，滲入她的心中。鈴愛心想，這個孩子懂呢。明明還這麼小，卻明白鈴愛曾經是多麼努力。自己的想法確實傳達出去了，這樣的感動，使鈴愛的心尖發顫。

太好了，鈴愛心想。她第一次由衷這麼認為。

「律！」

聽見遠方的呼喊，又傳來嗶嗶嗶的哨聲，律揉了揉睡眼惺忪地雙眼起床。

「呃……現在，幾點？我是誰？剛剛那是什麼？」

律面不改色，明明腦子一團亂，外表卻顯得平靜。他打開窗戶低頭看去，只見樓下站著花野。她穿著制服，大概準備去幼兒園。

「原來是小花啊……」律倚著窗戶，有些無力地自言自語，「我還以為我的時間曲速跳躍，上演《回到未來》，正要決定是否再次重來了呢。」

律問起花野，那個哨子是怎麼回事。

「媽媽的。」

她還留著啊，律心想。認知到這件事，讓律的心底深處隱約泛起漣漪。

「媽媽教我，拿這個吹三次再大叫，律就會出現。」

「到底把人當成什麼了……」律以花野聽不見的聲音咕噥著。

「律，快起來，上班要遲到了。」樓下傳來和子的叫喚。

律不禁感嘆，眼下這情況跟高中時根本沒兩樣，只是學校變成了公司而已。

「我已經起來了。」律回應和子，再看向花野，只見她用力朝律遞出一張紙。紙上畫著什麼，看樣子花野是特地拿這張紙來給律看的。

「媽媽畫的，她畫了狗狗給小花。」

「狗？」

從二樓勉強可見紙上的圖像。這是和好的意思嗎？律勾起一抹淡淡的微笑。他想起那位性子跟電熱水壺沒兩樣的青梅竹馬，暴怒的速度快，付諸行動的速度也快。

「嗯，狗！我拿過來給律看。」花野自豪地高高舉起鈴愛的畫，臉上堆滿笑容。

二號店的準備漸入佳境，鈴愛正專注地製作五平餅的沾醬。

依鈴愛要求，仙吉以小指沾醬試吃，接著「嗯——」地偏著頭。

「有點不夠甜？有加糖嗎？」

「當然。」鈴愛語氣堅定地回答。仙吉覺得她看起來很可靠。

宇太郎忙著與設計師們開會，仙吉也被找去，但他搖頭說：「你們搞定就好。」

仙吉從店舖回到客廳，發出一聲「嘿咻」坐下。他仰望著有無數細小損傷的柱子，心想著這間房子也舊了。

「我活了很久，年紀也大了……」說著，他嘴邊浮現一抹笑。他伸了個大大的懶腰，躺在從電視購物買來、他最喜歡的躺椅上。

仙吉不曾想過自己會活過八九十歲。儘管有一番成就，毫無遺憾地死去很好，但他認為帶著些許未完成的期盼，在睡夢中死去也不錯——仙吉在朦朧的睡意中沉思著。

對於二號店的成立，仙吉其實比任何人都還要期待。

「真好，我很幸福。」

他不想太痛或與病痛對抗。如果能在心情這麼好的日子安靜死去，該有多幸福。仙吉想著這些，墜入夢鄉。

醒來時已是幾個小時之後。草太的兒子大地搶先爬上仙吉身上。

「怎麼了……」仙吉一邊伸懶腰，一邊抱住曾孫們。

花野和大地都把仙吉的大腿位置視為自己的地盤，不肯退讓。仙吉拚命安撫爭搶自己大腿的曾孫們。這時，草太的妻子里子過來接大地，他晚一點要去上游泳課。

「我啊，可以游十公尺喔，用蝶式！」

聽到大地這樣炫耀，仙吉很感動。聽聞任何人挑戰新事物，他總是覺得很開心。仙吉面帶笑容目送揮著手的大地。

客廳裡只剩下仙吉和花野兩人。

「小花今天沒有睡午覺。」

「這樣啊，幼兒園要睡午覺吧？」

「我裝睡。」

「呵呵，原來如此。妳真是個小麻煩。」

「嗯？小麻煩是什麼？」

仙吉想不出要怎麼回答比較好，沉吟了一會兒，但花野的注意力一下子又被其他東西引開。她這個毛病也跟鈴愛很像。

「明天起我要帶小權太去上學。」花野緊緊抱著她經常拿著的小狐狸布偶。

「原來那隻狐狸叫小權太啊？不是權太？」

「嗯，小權太，有個小字。」

「小花取的名字嗎？」

「嗯。」

「呵呵，妳真有品味……其實啊，小花。」

「嗯？」

「太爺爺我，也想取個名字，取這次開的五平餅店的店名。」

「你要叫什麼名字？」

聽到花野很感興趣地問起，仙吉小聲說：「妳絕對不會說？不會告訴別人？」

「不說，我們約好了。」花野一臉認真地點點頭。

「太爺爺沒有取名字的品味，很丟臉，所以這是小花、太爺爺和小權太的祕密，只在這裡說。」

「只在這裡說的祕密嗎？收到！」

接著，仙吉在花野的耳邊小聲說出自己一直藏在心中的店名，花野也把小權太拉近耳邊一起聽。

「喔喔，好帥氣的名字！」花野說著，臉上放光。

「是嗎，很帥氣嗎？太好了。」仙吉喜形於色地笑著。

鈴愛給健人和草太試吃剛烤好的五平餅，接著雙手合十，以祈禱的姿勢靜待他們的反應。

「This is soooooo gooooood！」

「好吃！」

看到兩人吃下一口就露出笑容，鈴愛鬆了一口氣。

「厲害，妳這味道搞不好超越爺爺了。」

「這就是青出於藍，更勝於藍，對吧？」

聽到健人這麼說，鈴愛一臉訝異。「那是啥？」

「就是字面上的意思。青色是從藍色出來的，卻比藍色更藍，意思是弟子超越了師父。」

「喔，聽起來真帥。啊，對了，那麼接下來輪到師父爺爺試吃！」

鈴愛把仙吉那份和花野的五平餅放在盤子裡，拿去客廳。

客廳裡充滿外面射進來的溫暖陽光。仙吉和花野一起睡在被陽光烘暖的榻榻米上。

「小花，吃點心了，是五平餅。」

鈴愛看了一眼客廳，發現兩人正在睡，轉身就要走。

但她心裡總覺得哪裡不對勁，停下腳步。

「小花，爺爺，吃點心了……」

她又說了一次，聲音比剛才更嚴肅。

聽到叫喊，花野睜開眼睛，跑向鈴愛。「哇，是五平餅！」

鈴愛看著仙吉，大聲喊：「爺爺……爺爺，吃點心了！」

「爺爺！」不管她喊多少次，仙吉只是帶著愉悅的表情，沒有睜眼。

一如他所希望的，仙吉在舒適的晴朗日子裡，在睡夢中離世。

花野對於人死是怎麼一回事還不是很懂。在仙吉的葬禮期間，她一直對一切感到好奇。

儘管如此，花野還是以自己的方式表現她的感受，好一陣子只願意跟鈴愛一起睡。即使鈴愛說做完家事立刻過去，花野也會再三確認：「真的會來?立刻就來，一眨眼就來？」

只要鈴愛晚了一點上床睡覺，花野就會鼓著臉不高興。

「叫妳一眨眼就來，妳應該要一眨眼就來！」

「是，對不起。」鈴愛坦然道歉，用力回抱住那個緊緊纏著她的小身體。

鈴愛擔心著，這孩子不要緊吧？她在廉子過世那會兒，可是是連續三天不吃東西。花野也有跟鈴愛一樣比較感性的地方，所以她很擔心。

「媽媽，人死之後會去哪裡？」

「嗯……天堂？」

「天堂？」

「變成天上的星星？」

「天上的星星……」

鈴愛語氣曖昧地回答，花野則老老實實地重複了一遍。

花野聽得很認真。明知不能亂說，但鈴愛也不知什麼才是正確答案，所以她決定說實話。

「可是，媽媽沒有死過，所以我也不清楚。不過小花不用害怕，死亡是理所當然的事情。人出生來到世界上，生活，然後死去，這是理所當然的過程。如果一直活著不死，那才可怕。一個人活四百年或五百年，那就是恐怖電影了，就跟吸血鬼一樣。」

「吸血鬼啊！」花野覺得很有趣。

鈴愛笑著點頭。「嗯，死亡並不可怕。」

「鍬形蟲也不可怕。」

花野所知道的死亡，就是以前養的鍬形蟲死掉了。

「嗯，太爺爺的死也不可怕，他的表情很幸福。妳在最後陪他一起睡覺，我想他一定很高興。」

「這樣啊……」

「嗯，還有，太爺爺如果知道小花因為太爺爺不在而變得沒精神的話，會難過喔。」

「唉，他會在哪裡難過？太爺爺現在人在哪裡？」

「妳這個問題好難回答啊，在天上應該是正確答案吧。」鈴愛喃喃自語了一會兒，又轉向等待答案的花野，回答：「他或許就在天上，不過，他也在我們心中，在小花的心中。太爺爺一直都會在小花的心中喚著小花，幫助小花。人死之後，意念還是會留下。」

原來是這麼一回事啊，花野靜靜聽著。

意念還在，五平餅、二號店也都還有仙吉的意念。

所以想盡辦法，鈴愛也要讓二號店成功。

上香，敲響銅磬，和子在佛壇前雙手合十。

在她身後跪坐著晴，還有陪著來的律。和子因身體不適，無法出席仙吉的葬禮。等到她的身體狀況終於穩定，才帶著律一起過來拈香。

晴給和子上茶，和子欣然接受。

鈴愛等人去看新的店鋪，所以不在家。

「幸好有二號店的事情要忙，大家才能轉移注意力，不那麼難過。」晴笑著。

「開店的事情還順利嗎？」

聽到律問，晴點頭。「嗯，聽說下個月就可以開張了。爺爺應該也很希望看到自己的五平餅店開店才走吧。」

「不過，這樣不是很好嗎？帶著期待離開，也是好事一樁。」

「是嗎？」晴聽著，心想這個人果真是見解獨特。

和子附和：「嗯，媽媽也想著要做些什麼。就像仙吉爺爺把五平餅教給鈴愛那樣，我也想和某個人一起做些什麼。很奇怪嗎……明明剩沒多少日子可活了……」

「沒那回事，媽。」律以開朗的語氣堅定地說。他既非生氣也不是否定，而是真的相信和子能夠辦到。

聽到律這樣的語氣，晴心裡一疼。

「只要開始行動就好了，一定會很好玩。」

「嗯，要做什麼呢？要開始做什麼好呢？」晴也跟著以期待的語氣說。「必須好好想想。」

和子乖順地偏首，露出少女般的表情輕笑。

二號店的店鋪幾乎完工了，五平餅的醬汁、材料與技術也都沒有問題。問題在於店名。宇太郎原本希望由仙吉來取名，畢竟這是他的五平餅店，希望由對於名稱有個人堅持的仙吉來取。

很可惜，現在必須由大家來想。沒想到花野卻透露仙吉對店名有想法。眾人聽了一喜，覺得這下子仙吉得償所願了，豈料花野說這是祕密而不肯供出。

她堅決守住與仙吉、小權太說好的祕密。

鈴愛打電話給律，拜託他幫忙套出花野的話；還說如果是花野最喜歡的律去問，也許她會願意回答。鈴愛突然就換花野來聽電話，律還來不及想好對策，只好直接問她仙吉取的店名是什麼。

他原本以為沒希望問出來，沒想到花野吞吞吐吐地說：「五……平……」

「啊，我知道了！五平五升嗎？」這一提點，鈴愛馬上想到答案。

花野不曉得為什麼態度囂張地說：「對，那個。」

「五平五升」是指五平餅太美味，會吃掉五升的白飯，這也是仙吉的口頭禪。雖然這店名有點嚴肅，不過也正適合五平餅店。鈴愛還在想總算解決了這件事，下一秒就聽到花野說，這是太爺爺第二個想取的店名。

「那麼第一個想取的店名是？」

鈴愛盯著花野的臉問。花野只是一直盯著鈴愛沒回答。

她嚥了嚥口水等著答案，卻沒等到。還在遲疑時，花野就被晴叫去跑開了。

跑著跑著，花野弄掉了小權太。看到心愛的狐狸滾落地上，花野覺得這是在怪她沒遵守約定。也因此，接下來的日子她更是緘口不說，不管怎麼拿食物引誘她都沒用。

店鋪簽約時定好的日子愈來愈近，必須快點決定店名，但鈴愛他們不願意放棄仙吉最想取的名稱。

在照相館，彌一拿出寶貝的相機給翼瞧瞧。

彌一把各種相關知識都告訴他。翼聽著，很單純地受到相機底片之美吸引。

後來彌一聽到和子叫他，於是回到屋內。離開前，彌一雖然特別叮嚀翼不要亂動相機，可是翼按奈不住，還是拿起了爺爺留下的相機。

翼透過相機鏡頭，望向室內各處。店裡的部分場景被取景框切割出來，看起來新鮮又有趣。這時翼聽見聲響，反射性放下相機。

花野就站在照相館門口，兩人沉默地互看著彼此。

她突然對翼露齒微笑，翼不自覺拿起相機，按下快門。

「我會挨罵的。」翼失神地低語。

「拍下去了。」

這下子彌一就會發現自己碰了相機。

看到翼的神情變得憂鬱，花野連忙說：「啊，都怪小花笑了，小花微微笑了。」

「小花？」翼的表情有些靦腆地問。

花野大大點頭。「我是榆野花野。」

「我是萩尾翼。」

兩人結束自我介紹後，彌一正好回來。

彌一看著花野和翼，彷彿回想起什麼。他沒有因翼碰了相機而生氣，甚至在知道翼拍了花野的照片後，立刻進暗房幫他把照片沖洗出來。

彌一拿著夾子晃了晃泡在顯像液裡的紙，紙上逐漸浮現花野的笑臉。

翼和花野異口同聲大叫：「是翼第一次拍的照片。」

照片中的花野，帶著有點害羞但親人的笑容。

「是小花……」

花野瞥了翼一眼。翼難為情又溫柔地注視著照片上的她。

晴找遍整個家，想看看仙吉是否有將店名寫在哪裡。雖然沒找到店名，卻找到了詳細記錄五平餅配方的筆記本。上頭的字跡漂亮纖細，加上圖解，甚至寫上了重點。

這是仙吉為了鈴愛留下的東西。

鈴愛坐在客廳裡，看著晴找到的仙吉的筆記本，重新複習五平餅的配方。

這時草太進來，說找不到手機，要她打電話到自己的手機。鈴愛立刻撥號。

她打開手機擴音。因為用右耳聽手機的話，左耳聽不見的她就聽不到外在的任何聲音了，所以鈴愛經常使用擴音功能。

草太的手機似乎放在食堂裡。望著草太走向食堂的背影，鈴愛感覺好像想到了什麼。

就差一點，好像快要抓住什麼靈感了。鈴愛扼腕，再度回到五平餅的筆記本上。

認真看了一會兒之後，她看向自己的手機，一陣錯愕。她終於想起自己想到什麼了。

鈴愛想立刻告訴律，便打電話到萩尾家。這陣子，她為了聽聽和子的聲音，都是打萩尾家的家用電話，而不是手機。

接電話的是和子。聲音聽起來精神很好，鈴愛覺得開心。

她請和子換律來接電話，和子的聲音有些不解，說：「請稍等。」就感覺到和子把話筒交給某個人。

「律，你聽我說！我想到要怎麼問出爺爺留下的店名了！」

一鼓作氣說完後，只聽到一位女子的聲音冷冰冰地回應：「您是哪位？」

鈴愛立刻就知道那是賴子；她被對方聲音中的冷意給凍住。

「我是萩尾律的妻子，您找我先生有什麼事嗎？」

「呃……問我找他有什麼事，就是我想到了讓小權太說話的方法……啊，小權太是一隻狐狸。」鈴愛誠實回答，她也在想自己說的話聽來很蠢。

賴子八成也是正麼想吧，嗓音變得更加冰冷。「我聽不懂您在說什麼。」

「啊，也是。沒關係，抱歉，沒事沒事我弄錯了，對不起。」鈴愛匆匆忙忙掛掉電話。

「可怕，他老婆好可怕。」鈴愛渾身顫抖，摩擦著自己的雙臂。

她知道律已經結婚了，只是一不小心就會忽略這件事。

「要我說幾遍你才會懂？三角形三個角的角度加起來一定是一百八十度！」

賴子敲了敲參考書，歇斯底里地說。她人才剛到，還沒有整理行李，就先盯翼的功課。

她已經讓翼坐在律以前用的書桌前好幾個小時，目光炯炯陪在旁邊。翼聽到賴子的聲音抖了一下，連忙拿橡皮擦把錯誤的答案擦掉。就算翼寫上正確答案，賴子也不會有一句稱讚。

律走進自己的房間，就看到這一幕。很久以前賴子就對他說過，他什麼都不懂，所以別插嘴干涉翼的功課。

儘管如此，律還是無法眼見翼失去賴子過來前那孩子氣的笑容。

察覺到律準備開口，賴子刻意誇張嘆氣，說：「這孩子的課業沒跟上。前陣子在補習班輸給了石田家的正彥，他之前本來都是第一名的。」

「賴子……」

「你打算繼續在這種地方待很久嗎？」

「什麼意思？」

「我前一陣子在菱松電機的婦人會上聽到消息，聽說機器人計畫的組長位子，會被你的下屬豬田先生搶走，是不是？」

「怎麼可能，不過豬田也幫了我很多。」

「你還真善良。」賴子打趣地笑著。

豬田是律一路一起打拚過來的夥伴，真的是自己人，沒有上下之分，大家經常一塊兒解決難題。搶組長位子這種念頭，律沒有，豬田也沒有。假設豬田當上組長，律覺得那也無所謂，更別說他如今對公司提出調職的不合理要求。再說，律認為計畫能夠繼續，比起誰當組長更重要。但，這些事情律沒有機會告訴賴子。賴子每次都不想聽他解釋，使得他漸漸也不願提起。

剛才，她掛斷鈴愛打來的電話，之後也是這種反應。

「對方說，找到了讓小權太說話的方法。這是什麼暗號？」賴子說這話時臉上沒有笑意。在和子的催促下，律試著對賴子解釋，但她還是不耐煩地打斷他。

應該與同事爭著出人頭地時，他卻把力氣花在從五歲小女孩口中套出祕密，賴子覺得這樣的律未免大材小用。

「我出去呼吸一下外面的空氣再回來。」賴子緩緩起身。

「待在別人家裡讓我喘不過氣。」

這句話雖然說得很小聲，他們卻聽得一清二楚。說完，賴子便走出家門。

「媽媽有時會這樣。」翼貼心為律解釋，接著立刻護著自己的母親，「她也有溫柔的時候，比方說我考一百分的時候……」

「翼……」真是體貼的孩子。律把手擺在翼的頭上，摸摸他的腦袋。

接著，他讓翼試試自己以前做的鋼珠機。翼很猶豫，不知道自己可不可以玩。不過看了律的示範後，他就沉溺在玩鋼珠機中了。

書桌上題庫裡寫錯的答案被狠狠打了幾個叉。好多的否定，表現出賴子的鬱悶。

律隱約明白賴子不高興的原因。因為愛不夠。

律到現在還不懂得要如何去愛一個人。對方愈是要求，他愈不知道要如何付出愛。

那些叉叉，彷彿是賴子責備自己的記號。他的目光從題庫上挪開，轉而對一臉擔心的翼微笑，讓他安心。

鈴愛想到讓小權太說話的方法，就是利用手機的免持聽筒功能。只要把手機裝在小權太身上，再打電話到手機，就能假裝小權太在說話。

為了避免裝在小權太身上的手機被看到，鈴愛做了小權太尺寸的紅色和服背心外套，穿在狐狸身上看起來很自然。接著，鈴愛他們把背心外套套在小權太身上，按下設定好的手機，放在客廳裡。眾人躲在廚房裡不出聲，偷偷觀察。

花野從二樓下來。鈴愛事前已經讓花野看過小權太換上背心外套的打扮。花野不覺得哪裡不對勁，望著小權太，開始吃起放在旁邊的兔子屋甜饅頭。

花野說：「小權太要吃嗎？」一邊假裝餵它吃。

這時候小權太出聲：「小權太不要。」

花野定住不動。她停下吃東西的動作，盯著小權太看。

「你……說話了？」

看到那反應，在廚房偷窺的草太比出小小的勝利手勢，上鉤了！接著轉向在食堂裡的鈴愛。

小權太的聲音由鈴愛負責。

「小花，妳好啊！」

鈴愛暫時假裝是小權太，與花野對話。儘管花野直來直往的反應幫了大忙，但鈴愛天生就不太會撒謊，她雖然變聲了，但說話風格還是很鈴愛，大家都很擔心會被識破。

鈴愛想不出其他能夠問出答案的方法，認為沒辦法再繼續周旋下去了，最後與律一樣直白，問起仙吉的新五平餅店想取什麼名字。

「小權太忘了嗎？」花野不解偏首。

「小權太有點忘了，好想想起來。」

「是喔。」

拿著小權太的花野小聲說：「叫仙吉咖啡屋呀。」

聞言，鈴愛忘了自己還在扮演小權太，忍不住低語：「真普通啊……」

「普通？」可愛的花野聽到小權太的回應，再度不解地把頭一偏。

普通歸普通，既然是仙吉決定的店名，眾人一致通過還是要用。「仙吉咖啡屋」這名字雖然普通，但很有仙吉的味道。

終於到了開幕這天。鈴愛看著萬里無雲的晴朗天空，感覺這是廉子和仙吉的祝福。

店門前，楡野一家以及在找店面上幫了不少忙的屠夫和菜生在內的西園寺家，全都到場。

「仙吉咖啡屋」的招牌掛上後，眾人齊聲鼓掌，花野、大地也笑著拍手。

重新審視宇太郎堅持的電車風格店鋪裝潢，確實十分出色，很可愛也吸睛。

祝賀開店的花圈送到，店內外逐漸聚集等待開張的客人。

「鈴愛。」

律來了。他送來和子親手做的蛋糕慶祝，鈴愛笑著收下。能夠做蛋糕表示和子的狀態不錯，鈴愛很高興。

貴美香醫生、燈火咖啡廳的雅子老闆等熟面孔也陸續到達。

開幕時間到。鈴愛進入廚房，把五平餅排在炭火上，板起臉動手認真烤。畢竟要在眾人面前重新宣揚仙吉的味道，她希望大家都覺得好吃。

鈴愛額頭上淌著汗水，她一邊注意仙吉交代過的烘烤程度，烤出自己也很滿意的五平餅。烤好的五平餅立刻賣得一支都不剩。負責銷售的健人很有技巧地安排排隊人龍，但客人還是接二連三地上門。所有人都充滿笑容吃著五平餅。

真希望可以讓仙吉看到這場景。不對，他應該正和廉子一起看著吧。

屠夫的姊姊麗子抱著狗走進店裡。她有一張傳統日本人的不起眼長相，卻打扮得誇張又繁複。麗子開口：「我要三支五平餅。」

健人抬頭，停下打收銀機的手。「我的天啊，」他緊盯著麗子，「美人……」

對於健人來說，麗子就是理想中的東方美人長相。

兩人只顧著臉紅時，上門的客人仍舊絡繹不絕。

鈴愛沒空停手，只能奮力烤個不停。

律和貴美香醫生坐在店裡靠內側的座位談話。儘管距離很遠，鈴愛也知道他們在談和子的情況。鈴愛端茶放在律和貴美香醫生面前，順口問：「伯母怎麼樣了？」

律只是點頭，情況似乎不太好。

「那個人很堅強，不過這個人很脆弱。」貴美香醫生指了指律說。

律說：「醫生。」稍微笑了一下。

聽到屠夫喊律，律說：「抱歉。」便離席。

店裡除了屠夫之外，還有大批高中時的同學，簡直跟同學會沒兩樣。還在想裡頭怎麼會有一個老頭子，原來是水母老師。以前，他曾被鈴愛的假耳朵嚇到。

他們也找了鈴愛過去，可是水母老師說話實在太無聊了，被鈴愛拒絕。她更好奇貴美香醫生所說的話。

「醫生，妳說律很脆弱是什麼意思？」

「這件事我只告訴妳。和子的情況穩定了，她很了不起，不過律有時會來我們醫院拿藥。他睡不著。」

我不曉得這件事，律真的什麼都不說。鈴愛看了一眼遠處正在笑的律。

「能夠幫他的只有妳，畢竟他大阪那個家裡也……」

「我懂……」鈴愛堅定點頭。

貴美香醫生笑了笑，旋即又變成略帶沉思的神情。

「話是如此，不過我也覺得和子如果可以找點事情做比較好。」

「嗯？什麼意思？」

「這話怎麼說呢？我覺得有點事情做比較好。不管是工作還是任務。不過讓她站著顧照相館也太吃力……只是化妝打扮漂亮，對女人來說都是負擔。」

「啊……我想到了！」鈴愛冷不防大叫，雙眼放光看著貴美香醫生。

她只要想到什麼點子就無法不動手。鈴愛與貴美香醫生道別，把律從同學之中叫出來。

兩人移動到與大家有一段距離的座位上，鈴愛鄭重開口。

「我有工作想要麻煩和子伯母。」

在打烊後的仙吉咖啡屋，鈴愛重新對律提起「工作」的事。

店裡還有屠夫、菜生、健人在，眾人一起聽著。鈴愛想到在店裡設一隻「狗」。

她原本覺得店門前面很蕭索，也考慮過放招財貓，不過既然提到電車，就會想到狗，例如：忠犬八公。

屠夫吐槽：「也就只有忠犬八公吧？」

鈴愛假裝沒聽到，硬是繼續說下去。她已經決定好狗的名字叫作「岐阜犬」。她要把之前畫給花野的狗插畫，直接做成大尺寸的狗布偶放在店門前。重要的是，那隻狗會說話，與客人說話。有了岐阜犬當作聊天對象，等待五平餅烤好的客人也能藉此打發時間了。

這個靈感的來源是小權太。為了從花野口中套出祕密，她假裝小權太會說話。鈴愛靈機一動，想到同一招說不定也能用在岐阜犬身上。

「啊，不用打電話，可以用網路。市面上有網路專用手機，通話免費。」

原本律只是在一旁安靜地聽，不曉得什麼時候也一起推動這件事。與傳聲筒那時一樣，他不知不覺就會被鈴愛的氣勢牽著鼻子走，但是律樂在其中。讓點子具體成形，是他最擅長的事。

「手機與電腦連線，再裝上變聲器，把聲音變成狗狗的感覺……話說回來，誰要負責出聲音？必須有人對著手機與客人對話……啊，該不會？」律終於明白鈴愛的打算。

鈴愛賊笑。「對！就是你想的，我要讓和子伯母來做，這是和子伯母的工作。」

「真是好主意！很不錯呢，鈴愛小姐。和子女士需要工作，有人需要自己時，人就會變得有精神。」健人附和。

「健人，這是你有生以來說過最好聽的話。」鈴愛拍拍健人的背。

「沒禮貌！」

律靜靜思考。他擔心和子開始嘗試新事物會造成身體負擔，但是一想到和子說「我也想和某個人一起做些什麼」的神情，他有些動搖。

律直直盯著鈴愛畫的岐阜犬插畫。

鈴愛以自己畫的圖為藍本，立刻著手製作岐阜犬。

具體來說要如何進行，幾乎都是由在服飾專校學過立體造形設計的菜生指點。

仙吉咖啡屋打烊後，鈴愛獨自在客廳裡認真製作岐阜犬。她畫紙型、裁布、縫合。岐阜犬的外型一點一點出現，這時晴過來偷看。

「岐阜犬已經有個樣子了呢。妳的點子真有趣，聽說妳要讓和子扮演岐阜犬？」

「她願不願意答應，我還沒問。我想等這個做好再去問她。」

「嗯……要不要喝一杯？」

說完，晴拿來兩個玻璃杯和一瓶燒酒。與晴兩人單獨喝酒，這還是第一次。一起喝光杯中的燒酒後，鈴愛更是感慨自己真的成為大人了。

「媽，這雖然也是為了和子伯母，不過我更想要幫助律，只是一點小忙也好。」鈴愛看著縫製到一半的岐阜犬，語氣誠懇地說，「我從小總是受到律的照顧，吹吹火箭大使之笛召喚律出現。」

「不是那樣的。和子說過，律假裝成火箭大使，才能夠變成英雄，變得堅強。」

「真的？」鈴愛看著晴。

她突然想起，律要求她不准丟掉火箭大使笛子時的場景。當時律一臉認真，難得一見。

「嗯，或許是因為人只有這樣才能夠變強。想要支持誰、幫助誰，有了這種想法，自然就會變強。生妳的時候也是呀，我當時想著，為了這個孩子、為了保護這個孩子，自己必須變強。」

「原來如此……」現在有花野在，她十分能夠體會晴這番話。每次看著花野的睡臉，她都會想著要保護這個孩子。

「律這孩子……和老婆是不是處得不太好？和子有透漏過，還說分居兩地果然有影響。」

賴子對於孩子的教育很投入。為了讓翼就讀名門小學，她選擇留在大阪——這件事鈴愛大致上聽說過。也聽說賴子偶爾會和翼一起來梟町，不過又馬上回去。

「媽，我希望律的家庭能夠幸福美滿。」鈴愛說的是真心話。

誤以為律和自己都離婚那時，她雖然一度很期待，不過她沒有想要和律結婚的想法。鈴愛覺得，無論律做出什麼選擇都好。只要律能夠幸福，能夠對自己笑，這樣就好了。

「是嗎？妳擁有一個好朋友、好死黨呢，是男是女沒有影響。」

「律是我的朋友、死黨？怎麼定義呢？我想他對我來說，有更特別的意義。」

兩人分開很長一段時間之後，反而變得更特別。小時候一直以為待在律的右邊是理所當然的，但現在的鈴愛明白，那既非理所當然，也沒有其他意義，她很輕易就會失去那個位子。

「是嗎。人生中難得遇到這種人，妳要好好珍惜啊。」

聽到晴的話，鈴愛點頭。玻璃杯裡的冰塊鏘的一聲，發出清脆聲響。

做了好一陣子，岐阜犬終於完成。接到鈴愛的聯絡，健人、草太，還有貓頭鷹會的成員紛紛集合在打烊後的仙吉咖啡屋。

每個人自顧自地撫摸著完成的岐阜犬。不管是含笑的嘴巴、溫柔的眼神，或是機靈豎起的耳朵，都教人忍不住想上前摸一摸。岐阜犬的胸口按照律的意見加了一個口袋。鈴愛打開口袋部分給大家看，律便順勢把準備好的攜帶型網路電話放進去。

「這個已經設定成免持聽筒功能，然後從這邊分成兩邊，一邊接電腦，一邊接岐阜犬。」

「咦，分成兩邊？分成兩邊的電話？我突然想起了什麼。」

聽到菜生的話，貓頭鷹會四人想起了傳聲筒。那一天，他們嘗試做出線很長很長的傳聲筒時，也是分成鈴愛和菜生一組，律和屠夫一組。他們不約而同想起懷念的過去，也想起彼此透過線呼喚對方名字、傳遞聲音時的感動。

接著，眾人分成兩隊，一隊是留在仙吉咖啡屋，與岐阜犬說話的鈴愛、菜生、健人；另一隊則是在楡野家客廳，透過電腦扮演岐阜犬的律、屠夫、草太。

草太在客廳，通知準備好了，鈴愛連忙對著岐阜犬說話。

「喂喂？岐阜犬小哥，我是鈴愛。」

「我是岐阜犬。」

「哦哦，說話了！」聽到透過岐阜犬傳來的聲音，菜生感受到與少女時同樣純粹的感動。

「你有什麼感覺？」鈴愛問。扮演岐阜犬的屠夫突然答不上來。

「呃，怎麼就問我什麼感覺？感覺……唉，這感覺要怎麼回答？」

對話無法接下去，看樣子扮演岐阜犬沒那麼簡單。

律擺弄著變聲器，調整屠夫的聲音，找出更有岐阜犬感覺的嗓音。聽到屠夫的聲音變得很有趣，在一旁看著的晴驚呼。

不曉得為什麼，草太挺起胸膛，驕傲地冷哼兩聲。「爸，媽，有辦法使出這種技倆也是理所當然的呀，畢竟律哥可是有機會拿下愛迪生都錯過的諾貝爾獎。」

「唉，這又不是我發明的，只是普通的變聲器而已。」律雲淡風輕地駁斥草太的話。

草太看律的眼神很顯然受到鈴愛的影響。至今也就只有鈴愛、晴和草太仍真心認為律是能夠拿下諾貝爾獎的天才。

屠夫對著電腦，努力回答鈴愛提出的困難問題。看樣子，岐阜犬可以順利發揮功能。

岐阜犬完成後，鈴愛立刻前往萩尾家，委託和子接下這份工作。

聽她簡單說明岐阜犬系統，和子臉上閃耀著躍躍欲試的光芒。但一聽到鈴愛希望她扮演岐阜犬，和子不解，反問為什麼是自己。

「這份工作只有和子伯母能做。我的計畫是，光臨仙吉咖啡屋的客人們，就可以找岐阜犬諮詢煩惱。煩惱的羔羊們，由岐阜犬來拯救！」

「這遠景還真宏大……」律在一段距離外聽著，不禁錯愕又佩服。

「和子伯母從以前就很會說道理，就像金八老師那樣！」

「這個笨蛋！」和子撥高頭髮，模仿起金八老師。發現自己居然模仿得不錯，開心地說：

「啊，我剛剛學得很像吧。」

律笑著，拿出手機讓和子看看岐阜犬的畫面。

有老花的和子稍微退後看著螢幕。「好可愛……」

看到岐阜犬討喜的表情，和子愉快地呵呵笑。

和子答應試試看岐阜犬的工作。

鈴愛在律的幫忙下，在和子的臥房安裝了變聲器和電腦。

岐阜犬上也有內藏攝影機，能把岐阜犬視角看到的畫面即時傳送到電腦上。

為了試水溫，在岐阜犬功能啟用的第一天，登門的第一位客人是花野。

電腦畫面上出現花野大大的臉，和子忍不住微笑。

「我是楡野花野！可以叫我小花！」

「我是岐阜犬，汪！」

和子的聲音變成精力充沛的少年嗓音，傳到花野那一頭。

「唔，好可愛！岐阜犬，我可以抱抱你嗎？」花野很有禮貌地詢問。

岐阜犬回答：「可以喔。」

花野便緊緊抱住它。和子離開麥克風，開心地說：「我被抱住了。」

坐在床邊的律看到母親的反應，微微笑著。彌一拿著團扇慢慢幫和子搧風，同時望著妻子久違的積極笑容，耀眼奪目。

這天，有許多人來找岐阜犬。一如鈴愛預期，當中大多都是有煩惱的人。

「我感覺大家都在躲著我……我也沒有朋友。」一名女高中生對岐阜犬吐露自己深沉的煩惱，「我好想死。」

「不可以尋死，也不用勉強自己交朋友的。妳可以來找我呀，我會等著妳，汪！」

「不交朋友也沒關係」這句話，對女高中生來說彷彿是一道光。原本一直認為必須有朋友的她，不再鑽牛角尖，開始津津有味地吃起剛烤好的五平餅。

和子微笑凝視著變得開朗的女高中生。

直到律和彌一柔聲催促她去休息為止，和子不斷以岐阜犬身分，陪著許多人說話。

大概有點累了，和子慢慢墜入夢鄉的同時，小聲說：「真好玩。」

她決定正式接下扮演岐阜犬的工作。

開始扮演岐阜犬之後，和子的身體變得很好，檢查出來的數字也很穩定。

這樣的和子，令人忍不住想相信或許可能就這樣痊癒。律去岡田醫院拿安眠藥時，問了貴美香醫生，但醫生只是露出難過的表情，沒有回答。

「啊，抱歉，不可能痊癒對吧。」律苦笑。

貴美香醫生注視著律的表請，說今天的診已經看完了，不如一起喝杯咖啡。律欣然答應。

貴美香醫生找律去候診室，給了他一杯剛煮好的咖啡。兩人並肩坐在候診室的沙發上，慢條斯理地喝著。咖啡的香氣籠罩著兩人。

「我的母親在不知不覺中，得知了梟町居民們不為人知的煩惱和祕密。」

「嗯，就像教堂懺悔室的神父那樣。」

「家母打算把那些祕密帶進墳墓裡……她笑著說：『我也正好快要進墳墓了。』」

貴美香醫生一瞬間也差點笑出來，但一想到和子說這話的心情，隨即感到不捨。

「現在不是笑的時候，這話該是禁忌吧，和子女士。」

「她那個人，有時候很難從表面看出她的真實想法。聽到自己剩下的時間不多時，她也不曾對我和父親發脾氣，也不曾哭鬧。」

「嗯……」

「真的有人能夠那麼堅強嗎？」

「嗯……和子女士很懂得生活。」

「什麼意思？」

「我認為人類啊，還是會有難受的時候，有想哭的時候，有想要遷怒別人的時候。不管是生病的人或沒有生病的人都是。或許，也有帶著不安死去的時候。」

「嗯。」

「話雖如此，但也有歡樂的時候，不是嗎？也有覺得開心的時候。不是有這種情況嗎？即使正在發高燒躺著，只要一放上冰枕，就會覺得好舒服——就像那一刻。」

「啊……和子女士在身體不舒服、好幾天不能吃東西時也是，只要給她焙茶，她就會開心笑著說，好喝，沒喝過這麼好喝的茶。」律想起那時的和子，他能從那抹笑容中獲得力量。

「是啊，懂得生活的人就是懂得抓住那瞬間。他們能像這樣抓住時間，把悲傷的時刻變成喜悅的時刻。」

「唉……和子女士做那種事情向來得心應手。」

「她是天生好手。」

「這麼說來，以前鈴愛也曾說過我是發現幸福的天才……大概是同樣意思吧。」

律一直認為，再沒有人比自己更不適合「幸福的天才」這個形容了，所以他反而因此記住了鈴愛這句話。他覺得「幸福天才」講的不是自己，而是像和子那樣的人。

「沒錯，幸福天才啊……不過，律，你也很辛苦吧。」

「嗯？」

「你從出生時開始，就是岡田醫院創院以來最漂亮的嬰兒，學業表現也很出色。你一直都是和子女士的王子，還要被鈴愛用哨子呼叫，扮演火箭大使，對吧？兩者的形象還差真多。」

「不，醫生，我只是個微不足道的人，反而是王子和火箭大使的身分幫了我……如果沒有機會扮演這些角色，我也不曉得自己該怎麼辦。」

律的視線落在醫院地面的磁磚上，淺淺一笑，接著緩緩開口：「活著這件事，我不擅長……」

貴美香醫生沒有反駁，只是溫柔回應：「是嗎……」

咖啡已經變涼了。一口氣喝下後，胃一陣痛。

草太一早就在煮根莖蔬菜湯。

這個湯或許和子伯母也能喝。這麼一想，鈴愛在仙吉咖啡屋打烊後，帶著湯去找和子。

鈴愛在玄關處打招呼，迎接她的正是和子。

和子表示，彌一和律都出門了。她的氣色看起來很好。這陣子每次都看到她躺在床上，所以光是看到她穩穩走路的樣子，鈴愛都覺得很開心。

收下草太煮的湯，和子開心道謝，接著微笑說要烤鈴愛最喜歡的餅乾。

和子做的餅乾有如寶石。鈴愛真的很愛這種表面放上糖漬白芷的餅乾，想起自己以前總是很期待，她覺得很懷念。

她喝著和子替她泡的紅茶，吃著餅乾。和子沒有碰餅乾，只是愉快望著鈴愛享用。

「伯母，多虧有岐阜犬，店裡的客人增加了，回頭客也增加了。妳對我們店的生意有貢獻，我必須付妳薪水。」

「不用不用，伯母我也因此變得有精神了。」

「真的嗎？」聽到和子的話，鈴愛臉上閃閃發光。

鈴愛很高興和子扮演岐阜犬之後，看起來更有精神了。

「不過妳付出的勞力，我還是要給予相對應的報酬，雖然只有麻雀的眼淚那麼少。」

「麻雀鈴愛的眼淚。」和子呵呵笑。

鈴愛也微笑。「客人們都很開心，說很期待跟岐阜犬說話，他們都覺得這個設計很棒。」

「是嗎。能夠讓大家開心，我也很開心。啊，對了，我有一件事想要麻煩鈴愛。」

「嗯？」

「妳等我一下。」

最近只是稍微動一下，和子看起來都很吃力，難得今天可以輕盈起身。她走進後側房間，拿著記事本之類的東西，很快就回來了。

「這個……」她把手中的東西遞給鈴愛，那是母子手冊和育兒日記。

「這是我從律出生起一直在寫的紀錄。」

在和子的許可下，鈴愛翻閱育兒日記。裡面有許多律小時候的照片，旁邊是和子寫的文字，例如：「牛奶只喝了這麼多」、「第一次喊媽媽」等。

鈴愛看著一則則內容，字跡娟秀，一天都沒少。

「伯母這麼做很奇怪吧，我一直記錄到律長大為止。」

鈴愛擺出笑臉，這樣的日記的確有好幾本。和子一定是不管律長到幾歲都一樣疼愛他，沒有分別吧。

「還有，彌一在律生日時會拍全家福照片。我們一直拍到十八歲，律前往東京為止。他去了東京後，自然而然就沒拍了。」

那些全家福照片也收拾得整整齊齊。一張張翻看，望著律一點一滴逐漸變成大人，那張撲克臉卻還是跟小時候一模一樣，令鈴愛大感訝異。

「不過，伯母，妳好厲害，這些都收得好好的。」

母子手冊裡也寫得密密麻麻，充滿著和子在律出生前對他的愛。

「這些東西，鈴愛，妳可以在伯母死掉後，幫我交給律嗎？」和子平靜地說。

這句話聽來積極正面，感覺像在遞接力棒，而不是託付遺物。

「……收到！」絕對不能哭！鈴愛笑著答應。

和子呵呵笑。「雖然也可以託付給彌一，也可以現在就交給律，不過——」

「不行，伯母，他們兩個都會哭的。」

「是啊，男人就是那麼脆弱，所以我沒辦法直接交給他們。」

「我，不哭……」甫說完，眼裡便滲出克制不住的淚水，但鈴愛咬唇忍著沒流出來。

她慢慢翻著受託的育兒日記。

即使沒說，鈴愛也懂和子希望她這麼做。

鈴愛陪著和子一起仔細翻看一張張照片，回顧律的記憶。這份紀錄對於從出生瞬間就與律一起的鈴愛來說，也等於是自己的紀錄。照片中的每個律，都存在於鈴愛的記憶裡。

「啊……是那個時候的律，現在還有以前的樣子。」她瞇眼看著小學時候的律。

「也有和鈴愛合拍的照片喔。」說完，和子以瘦削的手指，緩緩翻著頁面。

「總覺得，好可疑啊。唉，雖然人不可貌相啦，可是……」

鈴愛在仙吉咖啡屋的廚房裡一邊烤著五平餅，一邊對健人說起今天早上看到的人。那名男子出現在杉菜食堂，點了豬排飯，打著一般人不會選的黃色領帶等配件，整個人散發著生意人的氣場。

「他和我，哪個比較可疑？」

聽到健人這麼問，鈴愛認真思考。就在這時，那名可疑人物現身，似乎是在杉菜食堂拿到了五平餅優惠券，所以前來消費。男子接過五平餅，注意到女學生在跟岐阜犬說話，死死盯著對方看。接著他轉向鈴愛偷偷問：「那個女生，沒毛病吧？」

鈴愛告訴他，這個岐阜犬不只是普通布偶，還能夠說話。

男人不屑地冷哼。「不就是那個嗎？說什麼會說話，也不過就是放錄音帶的而已，對吧？『嗨嗨，我是岐阜犬！』頂多就這樣吧？話說回來，岐阜犬是什麼東西？」

男人嘟嘟囔囔著，也對岐阜犬說話：「天氣真好。」

「真的，不過聽說從明天開始就要變天了。」

聽到如此高難度的回應，男子大驚失色地看著岐阜犬。接著像在試探般，問起喜歡的文學作品。「伯母……啊，不小心說錯了。我喜歡合津．辛蒂等作家的各類作品，《兔子河流》、《最後的事件》是上乘之作。」

和子熱切回答，後來大概覺得自己透漏太多，連忙加上一聲「汪！」掩飾。

男人覺得岐阜犬很可疑，再度提出問題試探。

「其實我工作不太順利，前妻也經常怪我。」

「工作和前妻，最好分開來思考。」

「岐阜犬……你真厲害。」

接著男人問岐阜犬的血型。

「O型。」

一聽到這回答，男人因勝利而笑得驕傲自滿。

「被識破了吧！狗的血型沒有O型，你不是狗！你這個妖孽。」

下一秒，岐阜犬發出痛苦呻吟。

「等一下，對不起。失禮了。」

透過變聲器也能聽到對方痛苦的呼吸聲，男人連忙喊來鈴愛。鈴愛從廚房衝出來，對著岐阜犬拚命大叫。

「和子伯母，和子伯母，妳怎麼了！」

「對不起，我，休息一下。」

說完就沒有聲音了，顯示岐阜犬正在服務的燈也熄滅了。

「健人，幫我顧一下店！」鈴愛對著健人大喊，看也沒看向站在岐阜犬旁、一臉不解的男子，就朝照相館全力跑去。

貴美香醫生到萩尾家看診。

檢查完和子後，她說：「沒事了，只是和平常一樣稍微發病。」

聽到這句話，律、彌一和趕過來的鈴愛都鬆了一口氣。儘管放心了，卻也感覺到和子的身體逐漸衰弱。

「不好意思，鈴愛。」

聽到律這麼說，鈴愛搖搖頭，給予律空間，留下一句「伯母請保重」就返回店裡。

貴美香醫生嘆了一口氣，告訴彌一和律：「這次雖然沒事，不過隨時……都有可能離開。」

兩人好好聽進了這句交代。

貴美香醫生離開後，律在睡著的和子枕邊放上茶壺。

「律……？」大概是被律的動作吵醒，和子眼睛沒睜開，微微呼喊著。

「嗯？」

「我給鈴愛他們添麻煩了吧。」

「沒關係。」

和子靜靜睜開眼睛。臉上已經沒有發病痛苦的樣子。和子和平常一樣擺出少女般的表情，新奇地說：「律，你知道嗎？原來狗沒有血型呢。」

「和子女士，狗有血型，只是和人類不一樣。人類是ABO型，狗是DEA型，而且有超過十三種血型。」

「哦，有那麼多啊。我都不知道，長知識了。」她十指交握，呵呵笑著。「啊，對了，律。」和子彷彿臨時想到，突然開口說想吃草莓。她說明天早餐想吃產季已過的草莓。

這是和子難得的任性。

時值夏天，產季都過了，很難找到草莓。律為了找草莓，在商店街到處走。果菜店和超市都找不到，最後在稍微遠一點的水果行買到了一些。國外產的草莓有時會出現在市場上。

律買了兩盒，一盒打算送給鈴愛當作謝禮。他來到仙吉咖啡屋準備直接交給她，卻發現已經打烊了。門口掛著「本日已售完」的牌子。看樣子生意很順利。

他突然看到放在岐阜犬身旁的椅子，便緩緩坐下。

律極度疲憊，從手中的盒子拿出一顆草莓放進嘴裡。

「好酸……不對，這算甜吧。」

最近這段日子，他無法分辨味道；不管吃什麼，大概心不在焉吧，總是食不知味。律身旁的岐阜犬一如往常面帶微笑。

「喲，岐阜犬。」律不自覺開口。

岐阜犬旁邊的服務燈沒亮，當然也不會有人回話。

聽到暮蟬的鳴叫，律又吃了一顆草莓。果然還是沒味道。

這時傳來「汪」的一聲。律愣了一下看著岐阜犬，紅色的服務燈不曉得什麼時候亮了。

「我是岐阜犬，汪！」

律稍微笑了笑，靠近岐阜犬。「我買了草莓，剛吃了兩顆。」
「辛苦了。」
「岐阜犬……」
「是。」
「能夠當和子女士的孩子，我很幸福。」
他感覺到對方輕輕屏住了呼吸。
「能夠當和子女士的小孩，我覺得很幸福；能夠成為妳的兒子，真的、真的是我運氣好。我好愛妳。無法當著妳的面說出口，對不起，還有謝謝妳……」
岐阜犬在哭。悲傷如海嘯般襲來。律顫著聲繼續對岐阜犬說：「我現在也不曉得該做些什麼、該怎麼做……我這個兒子這麼不中用，對不起。」
淚水從律的眼眶溢出來，止不住嗚咽。原本下定決心不在和子面前哭，眼淚卻停不下來。
「有我這麼膽小沒用的兒子，對不起……」他靠上岐阜犬哭著。
「已經很晚了，你快點回家，汪！」
都到這種時候了，和子的態度還是很開朗，這點實在很像她。律笑了，邊笑邊哭。等他回神，太陽已經下山，月亮升上天空。是一彎美麗到令人胸口生疼的上弦月。
就在八天後的滿月時分，那一晚，和子離開人世。

火葬場的等候室給人莫名光潔的印象。

這房間只是用來等待骨頭燒完。這麼一想，就覺得悲傷。

鈴愛悄悄環顧等候室，剛好看到坐在遠處的賴子打了一個很長的呵欠。鈴愛靜靜垂眸。她覺得自己不該厭惡賴子這種反應，卻無論如何都無法有好感。

「鈴愛，律不見了。」彌一一邊四處張望，一邊走過來，小聲告訴鈴愛。

這麼說來，律已經不見好一會兒了。

「雖然還有點時間……」彌一擔心地說。

鈴愛想到了什麼，確信律現在一定在那個地方，於是離開火葬場，往河邊去。

律一直望著河水。他穿著喪服坐在河邊，盯著河水緩緩流動。同樣身著喪服的鈴愛，穿著很滑的鞋子，好幾次差點滑倒。她慢慢走近律。

律像是早料到一般，轉過頭來。接著什麼也沒說，再度把頭轉回前方。

「律。」

「嗯……我馬上回去。」

鈴愛正準備在律的身旁坐下，卻在快要碰到地面時，又立刻站直。

「你……應該比較想要一個人待著吧？」

「不，沒關係，妳留下……我想要妳留著。」

鈴愛緩緩在律旁邊落坐。律一動也不動望著河面。

她不動聲色地凝視著律那雙黑暗的眼睛，一雙眸子失去了月光，一片漆黑。鈴愛默不作聲，和律一樣繼續看向河水。

「今天的河水，水量很多呢。」

聽到律的話，鈴愛點頭。兩人沉默地目送著緩緩流動的水。

一會兒之後，鈴愛突然起身，在與律有一段距離外的地方撿起石頭，朝河面擲去。石頭卻連一下都沒彈起，直接沉進河裡。她很快又撿起另一顆石頭，再丟一次。

石頭還是沒彈起。她又丟了一次，這次只彈了一下。

看了一會兒鈴愛的舉動，律起身來到她旁邊，撿起石頭朝河面扔出去。石頭成功在河面「咚、咚、咚」彈跳。

律再度撿起一顆石頭，交給鈴愛。「石頭的形狀，其實很重要。」

「原來……」鈴愛拿著律給她的石頭，模仿律的投擲方式「咻」地一丟，但石頭「啪沙」濺起水花後又沉了下去。那誇張的水花也噴到了律。

「笨手笨腳。」律說著，稍微笑了一下。

我們只要活著，就會不停失去，不斷地失去些什麼。我，在九歲的秋天失去了左耳的聽力；律，在今天失去了和子伯母。即使如此，這種時候，我們仍陪伴著彼此。

二〇〇八年　岐阜 II

夏季難以忍受的炎熱逐漸緩和，時序即將進入秋天。

鈴愛、律、菜生和屠夫，時隔許久，貓頭鷹會四人幫又在燈火咖啡廳會合。

他們四人看著報紙，上頭有涼次的照片。涼次執導的電影《戀花火》後勢看漲，決定延長放映時間。鈴愛就連《戀花火》已經拍完了都不知道，仔細盯著那則報導。

「裝模作樣。」鈴愛瞪著報紙上的照片，涼次被拍得頗具藝術家氣質。

「長得很帥啊。怎麼，妳還難忘舊情嗎？」屠夫調侃。

「心裡還是有點痛。」鈴愛誠實回答，「可是，他很了不起，真的成為電影導演了。不行，我也必須加油，不能輸。」

鈴愛也有祝福他實現夢想的念頭，可相較之下，還是不願輸給對方的念頭更強烈些。

「鈴愛不也很努力經營仙吉咖啡屋嗎？」律說。

不過，仙吉咖啡屋的發展也逐漸變得詭異，鈴愛感覺那裡不再是自己的地盤了。

前不久，屠夫的姊姊麗子加入了仙吉咖啡屋打工，因為她想要和健人無時無刻在一起。仙吉咖啡屋開幕那天，健人對麗子一見鍾情，兩人墜入愛河，後來就結了婚。

原本還擔心女兒嫁不出去的西園寺因此大喜，免了仙吉咖啡屋往後的房租。

情況既然變成如此，也就不可能不讓麗子繼續打工。

仙吉咖啡屋顯然只要有健人和麗子兩人就夠了，最近健人也學會了烤五平餅。既然這樣，鈴愛打算去杉菜食堂幫忙，但那邊也有草太的妻子里子加入了打工的行列。

鈴愛這才發現，自己再度快變成無業遊民。

離開燈火咖啡廳，與一起回家的菜生和屠夫道別，鈴愛和律並肩走在夜晚寧靜的商店街。

「彌一叔叔還好嗎？」

「嗯，他還是一樣很有精神地工作，四十九天也已經過了。」

「律呢，你怎樣？」

「嗯？嗯，我還好。」

「這樣啊。」

「謝謝妳找我參加貓頭鷹會的聚會。」

「大家只是想一起喝酒而已。」鈴愛故意說得直白。

律笑了。即使到了這個年紀，看到律能夠笑還是比較安心。

「彌一先生的悲傷也穩定下來了。宇太郎先生、五郎叔經常過來找他出門，也幫了我們大忙，前一陣子還釣了許多鰕虎魚。」

「嗯嗯，那些魚很好吃。我們家也裹粉炸來吃了。」

「做成套餐在店裡賣嗎？」

「沒有，好吃的東西我們只會留在家裡自己吃。」

律再度輕笑。他沒有收回笑容，靜靜地說：「鈴愛，我這次要調回大阪了。」

「咦……」

「畢竟我原本就是為了照顧和子女士，所以強迫人事課把我調到名古屋分公司上班。」

「啊……也是。這樣啊，律，你要回大阪了呀。什麼時候回去？」鈴愛也平靜地問。

「下……個月？」

「嗯。」鈴愛刻意說得雲淡風輕。她還剩下幾天能像這樣走在律的左邊呢？

來到平常道別的地方，她覺得今天好快就走到了。

一鼓作氣衝上樓梯，猛力打開門，鈴愛看到花野突然藏起某個東西。

「小花，」鈴愛帶著怒氣低聲說，「妳為什麼要搶大地的肉包吃？」

和大地一起玩耍時，花野說沒錢……里子有些為難地告訴鈴愛這件事。聽說平常大地都會買肉包分花野一半。說是分一半，其實花野會毫不客氣地吃掉七成左右。里子有些顧慮地建議鈴愛考慮給花野零用錢。但其實她早就有給花野零用錢了，雖然微乎其微，還是有給。

「妳把零用錢拿去哪裡了?用在什麼地方了？」鈴愛怒吼。

花野稍微嘟著嘴，垂下頭。看到那副受傷的表情，鈴愛突然想起晴罵自己撒謊那時的模樣。那時的鈴愛非常不甘心。晴不聽她解釋就定她的罪，認為她說謊。

「妳剛才藏了什麼呢？」鈴愛的聲音稍微緩和下來。

花野戰戰兢兢地拿出藏在身後的東西給她看。那是用彩色鉛筆畫的一幅畫。畫功雖然拙劣，但可以看出畫的是在湖中跳舞的天鵝。

「湖，天鵝在跳舞，真央。」

「嗯？」

「真央一滑冰，在小花看來就像這樣。就像天鵝在湖上飛一樣。」

最近花野很迷淺田真央[4]，每次在電視上看到真央搭配德布西〈月光〉旋律溜冰的姿態，花野就會定住不動。

「小花也想溜冰，去參加奧運。太爺爺也說小花可以拿到金牌。」

有一次看過淺田真央的比賽後，全家人撤下矮飯桌，在榻榻米上挑戰三迴旋。那時跳得最漂亮的就是花野。即使無法轉到三圈，也轉了大約兩圈半，全家人都稱讚她好厲害。

花野似乎還記得那件事。她打開小玩具櫃的抽屜給鈴愛看，裡頭裝著幾個十圓硬幣。

「零用錢沒有花掉，大家都在這裡。」花野據理力爭，泫然欲泣，「小花要用這個，去學滑冰。」花野直接的視線，撞上鈴愛的心。

4. 淺田真央：一九九〇年生，日本著名花式滑冰選手。活躍於二〇〇〇年到二〇一〇年間，為亞洲第一位三次奪得世界花式滑冰錦標賽金牌，並贏得三次「世界冠軍」頭銜的女子單人滑冰選手。

她想著，花野實在跟自己一樣。她受到秋風羽織感動，因為畫漫畫受到稱讚，順勢就有了要當漫畫家的夢想——跟自己如出一轍。花野的淺田真央，就是她的秋風羽織。

或許是弄錯，或許只是個誤會，但她想讓花野挑戰看看。

後來，鈴愛開始思考要怎麼讓花野去學溜冰。首先必須考慮該怎麼去上課。梟町當然沒有溜冰場這種東西存在；名古屋雖然有溜冰場，可是通勤去那兒在執行上有困難。

她也考慮過在方便去溜冰場的地方租公寓住，但這麼臨時也只能找到打工的工作吧。時薪一千圓要負擔母女兩人的生活、花野的幼兒園花費，還要溜冰，這麼怎麼想都不夠用。

她找律商量過，律也告訴她現實狀況不可行，但鈴愛還是不願放棄；無論是誰認為不可行，她都不會放棄。既然無路可走，鈴愛的做法就是自己披荊斬棘，另闢新路。

花野有和鈴愛類似、貪婪的一面，但她鮮少耍任性。這樣的花野，卻為了夢想這麼努力，鈴愛想要助她一臂之力。而且她也覺得對花野有些虧欠。

離婚時，必須離開喜歡的爸爸，花野沒有鬧半點彆扭；無法見到涼次，她應該覺得寂寞，花野卻說：「一點也不會。」還說：「我們約好了，小花想爸爸的時候，爸爸也一定在想著小花。」

花野就是這樣，始終掛著微笑。鈴愛受到女兒數不盡的鼓勵，話雖如此，目前哪兒的溜冰課都上不起，也是難以動搖的事實。

某天，在煩惱的鈴愛面前出現了一名男子。他就是曾出現在仙吉咖啡屋、測試岐阜犬的可疑黃領帶男。他再度出現在仙吉咖啡屋，自稱津曲雅彥。

津曲是「打帶跑」企畫公司的董事長。他很驕傲地說，自己離開大型廣告代理公司後自立門戶，成立了這家公司，拿著自己的企畫去找製造商或新創公司執行。

他介紹自家公司其中一項商品「公主雞」。這很明顯就是模仿熱賣商品「電子雞」，反而讓鈴愛更覺得可疑，津曲卻說希望鈴愛把岐阜犬讓給自己。他打算對知名玩具製造商「銀河玩具」公司提出這個點子，將岐阜犬商品化。津曲力勸，主打母親偷偷透過岐阜犬對孩子說話為主旨，一定能夠大賣。儘管鈴愛也認為有可能，但她已經不太想看到岐阜犬了。一看到就會讓她想起和子，覺得難過。

聽到屠夫說，這種簡報一千個當中頂多只有三個會通過。鈴愛原本覺得反正不可能成功，就接到津曲聯絡，說企畫通過了。

津曲再度造訪楡野家，微笑著說：「岐阜犬就要重生了。」

為了讓上萬人接受，狗的品種改成玩具貴賓和鬥牛犬；而岐阜犬這個名稱太難懂，則改為「說話汪汪」。

除了律構思的基本系統外，原型幾乎沒有保留，全數變更。

鈴愛原本聽到生厭，不過對方說會簽訂一次付清的轉讓合約，她的眼睛首度放光。

津曲提出的金額是三百萬圓。如果保留岐阜犬原型，鈴愛會覺得內疚，好像賣掉了和子；但既然變更幅度這麼大，已經是不同的東西了，她也沒什麼好顧忌。

這個金額雖不足以讓花野去上溜冰課，不過只要有這筆錢，選項就變多了。鈴愛對於簽約產生了興趣，重新拿起津曲的名片瞧瞧。

她注意到上面寫的地址：澀谷區千駄谷。那附近就是明治神宮外苑的溜冰場。

巧的是津曲的公司碰巧有女性行政人員突然離職，正在徵人，鈴愛立刻自告奮勇。聽到應徵條件是要會使用電子試算表和文字處理軟體，她立刻謊稱自己會用。

最後，她甚至威脅津曲，如果不僱用她，岐阜犬，也就是說話汪汪就不交給他。

鈴愛很快就前往東京，參觀津曲的辦公室。

津曲的辦公室為廢棄校舍改建的共享辦公室其中一個。這裡集合大約三十家員工較少的公司在此活動。當中也有一人經營的工作室。

津曲說：「就是所謂的一人公司。」鈴愛很喜歡「一人公司」聽起來的感覺。

有人設計了真的可彈奏的鋼琴T恤，也有人在賣想要送給重要對象的麵包，還有家具工匠和工程技師。想做的東西、想賣的東西都很清楚且獨特，每個人沉浸在各類完全不同的工作裡。或許因為這裡原本是學校，感覺有種校慶氣氛。

鈴愛在共享辦公室，也遇到津曲的妹妹加藤惠子。

惠子是一身綠色的女子。頭髮是綠色，身上穿戴的東西也是綠色。那張甜美可人的長相很符合她，有點像動畫角色。

她開設的公司是「綠綠綠」，對於手感很講究。經手綠色商品。她果然是全世界最愛綠色的人。工作內容是把自己喜歡的東西設計成禮物，送給真正重要的對象。

她本來只是名普通家庭主婦，因為有想做什麼、想創作什麼的強烈想法而創業。聽到這裡，鈴愛的雙眼閃閃發亮。

「楡野小姐，人只要有心，什麼都能辦到。」

說這話的惠子看起來很帥氣。在這個時間點，鈴愛已經有了決定。

最後她參觀的是津曲的公司「打帶跑」。這個地方相當雜亂，一問之下才知道這裡原本是工友室。除了津曲之外還有三名員工，卻只有一個人在場。鈴愛向唯一待在公司的設計師小堺打招呼。有氣無力的眼鏡青年小心翼翼地回應完，又立刻回到自己的工作上。

「津曲先生，我決定了。」鈴愛猛然向前一傾。津曲不自覺往後一退。

「我也要開一人公司。我也要一個人創作，再把作品賣給真正喜歡那些東西的人！我連公司名稱都決定好了，叫『呼喲喲』股份有限公司。『呼喲喲』是驚訝時使用的詞，不過是好的意思！不好的驚訝不用。這個名字不好嗎？我想讓大家驚訝！」

「呃……唉，妳來這裡是當行政……」聽到鈴愛的熱情解說，津曲好不容易插上一句話。

「我知道沒辦法立刻就開公司，所以請讓我在這裡學習，學商品企畫。最後我也要在這裡開一人公司！」說完「請多指教」，鈴愛就對津曲鞠躬。

本來只是過來參觀，鈴愛就決定要在這裡工作，她就是這麼喜歡這個地方。

翼在照相館，欣賞彌一喜歡的攝影師布勞德賓恩的寫真集。帶著他一起來梟町的賴子因為有事，先一步回大阪去了。他們總是這樣。

回程由彌一把翼送到新幹線的車站。翼雖然害怕獨自搭新幹線，不過他已經習慣了。因為和子的病，他們母子與律分居兩地。翼一直以為等到一切塵埃落定後，大家就能一起回大阪住，但賴子告訴他，律要去史丹佛大學。

「爸爸在進行對世人有幫助的發明，所以要前往美國。」

翼把賴子說的話告訴律，律一臉為難。

翼沒有懷疑賴子的話，最重要的是，翼相信律，相信他在做對世人有幫助的發明。聽到咚咚聲響，翼從寫真集抬起頭，就看到門外站著曾經見過的少女。

「妳是上次的——」

「我是小花，你是翼哥哥。」

「答對了。」翼露齒微笑。

翼被花野拉著手，猛力衝向貓頭鷹商店街，直到兩人都跑得氣喘吁吁，才在半路上的長椅並肩坐下。

「我爸要去美國了。」翼吐露。

爸爸很厲害，他固然開心，但一想到又不能一起住，還是覺得寂寞。

「嗯，好遠。你會覺得孤單吧。」

「不過我們家的氣氛總是很孤單。」

分開住雖然孤單，但是和爸媽三人一起住的時候更覺得孤單。

花野偏著頭，不是很明白，但她知道翼無精打采。她倏地站起，開始學真央旋轉，想替翼打氣。漂亮轉了兩圈之後，有些腳步不穩。翼連忙扶住她。

「啊，有了，這個給你。」

花野突然把從扭蛋機轉到的迷你溜冰鞋給翼。那是花了一番工夫才得手的寶物，律也有幫忙。

「小花要成為溜冰選手。」

「哦！」

「翼哥哥，你想當什麼呢？」

「攝影師！如果當上了攝影師，我會替小花拍下在冰上旋轉的照片。」

「呼喲喲。」花野害羞地笑了笑，再度來到翼的面前，用力迴轉。

鈴愛抑制不了興奮，從東京回來就立刻把律找去燈火咖啡廳，把自己的所見所聞一字不漏地告訴他。

「我要再去東京！進打帶跑公司學習之後，成立一人公司。或許不會有很多客人，不過我想把自己喜歡的東西，用我覺得最好的方式努力創作出來，送到真正喜歡的人手上！」

鈴愛站起身，像在熱唱般宣示。

律小聲說：「這場景感覺似曾相識。」

這麼說來，自己高中時也曾對律宣示：「我要成為漫畫家！」回憶起過往，鈴愛有氣無力地坐下。「我都忘了……仔細想想，我也快四十歲了，其實也沒有當時那種不顧一切的力量。」

「連妳都這樣……是嗎……」

「嗯……這次若不是為了小花，我想我也不可能再度前往東京。我一心一意想讓那孩子學溜冰。」感慨萬千地說完，鈴愛豪邁地灌下啤酒。

「妳也是人家的媽媽了呢……」

「是……我是……我的狀況就別提了。對了，律呢，你有什麼打算？」
「不清楚，老實說，我還在驚訝老婆叫我別回大阪。」
律把啤酒倒進鈴愛的玻璃杯裡，心不在焉地說著。
律有可能被派去國外工作，參與史丹佛大學與菱松電機的機器人控制共同研究。控制技術是律擅長的領域。這是一樁好事，可是律打算拒絕。
一方面翼要上學，而且賴子不想離開大阪。既然這樣，若想和家人在一起應該是回大阪比較好。他認為，還是應該與家人共同生活。
但賴子突然出現，要他去史丹佛，旋即返回大阪。她說，律被派去國外工作是部長的推薦，如果拒絕會影響升遷；賴子還板著臉說，自己至少想要成為部長夫人。
「賴子女士真了不起。」鈴愛被賴子的氣勢嚇到。
老實說，律在賴子面前也總是被壓得無法反駁，想說的話全都說不出口。
「不過啊，律，」雅子在律面前放上新的威士忌杯，很自然地加入對話，「夫妻相處，我想不只是哪個人有錯的問題——啊，我不是特別要站在你老婆那邊——不過，阿姨在想，如果她只是在乎升官和名聲的人，你就不會和她結婚了，對吧？」
「雅子阿姨……」
「啊，我打擾到你們了嗎？」雅子縮縮脖子，快步準備離開。
鈴愛連忙留住她。「沒關係，請留下。我們也想聽聽雅子阿姨的意見。不愧是離過兩次婚的人，見解就是不一樣。」

「是啊，我失敗了兩次。」雅子早就準備好自己的玻璃杯，立刻在鈴愛他們的桌邊坐下。

「我總覺得，你老婆是不是也有她的顧慮，或情緒上的原因呢？」

聽到雅子的話，律想起賴子說完升官話題後的表情；她面無表情、沒頭沒尾地說了一句：「有錯的不只是我。」

「我……」律吶吶開口，「我向鈴愛求婚之後被拒絕——」

「咦？等一下，律，這些話對我說可以嗎？當著我的面說可以嗎？」

「反正已經是過去的事情了。」律說得很乾脆，沒有理會有些受到打擊的鈴愛，接著繼續說，「當時我的象龜也死了，我一個人，很痛苦……」

「賴子小姐就是在那個時候出現的嗎？」雅子興味盎然地傾身向前。

律微微點頭。「嗯。所以，我很感謝她在那段時候救了我，也因此直到現在都無法對她口出惡言。我沒有自信自己的想法是否正確，也無法反駁對方。」

「所以不是因為喜歡賴子小姐嗎？」

聽到雅子問出核心問題，鈴愛感受著心中所想。

「也不是……以前喜歡過。」

聽到律的回答，鈴愛連忙檢查自己的心，看有沒有查出個所以然。

「我說妳，那個表情是什麼意思？」雅子問。

鈴愛誠實回答：「我也不是很清楚。我剛才在檢查自己的感覺，看看聽了律的話之後有什麼想法。」

「然後呢，有什麼想法？重重一擊，還是心上刺痛？」

「呃，妳要問這麼深入？不，沒有什麼特別的感覺。」自己的內心比想像中還要平靜。

「那個，我們可以先別管鈴愛的感受，繼續講我的事情嗎？」律已經很習慣有鈴愛在場，事情就會講不下去，所以也沒有半點焦慮，只是冷冷地繼續往下說：「我本來就不擅長說出自己的想法，對方的態度一強勢，我就更不敢吭聲了……」

在雅子的勸酒下，律一口氣喝下威士忌。一杯接著一杯，律也逐漸鬆口，說出更多實情。

「我和賴子是像沼澤般的愛情。」

「沼澤般的愛情？那是什麼東西？」

「我想在鈴愛眼裡就是那樣吧。只是沉默地待在彼此身旁，兩個人一直坐著，凝視著湖水那樣……」

「完全聽不懂，你知道自己在說什麼嗎？」

「鈴愛，妳活一輩子一定也無法明白，就像埃爾斯肯[5]拍攝的照片那樣的愛情。」

律提到很有名的攝影師。

5. Ed van der Elsken，荷蘭國寶級攝影大師，被喻為二十一世紀最具影響力的攝影師，以街頭攝影聞名。

「啊，那個我知道，我查資料時看過。秋風老師告訴過我，他拍過塞納河左岸暗處的俊男美女接吻的畫面……風格就像《新橋戀人》[6]那樣。」

鈴愛看過埃爾斯肯的照片，那畫面生動捕捉了生活在巴黎的年輕人們虛幻又實際、奔放又美麗的姿態。

「嗯，大致上說起來是那樣沒錯。」律說。

「唉呀，我也很想去那樣的世界，下輩子也……沒有機會吧。」

「嗯，畢竟妳是鈴愛。不過……那份熱情失去之後，也就失去了對話。」

鈴愛忍不住輕輕賊笑。

律馬上以他的撲克臉說：「啊，我沒有其他意思，妳別想歪。」

「對不起，我的想像力不夠，聽到什麼就只會想到什麼。」

「鈴愛繼續保持這樣很好……哪像我，不懂得經營婚姻，也不懂得怎麼當夫妻。」

「可是我也……失敗了啊。」

聽到鈴愛這麼說，雅子也跟著說：「我也是。」又補充，「而且還兩次。」

三個人安靜乾杯，對過得一團亂的人生乾杯。

看著律慢條斯理喝下杯中酒，鈴愛心想，自己不太習慣面對律的全部。雖說這也是理所當然的，律也有像是月球背面那樣，看不見的黑暗面。她在想，有人能夠照亮他的那一面嗎？還是說律希望那一面就這樣保持黑暗呢？

兩個人加上雅子，一起喝了不少酒之後，老早過了為人母必須回家的時間。

律很難得把鈴愛送到家附近。

「就到這裡——」鈴愛突然湧上一股不捨，想要碰碰律，但她咬牙忍了下來。

「今天謝謝妳陪我。妳，好好加油。」說完，律轉身要走。

「律。」鈴愛不自覺喊住他。

她真的很想抱住那個寂寞的背影。可是，鈴愛忍下了那股衝動。她告訴自己，他們兩人不是那種關係；她告訴自己，聽到律喜歡過賴子時，自己不是什麼感覺都沒有嗎？但是，此刻胸口卻好痛。她朝回過身的律敷衍一笑，問他是否要去美國。

「……還不知道，我再考慮看看。」

「或許是我多事，不過，你要不要和賴子女士再談談？我是已經沒救了，不過你也許沒問題。」

「嗯，我知道了……晚安。」

律離開了。鈴愛一直注視著他的背影，表面平靜，但內心紊亂。自己心中存在著想要觸碰律的自己，以及單純想要支持他、鼓勵他的自己。這兩者都是真正的她。

律的身影逐漸消失在視線中，遲來的心痛在胸口深處陣陣刺痛。

6.《新橋戀人》（Les Amants du Pont-Neuf）是一部一九九一年的法國電影，講述一名富家女與流浪漢的愛情故事。

和子過世後，已經過了兩個月。這天是和子過世滿兩個月的日子。父子倆靜靜在和子的遺照前吃著彌一做的簡單晚餐。他們已經逐漸習慣只有兩個男人的安靜生活。眼前這情況還是難以形容的寂寞，不過時間是最好的良藥。每次看到和子的照片都會哭到崩潰的彌一，也已經能盯著照片，不再落淚。

聽到門鈴聲，律起身走向玄關。門外的人是鈴愛。

她表情怪異，不同於以往，把帶來的東西交給律。「這些與其說是和子伯母的日記，其實應該說是律的紀錄。這是她生前……還活著的時候委託我的。」

「咦……」

聽到兩人的聲音，彌一也來到玄關，眼睛緊盯著和子的記事本。

「伯母認為親自拿給律或彌一叔叔，你們會哭，所以……」

「是嗎……這樣啊。不好意思，麻煩妳了。」彌一說。

鈴愛搖頭。「我煩惱該在什麼時候拿給你們。本來考慮再等一陣子，等到你們不再那麼悲傷。但我要再度前往東京了，而律也說要離開梟町，所以我也該把這些送過來……」

若是平常，鈴愛總是不等人開口就自己大步闖進屋子裡，長篇大論說個不停，今天卻只是送來記事本就離開了。

律和彌一在客廳的沙發上並肩坐下，緩緩翻著收到的相簿。

看到照片旁邊的文字是和子令人懷念的字跡，律和彌一都笑了。

「第一次玩溜滑梯，很開心。嘴裡說著『咻咚、咻咚』，一直玩個不停。對於鞦韆反而很害怕。」看到律玩溜滑梯的照片旁邊的文字，彌一呵呵笑出聲。

律也笑了。慢動作翻到下一頁時，一張紙掉出來。彌一撿起紙，發現是一封信，正面寫著「給律　七月十一日」。

「這是在她過世的一個禮拜前寫的。」彌一把信交給律。

律慢慢打開信。

「律，媽媽對你來說，是不是及格的媽媽呢？我經常有這樣的疑問，我沒有什麼自信。」

看到和子寫信也用岐阜腔，律淡淡笑了笑。

「可是，生下你、養育你，讓我的人生豐富了好幾倍，我感謝有你的存在。我覺得你好惹人愛、好可愛。有的時候，比如說你不顧一切跑去東京和京都時，我又覺得你很討厭（笑）。只活到六十一歲是不是太短了？以前常說人生五十年，現在只活到五十歲很不尋常吧？律，媽媽永遠都會在，都會守護著你。啊，還是我模仿金八老師那樣罵你一頓？我不想你哭，所以就不寫太多好話了。」

律的眼中湧上淚水，臉上帶著微笑，眼前彷彿出現和子寫信時的模樣。

「你要好好加油。律，你還活著，要好好活下去。沒問題的。

二〇〇八年七月十一日　寫給律　母字」
淚水把字跡暈開，律用力吸了吸鼻子。

一聽到鈴愛又要去東京，晴只是錯愕，沒有強烈反對。鈴愛只覺得晴這反應大概是因為上了年紀，所以也覺得有些寂寞。

一旦決定要去，接下來就很快了。她找好了住處和花野的幼稚園等，結束東京那邊的準備，家裡這邊的行李也都收拾完畢，接著只剩下出發。

宇太郎特地和草太去了一趟名古屋，買花野的溜冰鞋，讓她在東京的溜冰課能夠使用。看到花野緊抱著溜冰鞋睡覺，鈴愛覺得自己的決定沒錯。

去東京之前，鈴愛向晴提議：「我們去掃墓吧？」晴也很高興贊成。

掃墓這天是個大晴天。榆野一家和草太的家人當然在場，連健人也一起登上小山丘。

看到萬里無雲的藍天，鈴愛覺得是廉子和仙吉正在等著自己。她來到仙吉和廉子位在高台上的墓前，雙手合十，希望他們保佑自己和花野在東京的生活。

「我們以前在這裡玩過紙杯傳聲筒，還記得嗎？」

「嗯，記得啊。」晴笑著點頭。

墳墓所在的山丘一點兒也沒變。沒有任何阻礙視線的東西，眼前的天空一望無際。

耳邊聽著花野和大地充滿活力、到處跑的喧鬧聲，鈴愛仰望天空。

「鈴愛小姐，仙吉爺爺的五平餅，我會好好守住、傳下去、烤下去。」健人一改平常摻雜著各種語言的說話方式，以認真的表情說著。

鈴愛點頭道謝。健人已成為仙吉咖啡屋的店長，代替鈴愛繼續經營下去。

此時吹起一陣風，輕柔撫過鈴愛的臉頰。

「啊，好舒服的風。」晴閉上雙眼，感受著風的餘韻，「這陣風，讓人好想抓住。」

「讓人想要抓住的風嗎……」宇太郎露齒微笑。鈴愛也笑著。

令人想要抓住的風。她心想，多麼美好的一句話。剛才的風的確是那樣的風。

舒暢的風再次吹向鈴愛一行人。風沒有被抓住，而是穿過了他們身邊，吹向遠方。

前往東京的前一天，彌一難得光臨杉菜食堂吃晚餐。鈴愛從他口中聽聞律決定去美國的消息，聽說賴子和翼半年後也會跟著去美國。

律查過翼的學校，有待在國外學校兩年仍可以續讀的制度，便說服賴子一起去美國。律告訴賴子，希望兩人再次重新來過。賴子以快要哭出來的表情對律說：「我自從嫁給你之後，就一直……不對，是自從認識你之後，就一直覺得很寂寞。」兩人的關係不可能立刻復原，儘管如此，律還是為了重新來過，願意往前跨出一大步。

「這樣嗎？我為律感到高興。太好了，叔叔。」鈴愛笑著對彌一說。

「鈴愛，謝謝妳。」

「咦，謝什麼？」

「謝謝妳在和子過世之後幫助律。」

「我什麼……也沒做。」

「妳並非什麼也沒做。光是待在他身邊陪他，對他來說就是很大的幫助。」

彌一沉穩的話語，迴蕩在鈴愛心中。

「我們是彼此彼此。」

「律啊，他想要開發可以協助失聽者的功能，裝在機器人上。我想這有部分也是因為妳。」

鈴愛突然摸了摸自己的左耳。

「啊，不好意思，妳別放在心上。」

「律……在學校的時候看過我被人欺負，也幫過我；幫不了的時候就和我一樣忍著。我知道律也在忍，所以我忍不了。」

「……對不起，鈴愛。」彌一一臉苦澀地說。

「嗯，為什麼要道歉？」

「就是……律決定和賴子一起去美國。」

鈴愛不希望彌一道歉。道歉的話，就好像自己想要從賴子手上搶走律。

「……那樣不是很好嗎？」鈴愛眨眨眼，把原本湧上的淚水眨散，接著對彌一微笑，讓他放心。「那樣很好。律很幸福的話，我也會很幸福。」

這番話絕非違心之論。明明說的是真心話，這一晚她卻怎麼樣都睡不著。

她睜開雙眼，望著自己房間的天花板。和小時候一樣，上頭畫著一條龍。

「龍啊。」鈴愛向那條龍伸出手。「又要和你說再見了，必須說再見……」

伸出去的手無力放下。

鈴愛站在律的窗子底下，吹了三次哨子。

一會兒後，窗子打開，律揉著惺忪的睡眼探出頭。

「妳都幾歲了？」

「快要四十。」

「別瞎扯。都幾歲的人了，還吹火箭大使的哨子？」

「我們約好的。」

「我無話可說。」

「律，我，今天要去東京了。」

「嗯。」

「你呢？什麼時候去美國？」

「下個禮拜。啊，我下去。」律很快就來到樓下。

兩人什麼話也沒說，並肩向前走。就在差不多要走完整條商店街時，律突然問：

「妳知道我要走去哪裡嗎？」

「河邊。」

「沒錯。」

他們再度默不作聲往前走。

一如以往，河水迎接著兩人的到來。他們站了一會兒，望著河緩緩而流，一波波迎來，一波波遠去。他們不曉得對方在想什麼，但即使不說一句，也清楚彼此都在回憶兩人的過往。

律突然注意到褲子口袋裡塞著某個堅硬的物體，於是手伸進去掏出來一看，是某天早上花野突然出現，送給律的東西。那是她在扭蛋機轉到的玩具哨子。花野送他時，一臉認真地說：「希望律有困難的時候，也可以吹哨子。」

律緩緩把哨子放在嘴裡吹了三下，接著面對河水小聲地說：「鈴愛。」

律看向鈴愛，惡作劇地笑了笑。

下一秒，鈴愛抱住律。

「只要五秒就好，讓我抱著你。」

聽到她語帶不捨地小聲說，律儘管不解，還是含糊回應。

從他不再僵硬的身體，鈴愛知道他答應了。

「律，你來數五秒。」

「一、二、三、四……」律沒有數出第五秒。

「第四秒，太長了。」

「可能吧。」

律原本垂下的手，環上鈴愛的背，用力將她摟進自己懷裡。鈴愛也緊緊抱住他。

「再見了，律。」鈴愛在他耳邊傾訴。

「加油喔，鈴愛。」律對著鈴愛的右耳細語。

即使這種時候，律的語氣還是一板一眼，鈴愛微笑。

「你也是。」

漫長的第四秒，終於結束。

沒有律的人生，即將再度展開。

二〇一〇年　東京 I

與鈴愛分開之後過了兩年，律從美國回到東京。

他已經是菱松電機經營企畫部技術課課長，負責管理各部門的開發研究預算，進行預算把關，有時也負責資遣。這份工作壓力相當大，與以往技術人員的工作性質完全不同。

受到次級房貸風暴的影響，菱松電機在今年六月決定關閉機器人部門，律因此被派回日本。機器人很花錢，一旦公司缺錢，首當其衝就會先割捨這一塊，這點律多少也清楚。

辦公室的窗戶是封死的，無法聽到風的聲響。這也是律時常覺得喘不過氣的原因之一。

回到東京之後，律在正人的建議下，住進爬滿常春藤的復古磚造公寓。

大學畢業後，正人進入法律相關出版社工作，畢業後也定期與律互相聯絡。得知律要返回東京，正人很高興表示這下子又能經常見面了。律不自覺地想，兩個人可能又要剪不斷、理還亂了。

正人不曾結過婚。兩人都是單身，有很多時間。

兩年前，律把家人叫去美國後，真心想要重新來過，卻還是失敗了。在語言不通、規矩不同的國外生活，造成很大的壓力。小小的焦慮累積下來，讓彼此都逐漸失去多餘的心力相互體貼。原本還能忍受的地方，都不能忍了；而原本就不能忍的地方，這下子一觸即發。

一個月前確定離婚，律恢復單身。

搬完家之後，正人馬上就過來玩。兩人很久沒見，卻沒有久違的感覺。

「我買了啤酒過來。」

「喔，我們心有靈犀。我煮了毛豆。」

兩人閒聊著，話題如空氣般，沒什麼內容但舒服。喝著啤酒，彷彿兩人從未改變。

這時門鈴突然響起，機器人闖了進來。那是套著機器人造型紙箱的宇佐川教授。

「啊，我也知道這橋段老掉牙了，但沒想到你們這麼冷淡……」

宇佐川對兩人冷淡的反應感到沮喪，拿下機器人紙箱。

「沒那回事。老師，好久不見了。」

接著，律兩人加上宇佐川，又開了新的啤酒。

宇佐川說，自己來這裡的途中看到小吃攤，買了現烤的五平餅過來當作伴手禮。五平餅的香氣充斥在剛搬來的公寓裡，令律懷念。三人喝著啤酒，吃著五平餅，聊著機器人的話題。宇佐川對於律的研究無法繼續，感到十分惋惜。

與宇佐川聊天很愉快。因為離婚的關係，很多人與律接觸時都害怕觸及敏感話題，所以跟宇佐川聊天反而輕鬆。他的腦子裡只有機器人。

話雖如此，聊到一半，律接到賴子打來確認養育費的電話時，宇佐川也不敢出聲。律掛上電話，宇佐川很快就恢復平常的態度，最後又重申一次「律的研究很了不起」，便離開去參加老同事的聚會。

律目送宇佐川前往車站，突然想找正人一起去五平餅店看看。在東京很難得看到五平餅，他很想看看是在哪裡現烤現賣。

不知為何，正人老大不願意去，律硬是抓著他尋找小吃攤。

小吃攤的確在，就開在靠河那座停車場裡。寫著「五平餅」的旗幟被風吹動，攤位裡有名女子正奮力烤著五平餅，帽子深深遮住她的眼睛。

「喔，找到了、找到了，真的有五平餅的店呢。」

因為太懷念，律不自覺說著岐阜腔，連忙在小吃攤坐下。

店裡已經有些散客，女子似乎很忙碌。

律開口：「兩杯生啤酒。」女子很有精神地回答：「好喔。」

那聲音，律再熟悉不過。

律仔細盯著那張用帽子遮住的臉。是鈴愛。

「歡迎回來，律。」鈴愛看到律也沒有驚訝，很乾脆地說完，就把五平餅交給其他客人。

她因忙碌，滿臉通紅，汗水涔涔。原本大概有化妝，但也早就被汗水洗掉了。

「妳呀，變成歐巴桑了呢。」律忍不住感嘆。

鈴愛手拿著裝滿生啤酒的啤酒杯，氣不打一處來，就反射性地把啤酒朝律潑了過去，正好潑在律的臉上。

「啊……我的手不自覺就行動了，對不起。」

啤酒跑進眼睛裡，非常刺痛。

淋了一身啤酒，這還是有生以來第一次。律茫然地想，這簡直像棒球選手在慶祝的場合。

正人說，這原本是驚喜。據說今天本來的計畫，是要找鈴愛和花野一起來吃晚餐，讓她們與律重逢。正人說自己是三個月前，在小吃攤偶遇烤五平餅的鈴愛。

「咦？你們兩位，在交往嗎？」律一臉認真地問。

正人也一臉認真地回答：「才沒有。」

聽說正人目前有其他喜歡的對象，兩人雖然沒有結婚，但很認真在交往。曾說過「為什麼女朋友不能多交幾個」的正人，居然在談戀愛。看到正人女朋友的照片，律很驚訝。那位美女在工作上似乎很幹練，年紀看起來比正人大很多歲。

「她大我十歲，但也有很可愛的地方。」

說這話的正人，臉上有著律第一次看到的靦腆表情。

鈴愛按了門鈴之後，律很快就把門打開。花野猛然衝上前抱住律。律把她抱起來，慢了半拍才注意到鈴愛裝模作樣地倚在門上，瞬間瞠目結舌。

「妳是怎麼回事？」

「呵呵，如何？我不是歐巴桑，是美魔女。」鈴愛自信地笑了笑。

她仔細塗上眼影，抹了濃密的睫毛膏，穿上參加派對用的正式洋裝。小吃攤打烊後，她連忙回到住處用盡每分每秒，力求把自己打扮到最美境界。

「呃，妳這身打扮是怎麼了？等一下要去參加舞會嗎？」

原本是想讓律刮目相看，沒想到他卻一臉錯愕。這身裝扮可能努力過了頭，鈴愛低頭看向自己的洋裝。看到這反應的鈴愛，正人立刻替她預約了時尚的葡萄酒吧。對於正人這種信手拈來就能撩撥女人心的體貼，鈴愛只覺得感激，倒沒有因此迷上他。

距離酒吧的預約時間還早，他們在過去之前，先在律的家裡喝一點慶祝重逢。乾杯後，大家喝著啤酒。律問鈴愛為什麼在那個地方烤五平餅。鈴愛心想果然還是問了，就不太情願地把這兩年發生的事告訴律。

鈴愛剛開始上班時，津曲的企畫公司「打帶跑」狀況很好。變身成說話汪汪的岐阜犬上市販售時，大賣二十萬個，成為熱門商品。津曲事前就從鈴愛手上買斷了岐阜犬的權利，自己又與玩具公司簽約，因此獲利驚人。

津曲十分滿意這次的成功，決定大賭一場。他推出岐阜犬的貓版本——土佐貓，而且相信土佐貓也會賺大錢，所以選擇自行製作販售。最後，他還把岐阜犬的獲利全數投入，製作了四十萬個土佐貓。

他原本一路兢兢業業經營著打帶跑公司，這回卻想一次揮出全壘打。奈何土佐貓完全賣不出去。辦公室全被土佐貓的庫存塞滿，搞得很悶熱。

打帶跑公司因而負債，面臨破產。津曲連夜逃走。

留下來的鈴愛被迫去面對債權人，每天下跪賠罪。天天下跪道歉的日子持續了三個月，直到逃亡中的津曲辦好破產手續為止。公司沒了，鈴愛也跟著失業，幸好經營共享辦公室的工作人員出手相助，使她得以用便宜的租金租下其中一個角落。鈴愛並沒有捨棄一人公司的夢想，她決定著手實踐。為了賺錢維生，也為了扶養花野，她開始獨力創業。

聽著鈴愛冗長的敘述，律不解偏首。一人公司怎麼會與五平餅店有關係，他不是很明白。鈴愛沒有理會律的疑惑，從大手提袋裡一一拿出自己發明、販售的商品來展示。

在鈴愛的催促下，律惶恐地拿起看不出用途的商品。

有著變色龍臉型的水龍頭吐出紅色長舌頭，水會沿著舌頭流出來。這項商品是方便手搆不到水龍頭的小朋友可以使用。

「樹洞袋」則是無論對著袋口以多大的聲音喊叫，外面都聽不見，而且拍一拍，還會發出「呼喲喲」的聲響。

另外還有「魔鏡啊魔鏡」。只要拿著這個鏡子照臉，就會有帥哥對你說：「你真美！」鈴愛在大納言工作時，就認為這項商品會熱賣，所以她為此砸下了所有身家。接下來還有「陶陶然粉」，用這個粉洗澡的話，整個人就會感覺像被人寵愛般暈陶陶。

「鈴愛……那是騙人的吧？」一直靜靜聽著的律忍不住吐槽。

鈴愛猛然一鞠躬，懇求他幫忙把商品賣給公司那些愛美的女性上班族們，但律說：「愛美的女性上班族們不會買……這個吧？」這話說得令人無法反駁。

鈴愛欲哭無淚，垂頭喪氣地把商品收進袋子。陶陶然粉就甭提了，其他商品還算賣得可以，但庫存還有一大堆。老實說，鈴愛在一人公司這條路上算是跌了一大跤。

正人代替鈴愛大略解釋她經營五平餅攤車的始末。由於無法靠一人公司維生，鈴愛只好用低價買來二手攤車，開始賣起五平餅。

鈴愛重重嘆了一口氣。「說起來，五平餅不太適合以攤車的方式賣，大家都是吃三支左右就飽了。剛開始不太有客人上門的時候，正人偶爾會帶朋友過來光顧，幫了我不少，我才能夠繼續在這個城市生存……」

「妳的人生，不要緊嗎？」

聽到律的話，原本獨自玩耍的花野精力充沛地回答：「我們家是窮途末路！」

「嗚嗚嗚，妳在哪裡學到這個詞的？」鈴愛抱著頭。

在她旁邊的律小聲說：「看來我的情況或許還算比較好。」

距離酒吧的預約還有一點時間。

在花野的強迫下，鈴愛等人一起搭撲克牌塔。遊戲的玩法是在撲克牌塔崩塌之前，眾人依序搭上撲克牌，一次一張。當撲克牌塔倒塌，花野大叫，忍不住微笑。看到她那模樣，鈴愛等人放聲大笑。

律突然想到，問：「啊，對了小花，妳溜冰溜得怎樣了？有去明治神宮那邊上課嗎？」

花野的臉色瞬間緊繃，接著霍然站起來，走去隔壁的房間。花野哭了。

鈴愛小聲解釋，花野的溜冰升級測驗再度考砸了，敗在往後跳這一項。

律走去隔壁房間，在花野身旁蹲下，道歉：「對不起。」

花野淚眼汪汪說：「……小花，不甘心，人家明明那麼努力。」

「是嗎，妳很努力了呀？」

「人家非常努力練習了。」

「那就沒關係。努力的人老天爺看到了，下次會過關的。律也會為妳加油。」

花野一臉認真點點頭。下一秒，她注意到律身後的相框，臉色瞬間明亮。

「律，是翼哥哥。」

一旦出現感興趣的東西，花野的注意力就會完全被吸走，這點和鈴愛如出一轍。律微笑著拿起相框。每天睡前，他一定會對著照片上的翼說：「加油，晚安。」

「律！翼哥哥說，等到小花變成像真央那樣的溜冰選手後，他會為我拍跳起來的照片。翼哥哥說要當攝影師，我們約好了！」

律都不曉得，原來翼有這樣的夢想。

想起跟翼的約定，花野重新找回對溜冰的動力。

正人微笑對花野說：「正哥哥也想看小花溜冰。」

「小花，會跳！」說完，花野當場來個大迴轉。她猛力迴轉，手臂打到剛搬進來、隨便堆放的行李，行李就像骨牌般倒下，推倒還沒有固定住的薄型電視。

看到電視就要朝花野倒過去，律連忙把花野整個人護在身下。電視直接撞在律身上。

「律！」鈴愛急忙衝過來。律反射性用手遮擋住，此刻疼痛不已。

鈴愛立刻要把律送去醫院。這時正人安靜詢問：「咦，那葡萄酒吧還去嗎？」

鈴愛和律同時回答：「什麼，現在是去的時候嗎？」正人一笑帶過。

去了醫院檢查，結果律的右手無名指和小指骨折了。因為是慣用手，生活暫時會不太方便。鈴愛道歉了好幾次，並告訴律，如果有什麼可以幫忙的地方儘管說。

花野說手指裹著繃帶的律是「英雄」，是救了自己的大英雄。

看到花野仰望自己的閃亮眼睛，律突然想起鈴愛小時候的模樣。

電腦畫面上的帥哥問：「想喝什麼？」

惠子小聲回答：「呃，燒酒，薩摩荒波，加冰塊。」

她一邊按著鍵盤，從選項中挑選答案。畫面中立刻顯示：「女人味程度二分，不及格。」滿分一百分只拿到二分。

鈴愛正在「綠綠綠」工作室裡對著惠子說明新商品。這個軟體稱作「掌握型男九十九招」，主打「有了這個你就能攻克型男」。男生版賣得不錯，所以她也開發出了女生版。

「……鈴愛，這真的賣得出去嗎？」惠子一臉懷疑地凝視畫面中的帥哥。

不是賣不賣得出去，而是必須賣出去。鈴愛拚盡全力。五平餅不適合以攤車的形式銷售，她必須讓一人公司得以賺錢，養活她們母女。

「對了，我哥回來了。」惠子突然想到。

一直躲著不見人的津曲居然回來了，而且人就在比想像中還要近的地方——共享辦公室的咖啡店。他正一臉泰然自若地煮著拉麵。鈴愛為了省錢，不會去咖啡店，所以完全不知情。

聽說津曲在漫畫咖啡廳、網咖等地方輾轉躲債，最後委託偶然認識的律師辦了破產手續。現在，為了可以另起爐灶，津曲在拉麵店當學徒。他打算開只賣鹽味拉麵的拉麵店，便找上共享辦公室的祕書長，交涉能否讓他在咖啡店賣拉麵，才會變成現在這情況。真不曉得該說他這個人有韌性，還是臉皮厚。

總之，鈴愛不當面好好對他抱怨幾句，她嚥不下這口氣。鈴愛闖進咖啡店，看到津曲真的就在那裡，動作熟練地甩掉拉麵水。

「唉呀，真的很抱歉。」津曲對鈴愛鞠躬道歉，但是那張臉毫無歉意，還是一樣令人懷疑、難以信任。

骨折隔天，律向公司請假。一想到在平日可以不用進去那個不通風的辦公室，他就有一種莫名的解脫感。律以受傷的手慢動作操作著電腦，螢幕上出現跳槽轉職的網站。

花野在律身後默默製作螃蟹的立體勞作。自從鈴愛一次稍微奢侈點，買了螃蟹給花野吃，她從此迷上螃蟹。

不久前，花野和光江一起來到律家。從鈴愛那兒聽說情況的光江，送了雞肉炒飯和湯過來給律賠罪。光江馬上就要離開，但花野堅持留下來。看到光江很為難，律自告奮勇說之後自己會送花野回去。

「律，要我幫你按嗎？」花野咚咚跑過來仰望律。

律拜託花野幫忙按下Enter鍵。花野一臉嚴肅地按下按鍵。

「律，你在做什麼？」

「律在考慮轉職。」

「轉職？」

「就是換工作的意思。律原本是工程技師，所以想待在第一線發明、製作東西。管理階層不適合我。」

「管理階層？」

「嗯，就是類似老師的工作吧？」

花野含糊應了一聲，再度回到餐桌前，繼續專心製作螃蟹。

律沒有什麼想法，望著這景象。「小花，要不要我幫妳讓螃蟹的腳動起來？」

聽到律的話，花野欣然點頭。律只用一隻手作業，不太好使，不過他還是把手邊的吸管和橡皮筋等東西裝上花野的螃蟹。

「接著，像這樣。」

只要一動免洗筷，螃蟹的腳也跟著移動。只是很單純的動作，花野的臉上立刻大放光芒。

「哇，好厲害！」

望著花野看螃蟹移動的神情，律忍不住滿臉笑容。

「啊……我要的就是這個啊。」律小聲說。

他想起很重要的事。

從以前開始，自己就很想創作些什麼。有長長連線的傳聲筒、鈴愛左耳小矮人跳舞的跑馬燈、鋼珠機，還有岐阜犬。記憶中的這些東西，感覺上全都以一條線串連。

他喜歡把含糊的概念變成具體的東西；一旦概念成形，就能帶給人歡樂。自己也覺得開心固然好，但他更希望也能帶給別人喜悅。這麼想來，機器人的研究開發也是如此。他雖然是受到機器人本身的吸引，但更重要的是，他始終相信機器人能帶給人類幫助。

他想做些什麼，藉此帶給人們喜悅。察覺到這點，律感覺自己自由了。他不再堅持非要開發機器人，改為考慮其他可以帶給人歡樂的工作，選項也就變得無限多。

別忘了，不管遭遇任何事，一切都始於那一刻的心動。

律想起秋風羽織《蕭邦常伴左右》漫畫中的台詞，也是鈴愛總喜歡掛在嘴邊的一句話。那句話就像初次聽到時一樣，鮮明迴蕩在他心中。

門鈴響起。應該是鈴愛收到律的電子郵件，過來接花野了。

「對不起，我來晚了。」

鈴愛匆匆忙忙進屋裡來，焦急搖醒不知不覺睡著的花野，試圖強迫她醒來。

「妳，發生什麼事了嗎？」看著她的神情，律問。

鈴愛背對著律，低聲吐露：「……我媽，得了癌症。」

回到一房一廳的狹窄公寓，讓花野睡下後，鈴愛立刻打電話回老家。草太說是癌症初期，只要動手術就能治好，但是沒聽到晴的聲音，她不放心。

「啊，媽，我是鈴愛。妳要不要緊？為什麼沒有立刻打電話通知我！」

晴一接起電話，鈴愛忍不住苛責。

「我一想到妳會非常擔心，耳朵好像就聽到妳焦急的聲音，就不敢打電話告訴妳了。」

鈴愛一瞬間不高興，但也不是不懂晴的感覺。和她不當漫畫家卻說不出口那時一樣。不管是自己還是晴，只要一擔心誰，腦子裡就全都是那個人。

晴的聲音聽起來比想像中平靜，但總覺得好像少了平時的活力。

癌症的詳細情況，鈴愛已經聽草太提過，所以她沒聊太多癌症的話題，只是告訴晴跟律、正人重逢的事。

晴微笑聽著。「妳有沒有可能和他們兩人其中一個再婚呢？」

晴說這話的時候，又有了平時的活力，鈴愛有些開心。

她又聊了種種連自己都想笑的發明商品等無關緊要的瑣事後，才掛了電話。

花野就在鈴愛身旁酣睡著。她拿起矮飯桌上的樹洞袋，吸了一口氣，對著裡面大喊：「媽——我好擔心妳——！妳的身體不要緊嗎——？老天爺求你幫幫忙！」

吼叫聲全被袋子吸收，變成細小的聲響。

斜眼看了一看，確定花野沒有被吵醒，鈴愛把樹洞袋壓扁。聽著袋子發出「呼喲」一聲，她覺得很療癒。

接下來還有什麼話想說呢？鈴愛想了想，再度對著樹洞袋大叫：「津曲混蛋——！你居然敢一臉沒事的樣子回來！每天對著債主下跪道歉的人可是我啊！」

鈴愛大口喘著氣。心想這麼好用的商品，怎麼會賣不好呢？

最後，她小聲說了句：「律，歡迎回來。」

那小小的聲音，透過袋子變成了更細小的聲響。

這時，手機發出振動聲，有電子郵件進來。是律的來信。

「妳沒事吧，鈴愛？晴的狀況還好嗎？」

鈴愛不自覺微笑，打了幾個字回信。

「剛和她通過電話了，她的狀況似乎不錯。今天很抱歉。」

她立刻收到律的回信。

「這樣啊。如果有什麼我能做的，我會幫忙，妳要跟我說。」

她回：「謝了，律。晚安。」接著便握著手機，在花野身旁躺下。那一晚，鈴愛緊握著律的話語入睡。「如果有什麼我能做的，我會幫忙，妳要跟我說。」

鈴愛的共享辦公室有個開放參觀日的活動。活動這天，會歡迎本地人進來共享辦公室瞧瞧他們實際的工作情況或試用商品。

這個空間是向區公所租借來的廢棄校舍，因此共享辦公室有義務對當地提出貢獻、向社會大眾公開創作實況。

開放參觀日當天，也會舉行跳蚤市場等活動。花野決定在跳蚤市場賣自己做的螃蟹玩具。玩具的玩法是用裝上磁鐵的釣竿釣螃蟹。這玩具全由花野自己設計、準備。

結果到了活動日前夕，鈴愛必須回岐阜一趟。這天要去聽負責晴手術的醫生說明。鈴愛不忍心讓期盼跳蚤市場已久的花野失望，正遲疑著不知如何是好，正人就自告奮勇要帶花野去。正人因鈴愛的關係，對共享辦公室產生了興趣，已經去過很多次了，也實際與在那邊的一位設計師共同合作。

他說，自己原本就打算去那位設計師的展覽上露個臉，鈴愛便接受了他的好意。正人也找律一起去。活動當天是星期天，沒有其他行程的律便毫不猶豫地答應了。

當天，目送鈴愛匆忙返回岐阜之後，律和正人各自牽著花野的手，優哉游哉地前往共享辦公室。到了辦公室，惠子負責接待他們三人。看到她一身綠的打扮，律瞪大雙眼，接著不自覺想起身穿荷葉邊洋裝的菱本。兩人在風格上不同，那種極端又突兀的感覺卻很相似。

「那麼，朝井先生和小花請去準備跳蚤市場。萩尾先生是第一次來嗎？我帶你去逛逛。」

惠子機靈地說。

在惠子的領路下，律參觀起正忙著準備活動的各工作室。

雖然同在一個校舍，每個工作室進行的事務卻完全不同，發展方向也各異。律默默對這個地方有些好感，這裡不禁讓他想起貓頭鷹商店街。

眾人用來放鬆的共用空間，也很有燈火咖啡廳的氣氛。

所有人各自經營自己的店，偶爾聚集在公共空間聊天。這樣的工作方式，律好生羨慕。

跟在惠子身後走在走廊上，律的目光突然停在某間工作室前面的小機器人上。

「南村先生以前待過知名汽車製造商豐本的機器人開發部。他三年前離職後，就來到這裡創作。」惠子說著。

律也認識她口中的這名男子。他還待在宇佐川研究室的時候，就經常受到對方照顧。現在的南村，利用以前研究的技術，投入虛擬實境領域。所謂虛擬實境，就是能感覺到現實中不存在的東西。

律一邊喝著南村泡的茶，一邊認真聽著他比手畫腳熱情說話。

工作室的窗戶大大敞開著，在他們談話時，窗外不斷吹來舒服的風。

律心想，這裡很通風，不管是環境還是人，感覺都很舒服。

他把這想法告訴惠子，惠子沒有多想就說：「萩尾先生何不也挑戰創業看看？」

在惠子的半強迫下，律跟著她走去待出租的空房間。

一打開窗戶，就有一陣風吹過。

聽到惠子說租金是一個月五萬，律忍不住說：「好便宜！」

據說因為有區公所的補助，所以前三年能以月租五萬的價格租借場地。但相反的，必須對共享辦公室的經營者提出確實的事業計畫書。

律心想，自己怎麼變成來探路了？不過他的確有些心動。他拿了事業計畫書的相關文件，同時在心裡為自己辯解，他只是帶回去參考看看。

一次五十圓的釣螃蟹遊戲盛況空前。花野大概也累了，傍晚還沒回到律的住處，她就已經睡著了。這天晚上，花野睡在律家。

鈴愛原本打算託給光江照顧，但花野堅持要和律、正人待在一起。正人不可能拒絕花野的請求，因此這晚就變成律和正人負責照顧她。兩人一邊留意花野抱著小權太入睡的情況，一邊靜靜地喝起啤酒。稍微有點醉意時，律從包包裡抽出事業計畫書。

「律，你打算在那裡創業嗎？」

聞言，律老實回答：「不曉得，不過有點興趣。」

正人突然呵呵笑著說：「我是故意帶你去的。」

他說，想讓律看看那個共享辦公室，還說想讓討厭公司那些密閉窗的律，實際看看通風良好的工作室。

律認真盯著事業計畫書。截至目前為止，他的人生始終小心翼翼地踏著每一步，因此要他憑自己的感覺、自己的想法改變人生方向，總覺得有點罪惡感。

律也很清楚，自己更重視能否呼應別人的期待，而非在乎自己想要怎麼做。

「律，我覺得你照著自己想要的方式去活，就好了。」

正人喝著不再冰涼的啤酒，以輕鬆的語氣說。這句話由總是隨心所欲的正人嘴裡說出，更顯得有說服力。「我覺得你這個人該說是沒有弱點、沒有破綻？總之就是永遠都很完美的感覺。我一直在想，如果你可以放鬆一點該有多好。活著就要快樂啊，律。」

「要快樂啊……真好，我也希望活得快樂。啊，不過以前鈴愛說過，我是幸福的天才。」

真沒想到她會這麼想，律心想。既然身為幸福天才和子的兒子，自己或許也稍微繼承了一點和子這方面的天分，只是還沒發揮出來罷了。

「我覺得我可以辦到，在共享辦公室創作或許是個好主意。不過，不曉得為什麼，我總覺得很迷惘，也很焦慮。」

「律，你別急，好好享受迷惘的時刻。人生沒有你想得那麼短暫，迷惘也是人生的樂趣之一。」說完，正人又喝光一罐啤酒，接著以茫然的語氣聊起其他話題。

「律，我在想，我們年紀也大了，感受也不再那麼鮮明。正因如此，更要排出幸福的優先順序，釐清什麼對於自己來說才是最要緊的……不然人生就會在隨波逐流中結束。」

律感覺，自己的生活好像同時踩著煞車和離合器。但正人所說的每句話都很合情合理，必須在隨波逐流地過完人生之前，從迷惘中看出什麼，對自己才是真正重要。

律再度定睛注視事業計畫書。尚未寫上任何文字的空白欄位看來莫名耀眼。

晴看起來精神不錯，鈴愛鬆了口氣，不過對於負責醫生過於冷靜的說明有些不滿。她只在老家住一晚，便匆匆忙忙返回東京。一回來，她直接前往律的住處，謝謝他幫忙照顧花野，並把一大堆伴手禮拿給律和正人。

鈴愛正好看到事業計畫書，得知律正考慮在共享辦公室創業。從那天起，律幾乎每天都去找南村詢問各種事情，藉此確認自己的想法。他似乎比想像中更認真在考慮創業這件事。

一開始，鈴愛只是單純覺得能和律一起工作很開心，但聽過麥的意見後，她改變了想法。或許沒有那麼單純。

「難得有這機會，我想穿浴衣去津島神社的夏季廟會逛逛，可是跟光江、瑪麗三個人一起穿浴衣出門，感覺很怪。有小花在場的話，就不會那麼突兀了。」

久不見的麥這麼說完，呵呵笑著。

她過來接花野一起去夏季廟會。麥穿著以鳥為主題、圖案大膽的浴衣，那股遠離世俗的氣質依然沒變。花野說要給朋友看自己穿浴衣的樣子，說完就跑出門。等著她回來的期間，鈴愛和許久未見的麥悠閒聊著天。

聽說涼次的工作還算順利；相反的，祥平卻不再拍攝商業電影了。據說他因無法做自己想做的事情，主動拒絕了大型電影公司的工作，轉而拍攝獨立電影。由於是自己出資，所以再度負債累累。

「……一個人一路走來很辛苦。鈴愛，我很敬佩妳。」

「啊，沒什麼，我也是勉勉強強能過活。大納言怎麼樣了呢？」

「大納言是連鎖店，所以倒不了。現在社會還是不景氣，所以百圓商店生意很好。」

「你們應該很慶幸那個時候沒有真的回頭去開『三月兔』吧？」

「嗯……人在年輕的時候精力充沛，每個人都嚮往自由，但到了現在，自己也上了年紀後，只要能擁有安定的生活就覺得很感恩了。人不可能永遠精力充沛，也不可能永遠都像暑假的哆啦A夢電影那樣，追求自由、挑戰與冒險。」

麥笑了笑，可鈴愛笑不出來。追求自由所付出的代價，她自己再清楚不過。現在還能靠著體力勉強撐過去，但隨著體力逐漸衰退，她還能喊著要追求自由嗎？

麥繼續說：「人生這東西，有時如果一個人去走就會出錯，但若有人陪著就不會錯，不是嗎？妳看，就像祥平先生搶走涼次拍電影的機會那件事。」

他因此深深後悔，甚至打算了結自己的生命。

「我想過，如果那個時候我在他身旁的話，不就能在事情變得一發不可收拾之前告訴他：『你這樣做不對』嗎？我在想，人哪，身邊真要有個人陪著，才不會讓他的人生走偏。」麥感慨萬千地說。

鈴愛不自覺想起律。創業這個選項，能帶給律幸福嗎？他可是在有寶石餅乾的家庭長大的孩子。鈴愛一心認為，他與習慣貧窮的自己截然不同。

她上網查詢一流企業的平均年收入，看到超乎自己想像的金額時，忍不住屏息。鈴愛心想，律真的準備捨棄那個直到退休前，每個月都能領很多錢的人生嗎？

儘管鈴愛身邊就有涼次這個例子——捨棄大納言穩定的打工工作，去實現夢想——她卻完全沒想起這件事。只要專注在一件事情上，鈴愛的視野就會跟著變狹隘，只是自顧自地擔憂律的選擇，深覺大事不妙。

這天，律一如往常也去拜訪南村。他與共享辦公室的人已經都打過照面了。

結果當天辦公室的空調突然故障。在惠子的求救下，律伸出援手，才一眨眼就修好了。

「律真厲害。」鈴愛忍不住說。她真心覺得律是天才。

晚間，律與鈴愛一起在共享辦公室內的咖啡店吃晚餐。

「我總覺得還想再多做點什麼。」他開朗地說，「有種躍躍欲試的感覺湧上心頭。妳看，剛才我不是立刻就修好了空調嗎？」律對鈴愛炫耀。

修好空調、得到惠子的感謝，對現在的律來說似乎是一件大事。

「你為什麼改用岐阜腔說話？」

「因為我覺得來到這裡，終於能夠輕鬆呼吸了。」

「……你那麼討厭公司嗎？」

「還沒有到討厭。」

「還是因為有討厭的人？」

律停下在吃咖哩的手，看著鈴愛，想知道她問這問題的意圖。

「沒有，妳怎麼會這麼問？」

「既然這樣，律，別說公司的壞話，別討厭公司。」

「咦，怎麼突然這麼說？」

「這裡看起來或許很快樂，但並沒有人幫我們賣東西，我們必須自己賣自己創作的東西。」

「這樣不是很快樂嗎？」

「看到我的情況，你還不明白嗎？成堆的庫存商品……我只是勉勉強強能過活。小花的溜冰課費用，都是阿涼和他的嬸嬸幫忙出的。」

「……妳到底想要說什麼？」律沉聲問。

鈴愛放下筷子，板著臉說：「我原本就一無所有，不像你那麼聰明厲害，也沒有什麼可拋棄的。我覺得你還是繼續待在菱松比較好，不懂你為什麼要捨棄大企業的穩定工作。」

「是嗎？南村先生、惠子小姐也這樣做了，而且都成功了。」

「……律不適合。」

「妳說什麼？」

「律，你一直都系出名門，西北大學、京大研究所，還有菱松電機。你要在這些名門的保護之下活著，不可以失去這些光環。」

鈴愛說這些話的前提，是不希望律做出錯誤的選擇，但她卻說了不該說的話。這種說法彷彿在否定律本身的價值，可她自己卻一點也沒發現。

「妳是在挑釁嗎？」律瞇起眼睛看著鈴愛。那雙眼的眼神，隨著鈴愛提起賴子和翼，並試圖說服律的同時，愈來愈危險。

「翼一定會有一番成就，養育費也很花錢。你辭掉菱松的工作，不會擔心經濟方面出問題嗎？」

「吵死了，妳是什麼意思？」律憤然起身，以憎惡的眼神瞪著鈴愛。

鈴愛儘管害怕他這種眼神，仍舊堅定回瞪他。「我是因為擔心你才說這些。你在和子伯母生病那段時候，為了好好睡覺，曾找貴美香醫生拿藥……代表你在精神方面有比較脆弱的部分——」不應該是這樣。鈴愛想以自己的方式說服律，沒想到情況卻愈來愈糟糕。

「閉嘴！」聽到律怒吼，鈴愛不禁嚇了一跳。「妳少自以為懂我，就想干涉我什麼！」

律不再看向鈴愛，逕自走出咖啡店離開。

留在原地的鈴愛一口氣喝光玻璃杯裡的水，咚的一聲把杯子重重放在桌上。

自己明明只希望律不要做出錯誤選擇，鈴愛緊咬嘴唇，因沒能說服對方而感到不甘心，眼眶泛淚。

「我回來了！」

鈴愛刻意很有精神地說完，走進杉菜食堂。廚房裡的宇太郎和草太嚇得睜大雙眼；聽到聲音的晴也連忙從屋裡跑出來。

鈴愛希望晴的住院生活能夠開心一點，特地去新宿的百貨公司買了風格不同以往的華麗睡衣。當她在櫃檯辦理宅配手續、準備在托運單寫下楡野家地址時，突然想到：乾脆自己親自交給晴吧。

花野今天仍待在光江等人的家裡。鈴愛心想，只要在明天花野回家前返回東京就行了，於是搭上新幹線前往岐阜。

晴聽到鈴愛的說明，笑著說：「很有妳的風格。」立刻就換上那套睡衣。色彩亮麗的睡衣果然不出鈴愛所料，很適合皮膚白皙的晴。鈴愛看著晴開心地照鏡子，自己也覺得很高興。

晴像在走台步般，擺出喜歡的姿勢。鈴愛忍不住笑出來。宇太郎和草太從杉菜食堂偷窺客廳裡的兩人。看到她們的舉動，兩人相視而笑，又不動聲色地返回工作崗位。

晴很喜歡那套睡衣，決定暫時先穿著。兩人喝著鈴愛泡的茶，望著院子發愣。

這時，風鈴發出涼爽的聲響。

「媽媽這次動手術的名北醫院，距離名古屋車站很近，交通方便，可是四周都是高樓大廈，什麼也看不見，而且風也吹不進來。」

「這樣啊。」

「唉，不過那是醫院，我也沒什麼資格好挑剔。啊，對了！妳能不能為我畫畫呢？我想帶著妳的畫去住院，貼在病房裡。」

晴一臉期待在旁邊看著，鈴愛用花野留下的蠟筆在白紙上畫畫。

她很快就決定好要畫什麼。還沒畫完，晴就大叫：「啊，我知道妳要畫什麼了。」

那是從廉子和仙吉長眠的小山丘看到的風景。

晴曾在那裡說：「這陣風，讓人好想抓住。」一邊感受著風吹過的快意。因此鈴愛希望即使晴待在風吹不進來的病房，也能多少有置身在風裡的感受。

「看到妳拿蠟筆畫畫，我就想起以前妳還小的時候。」

「……媽，律不理我了。」看到晴瞇起眼睛懷念過往，鈴愛冷不防地說。

話一出口，她才發現自己是想對晴撒嬌。想回來探望晴不是謊話，但更重要的是，她一想到律就滿心不安，想問問晴的意見。自己分明已經快四十歲了還這樣，真沒用，可是鈴愛原本就習慣把自己的失敗、失戀、所有事情全都告訴晴。唯獨與律道別那次除外。她知道，自己與晴談著談著，身體就會不自覺放鬆，就像回到小時候，也會愈來愈坦白。

晴問她，為什麼要阻止律創業，鈴愛考慮了一下，回答：

「我的本意是擔心他。每個人對於去實現夢想這種行為，往往只會稱讚、只會說了不起，但必須有人在對方還沒有失敗前出來阻止才行。」

「現在的妳，就跟當時的我一樣。妳說要去東京當漫畫家的時候，媽媽的感受就跟現在的妳一樣。我也是對妳擔心得要命呀。」

鈴愛一愣。確實是這樣，自己對律說的那些話，與晴希望她進農協工作、過著安定人生的那些話差不多。

「那個時候，律不也有支持妳嗎？所以妳才能畫出《瞬間盛開》這部作品，不是嗎？」

「是沒錯……」鈴愛小聲說。她終於明白自己做錯了什麼。

麥說過：「人哪，身邊真要有個人陪著，才不會讓他的人生走偏。」鈴愛太過認真看待這句話，只顧著不讓律走錯路，才會出錯。多虧有晴在，幫助她注意了到自己的不對。鈴愛再次覺得麥說得沒錯。她把茶壺的熱水加滿，倒入晴的茶杯裡。

晴始終愉快地看著鈴愛的畫。風鈴再度發出清爽的聲響。

鈴愛很想盡快去找律道歉，卻還是先去共享辦公室寄送難得出現的訂單，處理退貨。接著照顧從光江那兒回來的花野，準備晚餐。就這樣，這天一眨眼就過去了。

鈴愛趁著花野寫功課的空檔，出門前往律的住處。功課是四十分鐘的測驗，她必須在測驗結束之前返家。她跑到律家，喘著氣按門鈴。

律面無表情地打開門。「……小花呢？」

聞言，鈴愛鬆了一口氣。她說花野正在做四十分鐘測驗，她必須在四十分鐘後趕回去。

「妳又亂來了。」律說，嘆了口氣，「要進來嗎？」

「可以嗎？」

「嗯……可以。」律整個人感覺有些無精打采。

鈴愛隱隱擔心著他，帶著難以形容的表情走進屋裡。接著坐在桌前，慢動作朝律大大一鞠躬。「律，對不起，都怪我雞婆亂說奇怪的事。我太沒神經了，不該亂說話。」

「……不過，嗯，沒關係。」律對著鈴愛仍下垂的腦袋，小聲說，「我也沒辦法一直生妳的氣，好像，一下子就原諒妳了。我沒辦法對一個打從出生就躺在我身邊的人說不原諒、說我們絕交。我也不曉得自己該拿妳怎麼辦。」

律向鈴愛問了晴的情況。剛才一見面，律就先問花野的事。他對於鈴愛身邊的人事物總是很關心；鈴愛也是如此，關心著律身邊的人事物，不曾想過置身事外。

「我不自覺就會擔心妳。即使對妳很生氣，也還是會擔心。」

「畢竟我們是老交情了呀。」鈴愛馬上又得意忘形，大言不慚地說。

律旋即惡狠狠地說：「妳閉嘴。」

「對不起！」鈴愛道歉。

律有些安心地笑了笑，突然說起自己送了花給賴子。

賴子不久後就要再婚了，律決定送花祝賀。鈴愛嚇了一跳忍不住往後退。

律沒好氣地說：「妳放心，我不會對妳動手的。」

鈴愛本想問他不會覺得心酸嗎？結果竟先被律開口打斷。

律提醒：「妳不是四十分鐘就要回去嗎？」

她這才想起一開始過來的目的，連忙再度對律鞠躬。

「這次的事情真的很抱歉，是我不對。我只是希望能夠幫忙，卻說錯話！我想支持你。我當漫畫家的時候，你也是那樣支持我。」

「老實說，我自己也舉棋不定。我也有些部分就像不會飛的鳥。畢竟我的名字叫律，規規矩矩遵守法律的律。」

「你……律用英文來說的話，就像旋律的律[7]。」鈴愛堅定地說出突然浮現腦海的想法。「輕巧、躍動的感覺。」

律低下頭，思量著鈴愛這句話，嘴邊突然揚起一抹笑。

「不管是哪個意思，我對於要辭掉公司的工作也有點害怕。真沒出息。」

「是嗎……」

「我已經不是妳的火箭大使了，我又沒用又沒出息，還強迫自己送花給賴子，沒出息到了極點。」律自嘲著。

「不是的，律。」鈴愛直視律的雙眼，說得決絕。律臉上自嘲的笑意逐漸消失。

「律是我的火箭大使，我的火箭大使只能是律。不管未來發生什麼事，或邂逅什麼人，都不會改變。」

「這樣……嗎……」律低著頭，小聲地說完。

他突然抬起頭，面向鈴愛。「我會努力當好妳的火箭大使。」

「啊……不好意思，哨子沒帶來。」

律心想，現在是吹哨子的時候嗎？不過聽到鈴愛遺憾的語氣，律以認真的表情回答：

「不吹哨子也沒關係。」

離四十分鐘的時限還有一點時間。鈴愛重新問起律為什麼想要辭掉現在的工作。

律很老實地回答：「我和妳不同，我沒有『我就要做這個』的想法，但我知道自己不喜歡什麼。這話聽來可能很傲慢，但我、我認為……我活在這世界上，不是為了做這份工作。」

一開始，鈴愛覺得律放棄大企業的高薪很浪費，但律認為，把自己有限的人生用來從事非己所願的工作，才是浪費。

「律，你應該要珍惜自己的這種感覺。秋風老師告訴過我，要去凝視自己的感覺。這件事對畫漫畫來說很重要……不過現在對於我的人生也很重要。律有強烈的決心，我會支持你。」

7. 日文「律」的發音（ritsu）與英文的「rhythm」（節奏、韻律）類似。

「嗯，謝了。」

聽著鈴愛熱誠到令人不舒服的一番話，律心不在焉地回應。

「你回答得這麼敷衍是什麼意思？」

「不是，可是我不把這個填好的話，就無法往前一步。」律的事業計畫書仍一片空白。

「我還沒想到要做什麼。」

四十分鐘差不多要過去了。鈴愛在律的提醒下起身準備離開。

「啊，也替我向晴伯母問候一聲。」律送鈴愛走出玄關，鈴愛點點頭。

「嗯，我畫了畫給她。因為她住院動手術的話，好一陣子都無法外出。她住的名北醫院位在鬧區，四周沒有風景，都是高樓大廈，但我們也沒有選擇。」

「嗯。」

「室外很珍貴呢。我媽希望可以接觸到室外的空氣，待在醫院裡太難受了。」

「嗯，我們家和子女士那時候也想出去外面走走。」說完，律小聲哼起〈這片廣闊的原野開滿花〉[8]。

「我怎麼好像聽過那首歌？」

「妳不知道嗎？和子女士經常在唱——『採下開滿原野的花，獻給你啊』。」

「哇，好浪漫。」

「第二段歌詞是『夜空中的滿天星斗，獻給你啊』。」

「哦，真貪心。如果可以收集原野上的風，帶去給媽媽就好了。就是那個，微風電風扇？你不覺得如果有微風電風扇之類的很棒嗎？電風扇能夠吹出微風，魔法電風扇！」

鈴愛想到什麼就說什麼，語速很快，接著面對律舉手說：「好了，我走了。」

律定在原地不動，臉上的表情彷彿水球在面前爆裂般。

「律，我很高興來找你道歉了。」

「鈴愛，就是那個，」律喊住正要走出玄關的鈴愛。「自然風電風扇，我要做自然風電風扇！」

律雙眼放光看著她。鈴愛從他燦爛的視線中，直接感受到他的興奮。

律要求鈴愛畫出自然風電風扇的模樣。

根據經驗，想要創作什麼東西時，先有具體的畫面比較容易想像。律對於鈴愛打破常規的突破力充滿期待。

看了電子郵件寄來的草圖，律忍不住說：「呼喲喲。」

那張草圖彷彿繪本的一頁。應該是電風扇扇葉的部分變成了花朵，花莖宛如《傑克與魔

8.〈這片廣闊的原野開滿花〉（この広い野原いっぱい）為一九六七年發行的日本民謠歌曲，原版由森山良子演唱。

豆》的豆子樹那樣轉了一圈。朝下俯瞰的花朵型電風扇底下，還畫上了小人。

律立刻打電話給鈴愛。

「咦，畫得不好嗎？」

「我是想問，這是什麼？」

「就是以花為形象，花朵轉動，花瓣轉動。」

「原、原來是這樣。我沒有辦法立刻就跟上妳的思緒，不過總有一天應該可以。」律看著草圖說，語氣不是很確定。對於凡事理性思考的律來說，鈴愛的點子超越了他的理解範圍。

「花的正中央有微風小人，微風小人負責轉動風車，製造風。」

「呃，那個部分我會想想。」

不管怎麼說，都不可能用小人當作動力來源。

「你真的考慮要做自然風電風扇？」

「鈴愛，妳別小看我。我從二十歲起就在研究、開發機器人，現在不過是拆開家裡的電風扇而已，跟機器人相比，電風扇算什麼……」律冷哼。

「律，你這樣會惹人討厭。」

「要妳多事。」

兩個人在不知不覺間，重複起記憶中的對話。

於是，律向公司提出辭呈。

部長面無表情收下辭呈，最後對律說：「真可惜。」律因這句話得到了小小的安慰。

接著，他很快就在共享辦公室租了一間工作室，開始製作自然風電風扇。

律首先從測風做起。

他上屋頂測量多少風速下，緞帶能夠橫向飄動，人可以感覺到風。他不停改變條件，反覆測量。鈴愛也趁著店裡沒客人的時候來幫忙。一向不會拒絕的正人也來協助。

鈴愛在風中奔跑，讓緞帶橫向飄起。

她以整個身體感受著風，邊跑邊笑得像孩子一樣。看著這樣的她，律忍不住也跟著微笑。

律把風速計放在緞帶橫向飛起的上風處，測量風如何吹；再使用現有的電風扇，以同樣方式取得數據資料。同時，測量電風扇的風能送到多遠的距離與角度。

律打算建立假設。自然風與電風扇的風有何不同？兩者根本上的差異是什麼？他想從雙方的數據資料中找出答案。

律非常清楚收集數據資料的過程很無趣，他也想過鈴愛八成會中途放棄，沒想到相反。鈴愛漸漸地對風本身很感興趣。

「果然沒辦法吹到這裡。」「風的面積好小。」

鈴愛一邊努力記錄數字，一邊熱衷地與正人交換意見。她甚至向律借來流體力學的書開始看。以前，她還嫌宇佐川的機器人書太難、看不懂，連碰都不想碰，沒想到現在居然讀得津津有味，把一整本流體力學都看完了，又向律再借一本新書來看。

律和鈴愛都很認真地想要了解風。

晴的手術訂在下週，半夜裡卻接到草太打來的電話。鈴愛有種不好的預感，接起電話，就聽草太說晴暈倒了。據說是因為腫瘤擋住了胃的出口，導致食物堵塞。草太告訴鈴愛，晴半夜裡情況突然惡化，已經叫救護車送去醫院了。

鈴愛連忙把花野交給光江，立刻趕往醫院。律也陪著她。

當她打電話把這消息告訴律，律立刻說他也要一起去。

鈴愛趕往岐阜的路上，內心都在祈禱著，幸好這段路程有律默默陪在身邊，帶給她力量。

草太一個人坐在醫院走廊的沙發裡。

「胃裡的東西全都弄出來之後，人就舒服了。她的情況現在已經穩定下來了。」

草太對趕來的鈴愛說。鈴愛鬆了一口氣。

草太又說，只不過現在既然住院了，醫生決定等過了四五天、身體穩定之後就動手術。

鈴愛忍不住問：「手術不是原本訂在下週嗎？」

「嗯，聽說最好要提前。」

為什麼最好要提前？鈴愛心裡感到不安，但她甩掉那股不安，轉向病房。她想快點看到晴的臉。

晴比想像中更有精神。宇太郎也在病床邊陪著，一看到律就訝異驚呼。

「律，你用不著特地跑這一趟的，真不好意思。謝謝你來。」晴鞠躬。

律微笑。「不好意思，我之前一直沒能過來探病。」

這時，宇太郎故意「啊」的一聲，說他去買飲料，便匆匆忙忙硬是拉著草太離開病房。

病房裡只剩下晴、鈴愛和律三人。

「唉喲，我真的好難受，剛才還以為自己要死了。唉，媽媽我的膽子也變小了。」

晴突然以虛弱的聲音說。鈴愛緊握著晴的手說：「沒事沒事。」

「唉，我也這把年紀了，就這麼走的話也不意外。鈴愛……媽媽我最放心不下妳。」

說著，晴瞥了律一眼。

「呃……」律有些錯愕地看著晴。

「啊啊，媽媽一想到鈴愛沒有人陪著，就無法放心呢。」晴再度瞥了律第二眼、第三眼。

她顯然想盡可能利用這次機會，說服律答應收下鈴愛。

注意到晴充滿期待的視線，律若無其事地看向其他地方。鈴愛一點也沒注意到病房裡瀰漫著不自然的氣氛，她更加用力地握住晴的手，希望多少帶給晴力量。

「妳的工作，我也很擔心呢。我實在不認為妳能夠靠著陶陶然粉、你最美鏡子吃一輩子。妳的未來讓我好不安啊……」

「啊，伯母。」原本低著頭迴避視線的律，猛然抬頭。晴充滿期待地望向他。「那個，我現在和鈴愛一起，在開發新產品！」

「咦，妳和律一起？」

「是啊，媽，我們在做自然風電風扇。」鈴愛附和律的話，一心一意想讓晴安心。「就是像這樣的電風扇，能夠吹出類似微風的自然風。這個，會大賣喔！」

晴的臉上閃閃發光，不是因為聽到會大賣，而是得知鈴愛和律一起。

「咦，妳和律一起？」

晴不肯作罷，又問了一次。律忍不住開口：「是的，我和鈴愛一起成立了公司。」

鈴愛不禁睜大雙眼看著律。

「什麼？公司？」看到晴開心的反應，律堅定點頭。

「公司叫『Sparrow Rhythm』。英文的 sparrow 是麻雀（鈴愛），rhythm 是旋律（律）。」

「兩個人一起開公司……」晴感嘆。

她鬆了一口氣。其實她更希望兩人能夠結婚，但只要兩個人在一起，這樣就好。她彷彿是得知他們要結婚的消息般，滿臉喜悅地抬起頭看著兩人。

「太好了，有律陪著一起，而且是做自然風電風扇。不錯。媽媽我想要吹吹看那個風，這下子在吹到那個風之前都死不得了。我必須活下去才行，好期待吹到那個風。」

鈴愛和律笑著注視晴雀躍的幸福微笑。

律要先回東京。鈴愛送他到醫院門口。

晴的手術訂在幾天後。鈴愛把花野交給光江照顧，打算留在岐阜。

「律，你是說真的嗎？你說要和我一起開公司，是真的嗎？」鈴愛問大步走在前面的律。

「如果可以的話，妳覺得怎樣？要不要和我一起？」律稍微轉過身來，沒有遲疑地說。

鈴愛忍不住低下頭。「不是，律，我懂……就是那個嘛，對吧？你是為了讓我媽放心，才會忍不住那樣說的，對吧？」

律冷不防停下腳步，接著以鈴愛很熟悉、有些鬧彆扭的溫柔表情，說：

「鈴愛，不是忍不住，是我深思熟慮過的結果。」

「是嗎？」鈴愛仍舊半信半疑。

「我們兩個人一起做自然風電風扇吧，一定會很開心。」

聽到律的話，鈴愛想起傳聲筒和跑馬燈的過往。那些是鬧著玩的，現在這個則是工作。

可是她想，只要和律在一起，一定會很開心。

「我加入，Sparrow Rhythm！」

聽到鈴愛這麼說，律想起她以前第一次畫漫畫時說過的「靈感革命」，忍不住笑了笑。

「就是Sparrow Rhythm。」就像在承諾般，律又說了一遍。

手術的日子很快就來臨了。

「媽，要動手術了，妳要好好加油。」草太對晴說。

她躺在醫療床上，即將被推進手術室。

「你叫我要加油？我全身麻醉，還沒醒來手術就結束了吧？」說完，晴微笑。

鈴愛、宇太郎、草太分別握了握晴的手，她也緊緊回握每個人的手。接著，為了不讓三人擔心，晴帶著微笑被送進手術室。

鈴愛他們聽從指示在候診室等待。這段只能等待的時刻，時間前進的速度好緩慢。鈴愛慢條斯理從包包裡拿出流體力學的書，一邊貼上便利貼，一邊拿筆畫線，認真閱讀著。

「姊，妳真厲害，都這種時候了還能看書。」草太不是諷刺，而是真心佩服才這麼說。

鈴愛的眼睛沒有離開書。「這是為了製作自然風電風扇要讀的資料，律留下來的。反正哭著等、笑著等都一樣要等。草太，爸。」

「嗯？」突然被叫到，原本低著頭的宇太郎抬起頭。

鈴愛直視宇太郎宣示：「我要為媽媽做出自然風電風扇。這書就是為了做出電風扇而做的準備，用來了解風。」

鈴愛氣勢洶洶站起來，接著換到能曬到溫和陽光的位置上，再度開始看書。

事實上，光是想到晴正在動手術，她就快要瘋了，但她換個想法，我，不能沉溺在此刻，不能沉溺在這個痛苦之中，我要看向未來。

宇太郎瞥了草太一眼，以鈴愛聽不見的聲音小聲說：

「那傢伙從以前就是這樣，只要努力過頭，反而令人擔心。」

「嗯？你是說姊嗎？」

「嗯……她其實沒有那麼堅強。」

「嗯，因為姊她的心事很好懂。」

鈴愛拚命想把注意力放在眼前的書上。她的腦袋空轉著，詞彙只是路過她的腦海，沒有停留。同樣的內容她重複看了好幾次，想盡辦法要弄懂。鈴愛希望自己多少能吸收電風扇的相關知識，多少能追上律。律主動開口說要兩個人一起做，為了他，鈴愛想成為他真正的夥伴。

慢慢翻過書頁，鈴愛注意到書頁角落畫著小小的插畫。她連忙翻過每一頁，上頭都畫著小小的插畫。是翻頁漫畫。

鈴愛抓起書本一角，快速翻頁。眼前出現正在接受手術的女人，平安無事結束手術後，與女兒互相擁抱，拉響砲慶祝。一看就知道是在畫鈴愛和晴。

鈴愛再次從頭開始看起翻頁漫畫。慢慢翻著書頁，她看到最後一幅畫，忍不住睜大雙眼。

原來拉完響砲慶祝後，還有後續故事：媽媽正迎著電風扇的風。

插畫裡看起來很像記號的東西，鈴愛知道，那是自然風電風扇。

這招真是攻其不備。一看到那幅插畫，淚水立刻湧上眼眶。

鈴愛連忙起身。簡單說了聲「我去一下洗手間」，就躲進洗手間的隔間裡。

好一陣子，眼淚都停不下來。

晴的手術平安無事結束。看到晴回家之後，鈴愛決定要返回東京。一方面她擔心留在光江那兒的花野，對於光江也很過意不去；再者，她也掛心與律合作的Sparrow Rhythm。

話雖如此，她還是捨不得離開。

鈴愛告訴躺在臥房裡的晴：「我走了。」之後仍在客廳裡磨磨蹭蹭個不停。

「妳有事嗎？」草太問。

鈴愛突然大大張開手，也不管草太不情不願，硬是給他一個緊緊擁抱。

「哇，太噁心了！」

即使草太皺著臉甩開她，鈴愛還是面不改色。這次轉向宇太郎用力張開雙手。

「我說妳啊，我可是、那個、日本男兒，這種舉動我承受不起。」

宇太郎不止為難，更是一臉害怕地搖頭。

鈴愛緩緩放下手，說：「嗯，算了，我會再回來。」

鈴愛離開後，宇太郎前往臥室看看晴的狀況。

「鈴愛走了，她說很快還會再回來看妳。」

「不用那麼勤快回來也沒關係。看到她回來雖然開心，但她回去的路上會覺得很寂寞。」

晴仰望天花板，微笑著說。

「早知道應該讓她抱……」宇太郎喃喃自語。

彷彿驚喜箱般的鈴愛離開後，家裡變得莫名安靜。

津曲在沒有客人的咖啡店裡，百無聊賴地修剪著鼻毛。

有一段時期，他想要用拉麵逆轉人生，但他發現自己的拉麵沒有美味到那個程度，所以早早就放棄這種野心。就在他發著呆、等待客人上門時，看到充滿活力追逐風的律和鈴愛。

津曲有一股難以形容的感覺。

意識到店門外有人影，他忍不住躲起來。那是在他離婚之後，跟著前妻生活的兒子修次郎。津曲驚慌失措地躲到惠子的工作室去。

津曲還沒告訴修次郎公司破產倒閉的事。

他求惠子代替自己去顧著咖啡店，卻遭到惠子毫不留情地拒絕。

津曲不情願地回到咖啡店，帶著十分刻意的笑容面對兒子。「怎麼，原來是修次郎呀！啊，喔，這個呢，是因為今天咖啡店人手不夠，所以我就過來幫忙了。」

津曲對著修次郎裝出一臉困擾的表情。

修次郎像是剛起床般，沒什麼活力地回應：「嗯……」

他是一名氣質很好，身形瘦長的少年。戴著口罩像是為了遮臉，即使見到津曲，也沒有拿掉口罩。小學的時候，他突如其來遭到霸凌。從此之後，即使升上國中，除了吃飯時間外，他都戴著口罩。

津曲告訴修次郎自己學會了煮拉麵，還連忙補充：「當然，我的正職工作還是跟原本一樣，在創作很多東西。」

修次郎默不作聲，拿出口袋裡的東西給津曲看。那是他以前賣過的公主雞。

津曲用力嚥下難以形容的感覺，放聲哈哈大笑。

「那是爸爸的熱賣商品，是我很自豪的一項商品呢。改天，你爸要發明更厲害的東西！」

「嗯……」看到兒子佩服的純粹目光，津曲愈發挺起胸膛。

已經下不了台了。津曲一邊為兒子煮拉麵，一邊告訴兒子對於他創作歌曲的感想。

修次郎使用VOCALOID語音合成軟體創作歌曲，並發表在影音網站上。

「很棒呢。」津曲發自內心地說。

即使隔著口罩，他也知道修次郎靦腆地笑了笑。

修次郎最近上傳的〈與神相似〉歌曲影片，觀看次數其實相當高。

「你爸很吵對吧，你一來，我就高興得手忙腳亂。」津曲像是在掩飾自己的喜悅般笑著。

他端出拉麵。修次郎拿下口罩，慢條斯理開始吃麵。

修次郎的唇邊勾起淺淺的微笑，看來應該覺得好吃吧。看到那個表情，津曲再次壓下難以言喻的感受，哈哈大笑。

二〇一〇年　東京Ⅱ

回到東京後，鈴愛立刻重新開始與律進行風的研究。這次不再只是協助的角色，而是作為Sparrow Rhythm成員的身分一同鑽研。

接下來的日子，兩人馬不停蹄，腦中只想著風；找尋風，製造風，測量風，試圖發現風的形狀。在這個過程中，鈴愛突然注意到一件事。

綠綠綠工作室裡有顆發財樹。當樹被窗外吹來的微風搖動時，跟吹到電風扇的風相比，模樣完全不一樣。

「電風扇的風吹到樹的時候，樹好像因為風太強不舒服。」

鈴愛說的話很抽象，完全沒有理論佐證，律卻聽得很認真。

「真的呢，自然風吹起來似乎比較舒服。」

律立刻用煙霧機觀察風的流動，試圖找出兩種風吹在發財樹上的差別。

他發現，電風和自然風的形狀不一樣。他已經知道電風扇的風吹得比較快，面積比較窄，但這下子，他更清楚兩種風基本上從形狀就不同。

「電風扇的風有漩渦氣流，自然的微風沒有。」

律也思考過，電風因為有漩渦氣流的關係，因此會變成如電鑽般尖銳的風。

「所以重點就要是消除這個漩渦氣流。」

「呃，但是，律，電風扇像這樣有個蕊心的地方，那個叫什麼？」

「馬達。」

「對，馬達旋轉，才能讓那個螺旋槳產生風，不是嗎？既然這樣，形成漩渦氣流就是電風扇的宿命吧？」

「發明的目的就是為了顛覆宿命。」

或許面對困難的挑戰，點燃了他身為工程技師的靈魂，律以格外嚴肅的表情說。

鈴愛反而變得有些不安。她懷疑宿命這種東西，能夠被顛覆嗎？

打從她宣示要為母親製作自然風電風扇，已經過了一個月，卻完全看不到完成的跡象。

這段日子裡，鈴愛向陪晴回診的草太，打聽手術時的組織切片檢查結果，得知手術確定成功，但晴的癌症惡化情況遠比一開始檢查時預測得更糟。

「爸爸很生氣，還交代我們別在媽面前提到這件事。」

年輕醫生以開朗的語氣說，晴有百分之五十的機率能夠活過五年。

玄關傳來鈴愛和花野的聲音。

晴聽到兩人的聲音，忍不住笑了。她坐起身，照照鏡子匆忙整理頭髮，彷彿在等待見到愛人般。聽到鈴愛的腳步聲，晴連忙再度躺下。

「媽，我們回來了。」

「回來啦。」晴一臉平靜，以作為母親的語氣回應後，再度坐起來。

鈴愛趕忙上前扶著她的背。

「聽到妳啪噠啪噠大步走的腳步聲，就知道妳來了。」

「不好意思我太吵了，沒關係，妳躺著吧。」

「別把人家當病人……啊，我的確是病人。」晴笑了，鈴愛也笑了。

「怎麼已經拿電風扇出來吹了？」

設定在弱風的電風扇，在距離睡鋪一段距離外轉動著，似乎是為了不直接吹到風。

「嗯，稍微吹一下。妳的自然風電風扇還沒有做出來嗎？」

鈴愛聞言，不自覺一滯。

「媽，妳這樣不行。妳這不就像小孩子正打算念書，妳卻叫他去寫功課一樣嗎？」

「啊，是嗎？那真是抱歉。」

鈴愛把電風扇轉成強風，迎著強風「哇」地大喊。她像小朋友一樣，不斷重複同樣的動作。聲音因為風吹而顫抖。

「妳在做什麼啊？」晴無奈地笑著。

「嗯，媽，這個電風扇，不是這樣轉動嗎？螺旋槳裝在馬達上，所以會產生漩渦氣旋。這個漩渦氣旋是很大的問題。自然的微風沒有這種東西。妳知道嗎？」鈴愛說得口沫橫飛。

「誰知道啊。」晴忍著呵欠回答，「妳也用不著特地回來。」

嘴上這麼說，晴有多期盼鈴愛回來，她早從草太那兒聽說了。

「一開始醫生說有七成存活率，現在能夠活過五年的機率只剩下一半。」

晴語氣平靜地與鈴愛聊起自己的病況。

聽到這消息時，宇太郎暴跳如雷地對醫生說：「有你這樣說話的嗎？」在他旁邊的晴卻沒有半點憤怒，冷靜到自己都覺得不可思議。接著她傾前，興味昂然地聽著醫生的說明。

「這就像原本以為車站前岩田屋的特賣會是三折價，到了現場才知道是五折，感覺有點虧到。」

「媽，不一定只有一半的機率。」

「妳以為妳媽傻了嗎？」

「嗯？」

「醫生也說過不一定啊。」

「媽，妳一定會活下去，別擔心，我不會讓妳死的。」鈴愛堅定地說。

她由衷堅信一切不會有事。

「謝了，我也知道妳會這麼說……不過啊，我不在乎機率，我只覺得自己此刻還活著就很幸福了。媽媽呀，最近覺得自己非常非常幸福。」說完，晴真的笑得很幸福。

「媽。」

「我不是住院住了一段時間嗎？手術真的很痛苦，我很害怕又覺得很痛。一開始，身上接著各種儀器，只能躺在病床上，後來不是也只能待在病房裡嗎？」

「沒錯。」

「後來我才漸漸可以站起來走路，可以淋浴洗澡，終於出院。現在，我自己可以泡個茶，也可以洗衣服。對媽來說，能洗衣服我就覺得很幸福了。聽到洗衣機轉動的聲音，很幸福。」

「嗯。」

「能夠泡茶很幸福。我在想，原來自己的身體可以活動是這麼美好的事。只是看到早晨到來，我都覺得開心，宇太郎的打呼聲也像是天籟般。不管什麼時候、什麼東西，我都覺得閃閃發亮。媽媽現在得了幸福病。」

「幸福病嗎?那是什麼啊，真不賴。」鈴愛微笑，接著突然注意到放在壁櫥前的跑馬燈。

「咦?這東西怎麼在這裡?」

晴聽說自己活過五年的機率之後，不曉得為什麼，突然想看看鈴愛失去一邊聽力時，和律一起做的跑馬燈，於是就從壁櫥深處把跑馬燈挖出來。

「妳九歲那年一邊耳朵聽不見的時候，做了這個給我看。」

「啊，我和律一起做的。」

「然後，遠足那天早上下雨，妳說妳要撐黃色的傘。」

那時鈴愛說：「媽媽，好好玩，只有半邊在下雨，只有右邊在下雨。」於是晴笑著回答說：「鈴愛的左邊永遠是晴天。」

聽到晴的話，鈴愛滿心懷念地瞇起雙眼。當時的對話，她仍清楚記得，也記得雨後只有半邊是美麗的晴朗藍天。那時，鈴愛仰望天空，忍不住說了：「半邊藍天。」

「半邊藍天？」

「嗯，我當時想到的，『半邊藍天』。」

「喔，形容得真好。我從妳身上學到好多。媽媽我啊，沒辦法把罹患癌症當成好事，當然還是健健康康比較好呀，可是我反而因此看到了過去沒看到的風景。就像說出『半邊藍天』的妳一樣。我想到，這是我的人生，這麼一想，就覺得不管遇到多不好的事情，我都能好好珍惜。」大大微笑的晴臉上，滑過一道淚痕。

鈴愛點頭，也跟著微笑。

「外婆，外婆！」屋外傳來花野叫喚晴的小小聲音。

她想衝進來，卻被草太以裡面的人正在講話為由擋下來，不敢造次。

「啊，有人來了。」晴明知道是花野，故意說。

花野問：「來的人是誰呢？」

晴回答：「小花！」

「答對了！」花野用力打開紙拉門，直直朝著晴奔過來，緊緊抱住她。晴也牢牢抱住花野小小的身子。

鈴愛微笑看著她們，接著悄悄把頭轉向一旁，快速擦去淚水。

在共享辦公室的咖啡店，律對著筆記型電腦的螢幕搔著頭。

「你還好嗎？看你頭上都快冒煙了。」津曲一邊替律續杯，一邊說。

律伸出雙手用力搓著臉，低聲沉吟。「無論如何，這個漩渦氣流都不能留著。我現在正用上我所有的腦細胞，構思沒有漩渦氣流的電風扇。」

「咦，那是什麼好東西？」津曲滿心好奇地靠過來，律連忙阻止他。

「啊，我很臭。我已經四天沒洗澡了，無論如何都要想出來啊！」律焦慮到吼叫出聲。

「扇葉、扇葉太礙事了。扇葉旋轉就會產生漩渦氣流，所以不能留。」

「唉……那個，英國還是哪裡的製造商，不是有推出無扇葉風扇嗎？就是長這樣，中央是一個洞的產品。」津曲抬手比畫出形狀。

律豎起食指，不屑地搖了搖。「那個雖然沒有扇葉，但和自然風差得可多了。那個產品的風勢更強，能夠吹出強而有力的風，與我們追求的方向完全相反。他們想要做的只是改變電風扇的外型，而我們想要做的則是改變電風扇的『風』。」

「啊，原來如此，你這麼說我有點懂了。」

律把視線轉回電腦螢幕，搔著頭喝咖啡。

「我說律老弟，你還是去把你那顆發臭的頭洗一洗吧，順便稍微休息一下比較好。」

說著，津曲送來一杯威士忌，還不忘給自己添一杯。律心想，這傢伙明明是自己想喝吧，不過他也的確需要稍微休息了。他小口喝著威士忌，與津曲聊起彼此的兒子。

津曲把兒子製作的歌曲拿給律聽，也把兒子總是戴著口罩的事情坦白告訴律。

「希望他有一天願意拿掉口罩。」

聽到津曲這麼說，律很乾脆地說：

「嗯，有什麼關係？他戴著口罩又沒有給別人造成困擾。」

「啊，你這個人真是通情達理。」津曲高興地說。

律把翼的照片拿給津曲看。津曲直言：「你還惦記著前妻吧。」又說，「男人啊，就是這麼沒用，一輩子都會惦記著。」

津曲說，離過一次婚的都會這樣，這也是他自身的經驗談。

律喝了些威士忌，靜靜開口：「嗯……我對於前妻，不是難忘舊情或喜歡那種感覺，比較多是覺得自己明明努力過了卻還是失敗，所以有些不甘心吧……而且對方很快就再婚了。」

或許是威士忌的效果，律居然對怎麼看都可疑的津曲坦承了內心的想法。

接著他突然笑著說：「所以還是風好！風就只是風，我想製造風。」

「我會替你們的自然風電風扇加油！如果有我能幫上忙的地方，儘管告訴我。」

津曲沒有掩飾自己想參一腳的打算，笑得人畜無害。

回程的新幹線訂的是中午的車票。時間還很充裕，一時半刻不急著離開榆野家。

鈴愛在佛壇前對著簾子和仙吉雙手合十祭拜，也不忘請他們保佑晴。接著來到臥室裡的晴身邊。鈴愛問晴有沒有需要她做什麼，晴要她把跑馬燈收進壁櫥裡。

把跑馬燈收回該放的位置時，鈴愛突然看到一個不可思議的物體，那是有獎牌那麼大的摩艾像。聽說是健人去復活節島渡蜜月帶回來的伴手禮。

「這玩意兒我們放在外面裝飾了一陣子，後來收起來了。」

鈴愛定睛注視著摩艾像。「這……快點想起來。」

她覺得好像有什麼東西一閃而過，沉思了一會兒後，突然想起田邊那張令人印象深刻的臉。接下來就如順藤摘瓜般，她一併想起一連串的記憶。

她想起田邊把電風扇對著牆壁吹的身影。「對著牆壁吹是為了讓風柔和一點。」

鈴愛看著晴房裡的電風扇，豁然開朗。

「怎麼了？」看到鈴愛不尋常的反應，晴小心翼翼地問。

「就是這個！」鈴愛大叫，接著說：「電風扇借我一下！」

她急急忙忙拿著晴的電風扇前往客廳。冷靜不下來，只想快點確認自己的想法。

鈴愛把電風扇的插頭插進客廳的插座，打開開關，接著把電風扇對準牆壁。她閉上雙眼，感受打上牆壁再反彈回來的風。鈴愛倏地睜開眼，表情似乎在沉思。接著她改變風力強度，把各種強度都試了一遍，便拿出手機打電話給律。

「把電風扇的風，對著牆壁吹，接著迎向牆壁反彈的風，那個風就會變得很柔和！」

鈴愛沒頭沒尾。劈頭就這麼一句話。律「啊」了一聲。

他沒有掛斷電話，把正在轉動的電風扇轉向牆壁，但他感覺不到風。

「沒有風。」

「律，不能用弱風或中風，試試強風，最強的。」

律轉動風力旋鈕，調整強度。的確與剛才不同，他感受到柔和的風。

為了開發產品，Sparrow Rhythm蒐集了五花八門的電風扇當作樣本。律也以同樣方式將那些電風扇對著牆壁測試。

「真的耶，每種電風扇試吹的效果都不錯。風沒有很強，不過很涼爽，那種輕盈包覆的感覺很自然！」

鈴愛一邊聽律說著，也享受著電扇直吹牆壁反彈的風。

「鈴愛，這就是新發明，這是靈感革命！」律也很興奮。

果然，當突破瓶頸時，律就會使用記憶中鈴愛在高中時說過的話稱讚。

「嗯？」鈴愛完全不記得自己說過這個詞彙，只是大惑不解地回應。

宇太郎和草太在三層便當裡裝滿許多好吃的東西，讓鈴愛帶回東京。離開時，平常總是樂觀到令人翻白眼的宇太郎卻一臉憂愁。

「媽媽她不要緊的，鈴愛知道。」鈴愛正色，堅定地說。

宇太郎皺起臉笑了笑。「嗯……對，一定沒事。」

返回東京後，鈴愛前往三個嬸嬸家，把宇太郎交代的伴手禮交給她們。嬸嬸們看到伴手禮很開心，更開心的是能夠看到花野。這一陣子鈴愛經常把花野寄放在她們家，光江她們卻開始互相爭搶花野。再這樣下去，鈴愛可能也必須留下來過夜了。

離開藤村家後，鈴愛急急忙忙前往Sparrow Rhythm。她始終掛心對著牆壁吹的電風扇後續的情況。

律正面對電腦，認真輸入數據資料。他抬頭說：「辛苦了。」微微一笑。

看樣子測試似乎有收穫。

「嘿，之前說的事情，怎樣了？」

「嗯，我實驗了一下。現在正在把驗證結果輸入電腦，也許會順利。」

聽出律語氣中的雀躍，鈴愛也自然而然露出微笑。

她準備把外套掛起來，沒有多想就打開置物櫃，卻嚇了一跳。「呼喲喲！」

置物櫃裡躲著一臉惡作劇表情的小誠。他打算給鈴愛一點驚喜。

「害我嚇了一跳！」

「鈴愛，好久不見。」

小誠依舊是暢銷漫畫家，每天過著趕截稿日的生活。他們也真的很久沒見面了。

鈴愛正準備擁抱小誠，下一秒——「哇！」躲在窗簾後的裕子也跳出來。

鈴愛愣在原地，看著本該在仙台的裕子。

「你們兩個怎麼回事，這樣好像同時過盂蘭盆節跟新年！」

他們三人互相擁抱，忘了年紀，為了久違的重逢驚呼。

律說：「你們難得有機會碰面，慢慢聊吧。」

鈴愛便帶著裕子和小誠去共享辦公室的咖啡店。

裕子是來東京參加護理師學會的聚會，發現會場剛好就在鈴愛的工作室附近。為了給她驚喜，聚會結束後也沒有聯絡，就來到Sparrow Rhythm。接著明知希望渺茫，還是找了小誠。兩人等著鈴愛回來。一聽說裕子和小誠也是剛到，鈴愛緊握他們的手，很慶幸沒有讓他們兩人等太久。

他們兩人也很擔心，問起晴的身體狀況。

鈴愛突然體認到，自己也到了像這樣要關心父母身體的年紀了。在秋風之家的時候，父母親還是保護自己的角色，就像銅牆鐵壁一般，用不著自己去守護。

喝著咖啡，姑且交代彼此的近況，裕子突然看著時鐘說：

「你的時間還可以嗎？不是明天要截稿？」

行程這麼緊湊，居然還特地過來這一趟嗎？鈴愛驚訝地看著小誠。

小誠遲疑了一會兒，坦言自己有話要對鈴愛說。

小誠的《幫我問候女光源氏》已經畫了十七年，人氣依然居高不下。每次出版新的一集，仍會被陳列在書店最顯眼的位置。

「可是……我真的已經不想畫了。」小誠靜靜地說，「該畫的都已經畫完了，而且我想畫其他東西。」

「這樣啊。編輯應該也能夠理解吧？畢竟小誠現在當紅，畫新的作品，讀者們一定還是會捧場。你沒有什麼好猶豫的呀。」

「嗯……我想畫的新作品，是《神的備忘錄》。」

當年小誠急著想要出道，要求鈴愛把《神的備忘錄》的點子讓給他；後來這部漫畫卻為配合雜誌的彩頁，以他不喜歡的形式發表。小誠對這一點始終耿耿於懷。

「作品是活的，你卻扼殺了《神的備忘錄》的生命！」

秋風老師的這席話，小誠也一直銘記在心。

「我當年或許殺死了《神的備忘錄》，但我一直想要讓它重生。」

鈴愛說：「你用不著為了我這麼做。」

但小誠搖頭，說他是為了自己，所以放不下《神的備忘錄》。對於自己以那種態度面對漫畫，小誠一直感到可恥。但他想到，既然如此，重新來過不就好了？重新來過，畫到自己滿意為止。他願意在有限的人生中不斷地重頭來過。

小誠的心中，已經有了從《神的備忘錄》的點子衍生出的新構想。

「鈴愛，我要再次鄭重地跟妳討要《神的備忘錄》的點子。」小誠朝鈴愛一鞠躬。

鈴愛微笑點頭。「我很樂意……也非常、非常期待你的新作。」

小誠旁邊的裕子也開心笑著。

活著，也會有好事發生呢，鈴愛心想。伴隨著痛楚的回憶，總有一天一定會變得美好。她慶幸自己選擇過漫畫之路，才能認識這兩位好友。

鈴愛看著裕子和小誠的臉，心中感慨萬千。

徹底恢復積極正面的表情後，小誠返回截稿地獄。剩下鈴愛和裕子悠閒喝著咖啡。

裕子必須趕回仙台，鈴愛擔心她錯過搭車時間，不過她堅持時間還很充裕。續了好幾杯咖啡後，兩人笑著說已經喝不下了，繼續聊天。大家平常也常用電子郵件或電話聯絡，見了面卻還是有很多話可說。

天空因夕陽染成一片橘紅，美不勝收。

「自然風電風扇聽起來很棒。」

裕子溫柔回應。她一字不漏地聽著鈴愛不停講述Sparrow Rhythm的事。

沒有其他人在的咖啡店裡，裕子站在窗邊望著天空。

鈴愛在她身後一步遠的地方，看著這樣的裕子。「我去幫你們談談，讓我們醫院採購你們的電風扇吧。那產品對於病患的身體一定也有好處。」

「嗯，我們想做的就是那種電風扇，小嬰兒也可以吹。」

「我待的醫院啊……」裕子望著窗外，小聲說，「能夠看到大海。」

「哇，真好。」

「嗯，景色怡人。三樓歸我管，走廊上有一扇很大的窗戶，能夠看見海。」

窗玻璃上倒映著裕子的臉。那張看似有潔癖、類似聖女貞德的臉，在鈴愛眼裡覺得很美。

「夜晚的大海看起來有不同的風貌。晚上的海基本上不是一片漆黑嗎？可是海面上有不少漁船，那些燈光宛如螢火蟲的光亮，璀璨奇幻。」

「喔……」

「可是啊，海浪平靜到彷彿被夜晚的黑暗吞沒般，很可怕。」說著，裕子的臉上有些陰鬱。「我很喜歡鈴愛的聲音，聽著聽著，會覺得妳下一秒就要笑出來了。」

「是嗎？」

「鈴愛，妳很堅強，我和妳一起走過那段時期，所以知道。秋風老師說，創作是神的恩賜，但對我來說卻是戰場，很痛苦，我到現在仍會夢到那個時候。可是，妳卻在那裡持續戰鬥到最後，付出了所有努力。」

「裕子，妳也努力過了。」

裕子輕輕搖頭。「現在，病患握住我的手，握得很堅定。他們需要我，我找到了自己應該待的地方。可是……」裕子說到這裡停頓了一下，望著窗外，彷彿在凝視一片黑暗的大海。

「在醫院，如果不夠堅強，就無法待下去，那是徘徊在生與死之間的場所。」

從這段話，隱約可以了解裕子太過重視病患的疼痛與死亡。死亡對醫院來說稀鬆平常，即使會哀悼、悲傷，但畢竟是工作。裕子似乎不是很能掌握那分際，不懂得適時放手。

「鈴愛，抓緊我。」裕子回過頭，「把我緊緊綁在生的世界、活著的世界，把我帶回來。」

「裕子。」

面對這些話，鈴愛沒有退卻，連一秒也沒有轉開視線，只是凝視著裕子。接著她緩緩靠近。裕子稍微張開雙手，鈴愛則是大大張開雙臂，抱住裕子。

她認真想要實現裕子的願望。

「鈴愛，對我來說，妳就是充滿活力的生命。」裕子緊緊抱住鈴愛，觸碰到的體溫很暖。

鈴愛心想，*裕子也是充滿活力的生命，因為她是這麼溫暖呀。*

「妳就是我的生命。」裕子表白。

裕子的淚水沾溼了鈴愛的脖子。鈴愛溫柔摟著裕子，抱了很久很久。

律建立了假設。

他認為，碰到牆壁的風能夠變得柔和，是否就是因為那宿命般的電風漩渦氣流遭牆壁破壞的關係呢？鈴愛和律以這個假設為基礎，完成了第一個試做產品。

這個試做產品是在電風扇前裝上類似臉盆的東西，並要背面對著使用者使用。設計是讓風撞上臉盆狀的零件，消除漩渦氣流，產生柔和的風。這個試做產品的架構很簡單，他們利用試做產品收集了不少數據資料，自己也試用過。感覺不壞，但總覺得好像少了什麼。

兩人連日躲在工作室裡不停測試，卻反而愈來愈迷惘。

鈴愛和律把試做產品拿給惠子和津曲看，請他們試用。

一看到試做產品的外觀，惠子他們的臉色就變得有些奇怪。兩人再次審視這個產品，的確也覺得有點醜，就是原有的電風扇加上一個臉盆的樣子。在外觀設計上，他們已經力求簡潔，但臉盆就是臉盆，改變不了這是電風扇加上多餘零件的印象。

實際吹過之後，惠子和津曲再度露出難以形容的表情「感覺還好。」

的確，反彈的風不再有漩渦氣流，一直吹著也不會不舒服，但若問：「舒服嗎？」老實說也算不上舒服。

律看了看資料，又扔回桌上。「不行，行不通。不管統整出多少資料，不行的東西還是不行。光靠資料與計算無法生出東西來。」

「這樣啊……」

「我們需要點子，想辦法消除電風扇的漩渦氣流，而不是像這樣，把風打在障礙物上藉此去除漩渦氣流……」律起身到處亂走。鈴愛失神地望著到處走的律。

「妳現在完全沒在動腦，對吧？只有我在想，對吧？」

律有些焦躁地責怪，鈴愛一臉平靜地搖頭。「不對，我想過了，應該說我想起了以前。看到現在的律，我想到漫畫家時代畫不出來、就快要放棄的自己。」

「……呃，妳是要我放棄嗎？」律愣住停下腳步。

鈴愛更用力地搖頭。「不是，不對，錯了錯了。該怎麼說呢？那個時候我只剩下絕望，可是我在你身上沒有那種感覺。」

「為什麼？」

「為什麼……因為我相信你是天才吧。」

她的這番話不是在安慰律。鈴愛打從心底始終如此相信，她一直認為律是足以獲得諾貝爾獎的天才，也是自己的英雄。

律原本困惑的表情。逐漸綻放光明。他咀嚼了鈴愛這番話之後笑了。

「我覺得有點開心。」

「那很好。」

「腦袋稍微冷靜下來了。鈴愛，可以幫我整理這個嗎？」

律再度把手寫的數據資料筆記遞過去，鈴愛點頭。

「收到。我也會一起想，動動我不聰明的腦袋。」

「妳說錯了，鈴愛。」律靠近鈴愛，彷彿再近一點就會觸碰到彼此。

他正色說：「妳自己或許沒發現，但自然風電風扇一開始是妳的創意，把風打在牆上，消除電風扇的漩渦氣流也是妳的點子。」

「不是我的，是田邊先生的點子。」鈴愛一臉認真地指正。

儘管如此，聽到律這麼說，她還是很高興。她現在仍努力地看書學習，不過鈴愛懂的、能做的有限。一想到自己幫上了一點忙，她就鬆了口氣，覺得自己有資格繼續待在這。

律認為自己必須去冷卻思考過度、快要冒煙的腦袋，於是起身前往咖啡店。這時，光江正好帶著花野來到Sparrow Rhythm，她去溜冰班接了花野過來。

光江曾開過帽子製作班，對於創作人群聚的共享辦公室似乎也很感興趣。鈴愛主動說要帶她到處參觀。

花野吵著肚子餓，正好與想休息的律一起去咖啡店。

花野正專注吃著拉麵。

「小花，妳溜冰溜得如何了？」律問。

花野的臉瞬間綻放光芒。

「律！小花今天做了那個，你聽我說，就是大家手拉著手嘎地滑出去。」

「嗯？」

「全班同學手拉著手，從溜冰場的對面往這邊，嘎地滑過來。」

「嗯嗯，我懂了，收到。在熱身賽的最後經常看到溜冰選手做，大家手牽手一起咻地溜過來，看起來很帥的那個。你們做了那個嗎？」

「律，那個和電視上看起來的不一樣，好難啊。大家的速度不一樣的話，就會斷掉，變得亂七八糟的。」

律在腦海中試想那個場景。

「同樣速度？快速滑過來很重要。」

聽到花野天真無邪的話，律愣了一下。

「線會斷掉……漩渦氣流會消失……？」

靈感乍現，宛如仙女棒的煙花般微小，但確實存在。律忍不住站起身，有預感自己似乎可以再捕捉到多一點靈感的吉光片羽。

花野對於律的反應感到不解，仰頭問：「律，你要去尿尿嗎？」

腳速快的人，會受到腳速慢的人牽制。律在想，風是否也會出現同樣情況。

他假設，若同時吹送高速風與低速風，高速風受到低速風的牽制，兩者就會碰撞在一起。這麼一來，接下來要解決的問題。就變成如何同時吹送不同速度的風。

律立刻回到Sparrow Rhythm翻找數量龐大的資料。他突然想看看鈴愛最早畫的自然風電風扇草圖。好不容易找到，律目不轉睛盯著看。仔細一看才發現，那個形狀像花的奇特電風扇，擁有雙層扇葉。

「鈴愛！」律扯著嗓門大喊，「這邊這個為什麼是雙層的？」

「啊，因為模仿花的外型，那是像花一樣的電風扇，所以我就想說電風扇的扇葉像花一樣有兩層也不錯。」

「就是那個！……雙層構造的扇葉。」律大喊著說。

「利用內側的扇葉和外側的扇葉來改變風速。」

只要能實現，風與風將相互碰撞，應該就能破壞漩渦氣流，也就不需要裝上臉盆了。

律不會畫畫，無法畫出腦中所想的東西，所以鈴愛代替他畫出他的想法。

鈴愛快筆畫出內側是小扇葉、外側是大扇葉合而為一的風扇草圖。這個花朵般的設計不僅具備實際功能，也很美觀。

鈴愛在旁邊畫上自己想到的前後防護網草圖。正中央不像一般電風扇那樣凸出，而是平坦的設計。律看了之後忍不住說：「真好看。」

「這是我一直以來的想法。自從說要做電風扇之後，我一直在思考。防護網正中央像游泳圈那樣突出來實在很醜。我想要特別強調自然風電風扇與過去的電風扇不同。」

鈴愛畫出來的電風扇的確像是在告訴眾人——這是前所未有的電風扇，令人耳目一新。他們逐漸看到成品的模樣。但接下來，才是產品開發的重頭戲。若要製造出律想像中的那種風，就必須創造全新的扇葉。兩人利用3D印表機試做扇葉，不斷改良，逐漸擴大風的面積，也消除了被認為是電風扇宿命的漩渦氣流。

雖然吹出來的風還不夠舒服，不過鈴愛和律都認為可以成功。

他們製作出外人分不出區別的扇葉測試樣品，收集數據資料，再以那些數據資料為基礎，創作新的測試樣品。由於過程太平凡無奇，鈴愛不自覺想起自己的漫畫家時代。漫畫家也是如此，與其給人華麗的印象不同，事實上，漫畫家的工作很講究平凡無奇的基本功。直到畫出漫畫、送到讀者手上前，必須不斷地修改台詞、重新描線。

儘管領域不同，但創作之間總有一些相似之處。這項產品完成後，一定會有人很開心。這麼一想，即使手上的工作再無趣，也不敢等閒待之。

有了某些程度的收穫之後，他們找來正人幫忙監測。正人對於輕柔環抱般前所未有的風的觸感感到訝異，卻也覺得好像少了些什麼。

風夠？風不夠？若想要舒服的感覺，還缺少什麼？鈴愛他們連忙重新測量電風扇的風速。儘管風速比固有的電風扇慢，還是遠比自然的微風快。律立刻開始思索減弱風力的方法。用來寫點子的筆記本上，逐漸被鈴愛不懂的算式和術語填滿。

她雖然也想幫忙，但她只是臨時抱佛腳讀過幾本專書，立刻就明白這不是自己該出頭的時候。鈴愛和正人連呼吸都不敢太大聲，生怕打斷專心致志的律，只是安靜在一旁看著他。

等到高升的太陽西斜、夜幕降臨時，律仍舊沒有抬起頭，埋首苦思。

「哇啊——這該怎麼辦！」律大叫，總算注意到外頭已經天黑了。「現在到底幾點了？」

這時律才發現，自己讓正人等了好幾個小時。

「抱歉，正人，讓你在這裡陪我。你們兩個先去吃飯吧。」

鈴愛原本打算在律找到答案之前陪在他身邊，但她決定起身，帶著正人前往咖啡店。

看著菜單，鈴愛這才發現自己比想像中還餓。仔細想想，她從早上就沒吃東西。原本考慮著替同樣沒吃午餐的律帶點食物回去，最後決定晚點再說。

專心思考時，律不會想吃東西；現在把食物放在他旁邊，他八成也不會注意到。

「資金，你們打算怎麼辦？電風扇應該會量產吧？」快速吃著咖哩的正人問。

鈴愛點了點頭。「嗯，沒有一家銀行願意貸款給我們。不過我不灰心，還有其他辦法。」

鈴愛與打帶跑時代認識的人都還保持聯絡。話雖如此，她加入打帶跑公司沒多久就破產倒閉，認識的人也不是很多。

「原來如此，這部分由妳負責啊，畢竟律也不擅長這種事情。」

「律是Sparrow Rhythm的智囊。」

正人溫柔頷首。即使年齡增長，他身上那股溫潤如玉的氣質還是一點也沒變。

「對了，花野今天去哪了？」

「嗯，她在光江嬸婆家。麥嬸婆和瑪麗嬸婆也都在。」

「是嗎，她去得很勤呢。」

鈴愛突然放下湯匙，垂著頭。「我很擔心孩子會被搶走。」

「不會被搶走啦。」正人微笑。

但是鈴愛笑不出來。她以不安、無助的神情看著正人。

「前陣子光江嬸婆說，想讓花野見見阿涼。我好害怕孩子會被搶走。」

「不可能，小孩最愛的是媽媽。」

「是嗎？」

「至少我是這樣，律也是。鈴愛，妳呢？」

鈴愛想起晴的臉。「你說得沒錯……」

「小花睡在我和律中央時，曾在半夜醒來哭著喊媽媽。」

「騙人？」

「真的，她還要我絕對不能告訴妳。啊，我告訴妳了。我這張嘴真是比羽毛還輕。」

「啊，好久沒聽到那句話了。」

兩人呵呵笑了出來。

「鈴愛……妳對阿涼，還有感覺嗎？」

「……沒有……了。」

已經沒有感覺了，只是想起涼次的臉，心底深處還是會痛。即使時間過了這麼久，對那些幸福的過往已經可以看作回憶，但曾經歷的痛苦感覺卻只是變淡，沒有消失。

「既然這樣，妳要不要和我重新來過？」正人若無其事地問，臉上是包容一切的笑容。

鈴愛一瞬間很驚訝，但立刻恢復從容的微笑。「你這個男人還是一樣惡劣。」

「啊，鈴愛，妳長大了，這句話很有成熟女人的風範。」

「我可是和以前不一樣了……畢竟也經歷了很多。」

「嗯。」

「唉，我經歷過的雖然比不上阿正你就是了。瞧，已經可以心平氣和地喊你阿正了。」

過去曾身陷其中、著魔不已的誘人魅力，如今全然無感。鈴愛對於正人只剩下「最喜歡的朋友」這個無可動搖的感覺。

「什麼啊，妳的反應居然這麼無所謂，真無趣。」正人嘔氣般地說。

鈴愛輕輕笑了。「我也不是不懂什麼怦然心動、一見傾心之類的危險感覺，我也懂得想要沉溺其中的感覺。」

「妳真冷靜，被妳搶先把話說完了。妳變聰明了呢，鈴愛。我比較喜歡妳以前那種天然呆的一面。」

「畢竟我也四十歲了，多少也聰明一些了吧。」

聽到鈴愛的話，正人微笑以對。看到他溫潤如玉，卻又有些疏離的笑容，鈴愛覺得自己恨不了這個人。雖然和律的情況有點不同，不過正人也是一個內心看不透的人。

「也明白了對我而言，最重要的人是誰……」鈴愛靜靜地說。正人安靜聽著。

「或許我原本就明白，我希望自己在律面前可以永遠不變。」

聽到律的名字，正人沒有半點驚訝，但鈴愛毫無掩飾的表情，似乎讓他的心裡湧上一股意料之外的感受。正人按著胸口，彷彿在壓制疼痛。

「我應該是第一次遇到有人甩人甩得這麼狠。」

「……一報還一報，這是報復你之前的對待。」鈴愛賊笑。正人也呵呵笑。

「啊，你別告訴律。」

「我不會說，當然不會說。你們兩個的事情要看你們自己的造化。」

「那個造化，可能永遠都不存在吧。」鈴愛說得彷彿事不關己。

「為什麼？因為妳害怕和他談戀愛？」

「……不是，因為我害怕被他甩。」

明明結過婚也離過婚，連孩子都有了，鈴愛卻露出第一次談戀愛的少女般的神情。正人無法取笑這樣的鈴愛，他覺得這樣的她很可愛。

「你一定要保密喔。」鈴愛很認真地說。正人點點頭。

「保持現在這樣就好。」她掩飾自己的心情說。

之後，自然風電風扇的改良仍持續進行著。

利用３Ｄ印表機製作還是有極限，他們只好委託外面的業者，試做了許多扇葉樣品，卻始終無法製造出速度與強度舒適的風。

明明就差一步了，卻是很大一步。律完全陷入瓶頸。

他想到的方法全都試過了。寫靈感用的筆記本頁面這陣子也一片空白。看著空白的頁面，律抱著頭，那樣子跟畫不出分鏡的鈴愛沒兩樣，但是鈴愛在他身上還是感覺不到絕望。她堅信律一定有辦法。

「律，我們再次找回初衷，去吹吹風吧？」鈴愛找律上屋頂去。

幾乎等於住在工作室的律，也很久沒有接觸到戶外空氣。

在風舒服地吹拂下，律原本疲憊緊繃的臉龐逐漸放鬆。鈴愛微笑看著他的變化。

這樣的風真的好舒服。與仙吉和廉子長眠處吹過的風很類似，是令人想要抓住的風。

鈴愛大大張開雙手，感覺著風。律也有樣學樣。

「我們想重現的，果然還是這樣的風。」鈴愛笑著說，律也跟著一起笑。

律抓住正要通過的風，接著張開抓住風的手掌，定睛注視著。

* * *

津曲把咖啡送去辦公室的回程途中，在走廊上遇到修次郎。

他連忙拿下圍裙，笑臉面對兒子。

修次郎是來父親的公司找他。原本是打帶跑公司的辦公室，如今掛著「Sparrow Rhythm」的招牌。津曲連忙腦力激蕩。

他突然朝Sparrow Rhythm，開始大大方方地撒謊：「那邊是你爸我的公司，改名字了。改成Sparrow Rhythm。」

「裡面也改了不少。」修次郎說，「這個電風扇是幹嘛的？」

看到修次郎充滿期待的眼神，津曲氣定神閒地說是在製作自然風電風扇。雖然有些可疑，不過大致上的理論他已經聽鈴愛他們提過。

津曲提起開發的辛苦與目標，說得巧舌如簧，彷彿真是自己的經歷般。

「哦，聽起來好厲害。」修次郎盯著電風扇的樣品看，小聲說。

「唉，沒有啦，哎喲喂呀，我會害羞的，你爸我哪有厲害。」

津曲扭動身軀，靦腆笑著，突然發現鈴愛從開了一條縫的門後偷看著，瞬間僵住。

鈴愛咧嘴，露出具威脅性的笑容，打開門。

「這是誰？」戴著口罩的修次郎問。鈴愛微笑著自我介紹。

「啊，妳是我爸公司的人？」

在這麼問的修次郎旁邊，津曲臉上的表情就像被人從脖子後側揪住的貓。

「對，我是令尊、津曲社長底下，負責開發電風扇的人。」

見鈴愛鞠躬，津曲有些錯愕，立刻再度得意忘形，開始對修次郎吹噓。修次郎離開後，津曲以差不多快下跪道歉的氣勢低頭鞠躬。

他請吃拉麵當作賠罪，鈴愛也就欣然接受。「謝謝妳幫了我大忙。」

難得看到津曲出現這種反應，鈴愛微笑。「用不著客氣，那不是你兒子嗎？」

「他不太去學校。」

「別擔心，船到橋頭自然直，畢竟他寫出了這麼動聽的歌曲嘛。」

咖啡店正在播修次郎寫的歌曲〈與神相似〉。津曲未經許可就自行用自己的蘋果手機播放。

「鈴愛，妳人真好，不拘小節。」

「津曲先生，其實是我有事要拜託你。」

「咦，什麼？剛才的一切都是騙我的？妳打算以物易物，要和我做交易？」

鈴愛希望津曲可以幫忙介紹工廠。測試樣品完成後，接下來將進入量產階段，但這時就需要大量的資金。鈴愛他們目前使用的資金多半是律的離職金，但是光靠那些遠遠不夠。

問題是，生產流程如果沒有確定，投資客不會理會他們。

鈴愛請津曲幫忙介紹以前曾幫忙生產打帶跑商品的岩堀先生的工廠，津曲一臉不情願。

「埼玉的岩堀先生嗎？那個人很難搞。」

可是津曲有說謊的把柄落在鈴愛手上，逼不得已只能幫忙聯絡岩堀。

接下來的好一段期間，律待在工作室埋首研究扇葉，鈴愛則負責勤跑工廠、募集資金。

岩堀一如津曲所云，是非常難搞的老頭子。

「哦，原來找我的是妳這個小姑娘啊。」才碰面，岩堀就語帶揶揄。

鈴愛回答：「我已經四十歲了。」

很明顯，對方沒有認真把她當作談生意的對象。

鈴愛接連幾日前往岩堀的工廠拜訪，也去其他工廠探探路，但不管哪裡，得到的回應都很冷淡。

「什麼？自然風電風扇？那種東西賣得出去嗎？」

所有人都經歷過不景氣，所以不談可能性，只談確切的現實。

不管鈴愛多麼熱血沸騰地說明新風扇的優點，希望大家能一起追求夢想，卻只得到冷哼與嗤笑。但她堅信，既然自己做的是帶給人幸福的東西，一定能夠遇到識貨的人。

馬不停蹄拜訪工廠，幾乎磨破鞋底的鈴愛，也逐漸覺得累了。

看到鈴愛結束找工廠行程、垮著肩膀回來，因睡眠不足、眼睛都快睜不開的律說：「都怪我不好。如果能夠做出自然風電風扇的樣品，應該更能夠說服對方。」

律還在建立假設，並朝著假設的方向持續改善中，但現階段，沒人知道這個方向到底是通往成功還是失敗。

「鈴愛……都怪我增加妳的困難度……真抱歉。」

「你說那啥鬼話啊！」鈴愛用力抓著律的胳膊，模仿光江那兩光的關西腔搞笑說。

「妳幹嘛那樣說話？」

「我想說演一下嘛，就像《一碗麵》的故事那樣，假裝我們夫妻兩人胼手胝足，在貧窮中一起努力。啊，唉，雖然我們不是夫妻，差遠了。」

「差遠了嗎？」律無意識地說。

鈴愛看看時鐘，連忙開始收拾。就快到去接花野的時間了。

「那麼，不好意思，我先走一步……」正要走出工作室時，鈴愛突然回身。「律，你今天不回家嗎？你已經三天沒回家了吧？」

「嗯？我身上有味道嗎？我有用溼毛巾擦澡。」律湊近自己的手臂，聞聞看是否有異味。

「先別管味道的問題……」

「意思就是有吧……」

「你會把身體搞壞。」

「我不要緊。」律笑著說。看到那個笑容更令人擔心了。「沒時間了。時間耽誤愈久，成本也會愈高。」他的聲音裡摻雜著強烈的焦慮。

他們兩人一直面對著嚴酷的現實。現實遠比他們想像中的、覺悟好要面對的更加嚴峻好幾倍。最令人頭痛的就是經費問題。重新試做過好幾次的雙層構造扇葉，每做一個都是一筆開銷。他們還沒賺到半毛錢，但Sparrow Rhythm的資金，不，是律的離職金卻是分分鐘都在減少。

自然風電風扇與兩人以前做過的傳聲筒、跑馬燈不同，是工作。而這個工作怪物靠吃錢存活。等到錢見底，這份工作、兩個人的夢想，就只有破滅一途了。

次日早上，鈴愛一邊催促花野吃飯，一邊急急忙忙準備上班。

「啊，媽媽，妳今天穿的海軍藍洋裝好可愛。」花野突然說。

她一邊吃著飯，一邊盯著鈴愛。

「是嗎？」鈴愛喜形於色，甩動著大特賣買的洋裝，裙襬翩然飛舞。

「可是，少了一點東西。這個戴上去，就完美了。」

花野霍然從椅子上下來，拿著某個東西過來。是火箭大使的哨子。簡單小巧的木雕哨子掛上鈴愛的脖子，看來像是樸素的墜飾。

鈴愛聽從花野的建議，就這麼把哨子掛在脖子上，前往Sparrow Rhythm。

Sparrow Rhythm的門開著，結果律還是沒回家。鈴愛嘆了一口氣，進入工作室。

一進門，就見律蓋著毯子，躺在沙發上睡覺。

鈴愛湊近看著律的臉。正在睡覺的律，看起來比平常更沒有防備。

胸前的哨子因鈴愛的動作搖晃著，鈴愛緊緊握住它，避免碰到他。在晨光的照耀下，律纖細的睫毛在臉上形成一片影子。那樣子太好看，鈴愛忍不住看得出神。

她突然很想要一親芳澤。她始終待在比任何人更靠近他的地方，卻幾乎不曾觸碰過他。而此刻，她很想碰碰看。鈴愛把身子靠向律，粉唇緩緩靠近。

就在嘴唇即將碰上前，律突然睜開雙眼。鈴愛不禁僵在原地。

她在極度靠近的距離，與律互相凝視彼此。鈴愛反射性想逃，正準備往後退開，律卻不允許她逃走，伸出雙臂抓住她。她驀地泫然欲泣，彼此的呼吸交纏著。鈴愛定睛看著律。

「早。」律以剛起床的沙啞嗓音說。

「早。」鈴愛以幾不可聞的聲音回答。

「現在幾點？」

「還早。」

難以置信兩人在這麼近的距離，說著這麼普通的對話。

律稍微想了一下，掀開毯子的一角，問：「要進來嗎？」

鈴愛猶豫了一會兒，鑽進毯子裡。

她窩在律的懷中。

「這、算什麼……」鈴愛以顫抖的聲音說。律沒有回答，只是將她抱緊。

鈴愛又想哭了。

她突然想起自己還握著哨子。

天外飛來一筆，她在律的懷中小小聲吹了三聲哨子。「律……」鈴愛呢喃。

律收緊懷抱，當作回答。

「我在律的懷抱中呼喊律。」

聽到鈴愛的話，律笑了出來。這種時候看到律的笑，她就放心了。

律看著鈴愛的臉。在他的注視下，鈴愛馬上變得不自在。

鈴愛垂著頭，迴避律的視線，又戰戰兢兢地偷瞧著律。

律始終凝視著鈴愛。

在他的視線示意下，鈴愛閉上了雙眼。兩人輕輕互換一個吻。

「聲音，很可怕；風，很輕柔；律，很溫暖。」一吻過後，鈴愛在律的懷中說。

「是嗎？」

「就好像我一直很想來到你懷裡，就好像我想要一直待在你懷裡。」

「嗯。」他發出短到不成一字的聲音回應。

聽到他這樣回應，鈴愛就明白自己說的話，他聽懂了，毫無偏差；也明白他這是接受了。

鈴愛覺得，律的回應是全世界最溫柔的回答。

走廊上傳來喀答聲響。

「有人來了！」鈴愛反射性猛起身，腦袋狠狠撞上律的下顎。律按著下顎呻吟。

鈴愛也擔心撞痛律，但更不想讓人看到這副模樣，快速滾出毯子。

「鈴愛，那是隔壁工作室的聲音。」

聽到律這麼說，她不禁虛脫跪倒在地。她的一邊耳朵聽不見，很難判斷聲音的方向。

鈴愛緩緩抬起頭，再度看向律，表情有如大夢初醒般冷靜。

「怎麼辦，律？我和你變成這樣，總覺得，很不舒服。」

「不准妳說很不舒服。」律坐起來，把毯子放到沙發旁。

「我不知道該怎麼辦，總覺得心裡發慌，又像吃了刨冰之後頭很痛，或是腳下滑溜溜的感覺。」

「腳下滑溜溜呀，那可不行。」律淡然地說。

「腳下滑溜溜」是岐阜的方言，指感覺心裡不踏實。

「就是一種無處安放的感覺，就好像要上游泳課卻忘了帶泳衣那樣。」

「這樣……」律以一如往常的撲克臉，注視著地板好一會兒。從他的樣子，很難判斷他是因為鈴愛的反應受到打擊，或者只是犯睏在發呆。

過不了多久，律突然抬起頭，問了一個很單純的問題。

「呃，可是，妳剛才是想要吻我吧？」

「……才不是，我是看到你睫毛上有髒東西，想要幫你拿掉。」

在律動也不動的注視下，鈴愛不甘願地認輸說：「騙你的。」

「鈴愛，我們還是可以退回原本的關係。我們只是有小小的那個……」律把「吻」字給硬吞下去，「……而已，而且很淡。」

「很淡嗎？原來如此，還沒有擦槍走火。」

「嗯，還沒有。」

鈴愛與律兩人格外開朗地互相點頭。

「那麼，就這樣。」

「呃，就怎樣？」律才問出口，這次毫無疑問真有人敲了Sparrow Rhythm的門。

來的人是惠子。她絲毫沒注意到瀰漫在兩人之間的微妙氣氛，把寄給Sparrow Rhythm的請款書拿給他們。那是協助製作電風扇扇葉測試樣品的公司寄來的請款單。

看到幾十萬的金額，鈴愛的臉色瞬間大變。

「律的離職金，花光光了。」

「唉，我們加油吧。應該能找到適合的扇葉形狀。怎樣才可以調整風力強度、速度……」

律已經進入工作模式，盯著電風扇看。

「還要幾個月才能夠找到答案？」鈴愛沉著聲說。

「這點無法保證。」律說，「這種事情沒有辦法保證，這世上沒有哪個發明是有保證的，也沒有哪個人生是沒有失敗的。」

「喂，律，要不要重新考慮，現在還來得及。你還能重新找工作，或者也可以回去菱松，對吧？」

「鈴愛……那自然風電風扇怎麼辦？」

「那個……我們放棄吧。」鈴愛刻意佯裝開朗地說。但是律沒有半點笑意，盯著電風扇。

「傷口只會愈來愈深。律的離職金用光，最後要去借錢背債。電風扇也做不出來，不管做多久都做不出來，我們就完蛋了。」

「電風扇會做出來。」

「律……」

「因為已經和伯母約好了，晴伯母。」

鈴愛原本打算說，只要解釋一下，晴可以了解，卻先被律打斷。「鈴愛，晴伯母還活著，她還活著。我想要實現可以實現的約定。晴伯母活著，等著我們實現約定。」

鈴愛明白，律是想到了和子。

「和妳一起做跑馬燈那個時候也是，伯母很開心。我辭掉菱松時，就是想起當時。我想要像那樣，製作出可以讓人開心的東西。」

「律，可是跑馬燈和電風扇不同。那個是玩具，不是工作。」

「啊……」律驚呼一聲。

就像聽到花野說的話時一樣，他靈光乍現。

律心不在焉地聽著鈴愛擔心的話語，跑馬燈開始在他的腦海中旋轉。

「鈴愛，妳還記得嗎？我們那個時候用黑膠唱片機轉動那個跑馬燈，對吧？」

「嗯，我們向彌一叔叔借用他的黑膠唱片機。」

鈴愛不解為什麼突然提起這個，仍老實回答。

「然後我們不是對轉速猶豫了很久嗎？到底要用三十三轉還是四十五轉。就是那個，那個！自然風電風扇需要調整的不是扇葉角度或大小，只要改變轉速就行了。我怎麼之前都沒想到呢！」律後悔莫及地扭動身體。

之前他也試過改變馬達的強度，但光是這樣不夠。必須更換馬達本身。原本使用的交流電馬達無法產生的風，只要使用轉速更慢的直流無刷馬達，一定能夠辦到。

律深信如此。「直流無刷馬達的轉速低，可以微調，耗電少，也能用在電腦上。這個應該可以裝在電風扇上！」

「這樣一來……？」

「轉速能夠調慢，或許就能重現微風的效果。」律的眼睛閃閃發光。

接下來兩人根據律的新假設為基礎，匆匆忙忙開始行動。

律的假設果然沒錯，使用直流無刷馬達，電扇在一開始的試做階段就成功製造出比之前速度更慢的風。將電腦用的直流無刷馬達調整成低轉速使用，事實上是前所未有的點子。只要能夠完成，就會在電風扇界興起一波革命。

鈴愛已經不再迷惘。她和律日以繼夜投入研究，同時也忙著調度資金。即使遇到冷漠拒絕，她也不再想要放棄。

在他們開始進行自然風電風扇的研究，大約過了十個月，二〇一一年初，自然風電風扇終於完成。兩人按下外型設計也很時尚的成品開關。

鈴愛與律雙雙閉上眼睛，沐浴在吹來的風中。

「就是這個。」鈴愛微笑。

吹來的風跟自然的微風一模一樣。律看過剛取得的數據資料後，也揚起嘴角。

「數據資料也證實了。」

「成功了！」兩人就像完成傳聲筒時一樣，用力互相擊掌，歡欣鼓舞。

「鈴愛，接下來才是重頭戲，我們要把這個變成商品賣出去。」

鈴愛重重點頭。兩人討論過後，決定給它一個簡單好懂的名字，就叫自然風扇。終於站上起跑線的兩人，接下來為了把自然風扇送到全世界，又將再度四處奔走。一定有人需要這台電風扇，為了送到那個人手裡，還有許多事情必須做。

二〇一一年　東京

自然風扇的開發告一段落，鈴愛回到闊別許久的岐阜。

看到晴精神不錯，她鬆了一口氣。體力稍微恢復的晴想要嘗試新東西，所以去參加了彌一開辦的攝影班學攝影。晴說，她在攝影班與屠夫的母親成了好朋友。

提起屠夫的母親，鈴愛記得她是感覺相當自信又傲慢的人。但晴笑著說：「接觸之後才發現她很有趣。」

即使得了癌症，仍不忘享受人生，這樣的晴讓鈴愛想起和子。

晴開開心心地把自己拍的照片拿給鈴愛看，那樣子看來生氣蓬勃。鈴愛祈求開始接觸的新事物能夠成為晴活下去的力量。

晴問：「微風的電風扇怎麼樣了？」

鈴愛將完成的電風扇照片拿給她看。晴和宇太郎一張接一張滿心喜悅地看著照片。

草太也在他們身後仔細盯著照片瞧。

「我們家，有沒有錢呀？」鈴愛立刻向前探出身子問。

杉菜食堂因為豬排飯熱銷，最近要僱請新人。鈴愛在想，只要一點點就好，或許他們願意出資。聽到鈴愛的話，晴和宇太郎互看彼此猶豫著。

但草太很冷靜。「如果賣不出去，豈不是血本無歸？」

「哇，好凶狠。我們都是一家人，你卻這麼狠。」

「姊，岐阜縣民很保守的，我們不借錢、不賭博也不投資。」

「……不借啊。我們也找過銀行等各種管道，都沒人願意出資。」

鈴愛問：「不然你們願意出多少？」

晴豎起兩根指頭，一旁的宇太郎立刻按下一根指頭，所以只剩下一根。

「呃，那根指頭的單位是十萬？百萬？」

「我們哪有那麼多錢？」晴擺擺手，笑著說不可能。

晴和宇太郎雖然是疼愛孩子的父母親，但是他們更是保守的岐阜縣民。

鈴愛從岐阜回來，去Sparrow Rhythm上班，卻看到律鐵青著一張臉，茫然站在原地。

仔細一看，原本應該擺在那裡的自然風扇不見了。昨天律回家時確實還在。被偷走了。他們分頭去檢查，發現自然風扇的數據資料、專利申請書也全被偷個一乾二淨。

既然小偷鎖定了自然風扇為目標，表示他一定知道其價值。鈴愛直覺認為犯人就是津曲。她想起津曲可以自由來去Sparrow Rhythm，也曾把自然風扇當成自己的工作對修次郎自誇。偷走別人的成功，換得兒子的尊敬，一般人不會想做這種事，但津曲一定會這麼想，也一定會這麼做。鈴愛對他連夜逃走躲債的事還耿耿於懷。

她找上惠子，把情況告訴她，問她曉不曉得津曲人在哪裡。

「你們太過分了，他只不過曾在修次郎面前吹牛炫耀過一次，你們就把他當成小偷。我哥不可能做那種事。」

一開始，惠子對自己的哥哥被誤會很生氣，後來得知他無故曠職咖啡店的工作、手機也打不通，才逐漸沒有把握。

「他看著你們絞盡腦汁辛苦開發之後，坐收漁翁之利，搶走你們的成果……他的確會做這種事。」最後她甚至完全推翻原本的主張，唉聲嘆氣。

惠子也立刻打電話到津曲的手機，電話還是沒接通。在她得到與鈴愛相同的結論時，津曲正在大型製造公司的會客室裡。他的手上是自然風扇的試做樣品。他利用廣告代理公司時代的人脈，帶著自然風扇過來賣。

調成無聲模式的手機從剛才就響個不停。惠子已經打了五次、鈴愛打了十次、律打了三次電話來。津曲吁出一口氣，覺得如坐針氈。

這時手機再度振動，津曲瞥了一眼，來電名稱是「修次郎」。津曲動搖了，兒子為什麼會在這個時候打來？他打起哆嗦。

振動沒有停止。確認對方還有一些時間才會過來，津曲接通電話。

「喂？怎麼了，修次郎？」他以慈祥父親的聲音詢問。

修次郎說自己被老師罵了，據說新來的男老師堅持要他拿掉口罩。

修次郎以幾乎難以聽見的聲音說：「老師說：『你該不會有什麼不能傳染給別人的病菌吧？』大家聽了大笑。可是，爸，我拿掉口罩的話，胸口就會很痛。以前曾被嘲笑說我的臉長得像女生。」

「嗯……修次郎，口罩不用拿掉沒關係。」津曲果斷地說。

「可是老師他──」

「別擔心，你在哪裡？」為了讓修次郎安心，津曲沉著地問。

「學校。」

「你直接回家，就這樣直接回家沒關係。回去，明天爸爸會去一趟學校跟老師談談。」

「可是，爸，這種情況不是不能依賴父母嗎？不是必須自己想辦法面對並解決嗎？」

這時候，事前約好的大公司負責人員走進會客室來。津曲以手勢告訴對方請等一下，接著繼續講電話。「不對，修次郎，你還是孩子，而對方是只知道強詞奪理的大人，不是你該要面對的對象，你也沒有必要面對那種垃圾。交給我來處理。你今天先回家去，我會先打電話跟你媽媽說。」

「謝謝爸……我好沒用。」

「修次郎，你很厲害，你寫出〈與神相似〉那樣的歌。你爸我就算活一輩子也想不出那種歌名。」

「是嗎……可是我交不到朋友。」

「朋友什麼的，不重要。別為了交朋友阿諛諂媚。好好做自己吧，不需要勉強自己去配合別人，也不需要裝模作樣。」

「爸……」修次郎的語氣中流露出喜悅，聲音中有著終於有人懂的解脫。

大公司的負責人員一臉不諒解的表情，一邊注意的時間，一邊等待津曲講完。

津曲瞥著對方的舉動，以溫柔的聲音說：「先這樣，修次郎，爸爸明天就去學校。詳細情況我們之後再說。」

津曲掛了手機，再次面對負責人員，停頓了一秒鐘後，重重低頭鞠躬。

「真的十分抱歉！我剛才測試過這個自然風的電風扇、自然風扇，結果發現一項重大缺失。家用插座的電力無法驅動扇葉！」

津曲朝錯愕的負責人員再度深深鞠躬之後，手臂挾著自然風扇，飛也似地逃出會客室。

津曲把自然風扇還給鈴愛和律，對著兩人下跪道歉。

他這麼做的動機，不出所料，就是為了修次郎。他想著，只要把自然風扇賣給大公司，就能吹噓那是爸爸提過的電風扇。

「早知道上次應該要摘了你這顆惡苗。」鈴愛苦澀地說。

都怪她一時心軟，想要幫津曲在兒子面前有面子。

「那個大公司，怎麼說？」律反而比較很好奇大企業的反應。他想知道大企業對於自然風扇這項商品有何評價。

津曲充滿歉意地說：「我還沒有機會向他們做簡報。」

「律，大企業或許會對自然風扇趨之若鶩；如果向他們做簡報，他們也許都會想參一腳。」

「不，那可不一定。」律對鈴愛搖搖頭，沉重地說，「因為太貴了。」

自然風扇的價格怎麼算都在三萬圓左右，以電風扇來說相當昂貴。律才會很擔心反應。成本這麼高，其中一個原因是因為使用了直流無刷馬達。這個東西不便宜，但如果不使用這種馬達，就無法做出自然風扇的性能。這是最令人頭痛的地方。

「總之，為了做出這台試做樣品，我們一毛錢不留、毫不浪費地、盡情地用完了我的離職金，也就是Sparrow Rhythm的資金。說老實話，我還用信用卡借了錢。」

律嚴肅說完，鈴愛慘叫著跑出走廊去。津曲和惠子都錯愕到說不出話來。

「岐阜縣人無法接受債務。」律十分鎮靜地對津曲說，「話說回來，津曲先生，如果你不想我把這次的事情，告訴修次郎的話——」

「嚇，你這是在威脅我？」

「對，我就是威脅你，希望你能幫忙。」

律和鈴愛在銷售這塊完全外行。而津曲雖然曾把公司弄到倒閉，姑且也有過推出熱賣商品的斐然成績，所以律考慮借用他的力量。

「律，這樣可以嗎？真的可以嗎？津曲先生在打帶跑破產倒閉時曾經逃走。既然偷吃過烏龍麵，應該就會再偷吃一次，不是嗎？」鈴愛回來後說。在知名動漫畫《小拳王》中，長毛象西因為減重太痛苦而偷吃了烏龍麵。儘管他發誓明天起絕對不會再吃，第二天卻又偷吃了。

「我才不是西。如果要我選，我寧可是荷西．孟德薩。」津曲板著臉說。

荷西．孟德薩是《小拳王》裡被稱為「王中之王」的最強男人，自我管理很徹底，也是愛護家人的紳士。

「津曲先生是勇敢的荷西．孟德薩，還是偷吃烏龍麵的西，我想就要看接下來的表現。不過既然有修次郎在，我想津曲先生或許會變成勇敢的荷西．孟德薩吧，畢竟我也是這樣。」

這時門口處傳來小小的動靜。眾人轉頭看過去，只見修次郎站在那裡。

修次郎過來找父親，津曲決定把一切向他坦白，包括這裡不是他的工作室、打帶跑公司已經倒閉了，還有自己現在其實在咖啡店負責煮拉麵。

津曲垂著頭說：「爸爸也很沒用。」

看到他這樣，修次郎拚命安慰他：「爸爸才沒有沒用……你煮的拉麵很好吃……還告訴我沒有朋友也沒關係，再也沒有哪個大人敢說這麼帥氣的話。」

「喔，這個叔叔也贊成。」律回顧自己的過往，感慨萬千地說。

「朋友不能硬當，自然而然就會出現。兒子呀，你不需要勉強。而我這個帥氣的父親，想要幫忙賣掉三萬圓的自然風扇，請務必讓我幫忙！」

本來就很容易得意忘形的津曲，這會兒完全上鉤了，鄭重宣布願意參與。

「好，我接受挑戰。三萬圓的電風扇，我賣定了！我們把它賣出去！」

「爸……你好帥。」修次郎忍不住拿掉口罩小聲說。

他旋即慌慌張張戴回口罩，但臉上帶著喜悅的微笑。

津曲減少在咖啡店打工的時間，開始在Sparrow Rhythm幫忙。

這次，Sparrow Rhythm需要的只有一個，就是資金。

鈴愛他們連續好幾天熱烈討論著集資的方法。從之前拜訪出資者的經驗中，鈴愛想到他們不止能找有錢人投資，也可以找沒有錢的人投資。投資金額不必多，即使一個人只出幾千圓，只要集結幾千人，也是幾千萬圓的資金。

鈴愛還想到可以在B'z[9]的巨蛋演唱會開始前站上舞台，向群眾介紹自然風扇。演唱會現場聚集了五萬人，或許有人願意投資。她認為，只要拜託稻葉先生或松本先生，就有實現的可能，但仔細想想，鈴愛跟他們兩人哪個都不熟。

鈴愛只得乾脆作罷，對津曲說明在此之前實際嘗試過的做法。

9. 日本搖滾音樂團體，由吉他手松本孝弘與主唱稻葉浩志所組成。B'z唱片總銷量突破八千萬張，為日本Oricon公信榜設立以來最高成績，於全球最暢銷歌手中排行第六十四名，在亞洲最暢銷歌手中排行第一。二〇〇七年進入名人堂「Hollywood's Rock Walk」，成為目前唯一受此殊榮的亞洲藝人。

他們曾借用車站前商店街的空間，請路過的人體驗自然風扇的風。但實際體驗的人數有限，無法找到願意出資的人。最後，他們決定採取正統的做法，集合有錢的出資者。津曲提議舉行商品說明會，邀請投資客參加。

津曲利用所有廣告代理公司時代培養的人脈，集結了一批投資客。

邀請卡中也一併附上出席者名單。津曲有把握，渴望人脈的投資客們一定會到場。

「我在想，與其租借飯店當作說明會場地，不如乾脆就在這裡的咖啡店舉辦。應該可以順利結合眾人對學校及電風扇的懷念。」惠子插嘴，她送來剛出爐的麵包。

鈴愛第一個表示贊成。這種門檻不高的感覺不錯。津曲也說，有錢的投資客們平時習慣了豪華且門檻高的簡報，這樣做或許能成功顛覆他們的感官。

「還有一件事，簡報時需要出色的影片。影片愈出色，能弄到的錢就愈多。我願意出錢，你們必須找一家能拍出完美影片的公司來執行。」

惠子表情認真地說，儼然已經把自己當成了Sparrow Rhythm的一員。鈴愛的確也考慮過利用影片宣傳，傳達自然風扇的魅力；不是只單純地介紹商品，而是讓看影片的人直覺了解商品的設計宗旨，感覺到舒服的風。她不曉得能否拍出這種影片。

他們沒有預算找人拍出這麼精緻的影片。想了一會兒後，鈴愛「啊」地出聲。

「我去拜託阿涼。」

她內心還是擔憂花野會被搶走，但她想去拜託阿涼。她想看看以涼次的感性，會拍出什麼樣的自然風扇宣傳片。當然，鈴愛也考慮到涼次或許願意以便宜的價格幫忙。

沒有時間猶豫，鈴愛立刻聯絡光江，安排與涼次見面。

見面那天，鈴愛考慮了好久，才選定要穿的衣服。

她不是很清楚要去見以前喜歡過的人，應該要打扮得多漂亮才行。她不想被人瞧著寒酸，打扮得太美卻又怕被對方誤會還沒放下。最後她選了最沒有爭議的衣服，前往藤村家。

涼次一臉緊張，端正跪坐等著鈴愛。看到那張臉，鈴愛不禁想起他在婚前到楡野家拜訪家長時的場景。涼次一點也沒變。或許是因為沒有接觸育兒等日常辛勞吧，他甚至看起來比以前更年輕。

鈴愛以哀怨的目光看著涼次，然後笑了笑。「好久不見。」

涼次什麼話也沒說，只是猛然低頭鞠躬。「那個時候，我真的對不起妳。我很自私地做了不可原諒的事。這次妳願意找我，我很高興。如果有我幫得上忙的地方，我什麼都願意做。鈴愛，我對妳只有歉意和感謝。」

「阿涼……電影能夠賣座真是太好了。」

涼次緩緩抬起頭。

鈴愛原本哀怨的視線變成溫柔的微笑，眼神透露出她早已原諒了涼次。

接下來，涼次為了拍攝簡報用的影片，來到Sparrow Rhythm。他姑且聽鈴愛說過自然風扇誕生的來龍去脈，腦海中已經有某種程度的畫面。他偶爾向律提問，憑直覺想出一個又一個需要的影像。實在很難想像他當初畫分鏡表時曾那麼苦惱，一定是當上電影導演又獲得好評，使他有了自信吧。

涼次拍出來的影片十分出色。女子輕柔飛揚的頭髮，使人感受到風的溫柔；美麗的畫面充滿清澈又獨特的情感。與其說是廣告，更像是一部電影短片。

律與鈴愛一起在Sparrow Rhythm的電腦前觀看的涼次作品。

「阿涼先生果然厲害。水準跟『掌握型男九十九招』就是不一樣。」律說。

鈴愛頷首。「我也覺得他很有才華。一方面為他開心，卻也有點不甘心。」

「嗯？為什麼覺得不甘心？」

「因為我姑且也曾是名不見經傳的漫畫家。阿涼他有才華，而我沒有……不過，我們也因此賺到了！只花最低限度的開銷就請到很厲害的知名導演。所以人生必備的東西，是有才華的前夫。」鈴愛露齒一笑，話音卻聽來有些許落寞。

「節省經費成功！只要是能利用的，即使是父母親也要利用，就算是拋棄我的前夫也要利用！這很有我的作風吧？就算是跌倒也不願吃虧。」

律緊緊抱住正在笑的鈴愛，她驚訝地看著律。

「我知道妳需要原諒涼次先生的藉口。」

鈴愛臉上的笑容逐漸消失，眼看淚水就要潰堤。

「我知道，妳需要讓小花與涼次先生見面的藉口。」

在律面前，一切逞強都無所遁形。

鈴愛丟掉保護自己的所有盔甲，待在律的懷中，淚水潸潸流下。

「我為妳覺得心痛，鈴愛好可憐。」

「鈴愛才不可憐。」她哭著說，「我有火箭大使的哨子，我隨時都帶著。只要一吹哨子，律就會過來，不是嗎？」

「沒錯，妳說對了。」律輕輕笑了笑。

鈴愛小心翼翼伸手環上律的背，緊緊抱住他。

這天，東京是萬里無雲的晴天。

鈴愛仰望天空，心想這真是適合發表自然風扇簡報的天氣。

她早就想好要穿藍色洋裝——澄澈得有如藍天的顏色。

她花了比以往更多的時間化妝、整理髮型。看到鏡中的自己，覺得好久沒有這麼滿意。

鈴愛離開房間。

作為會場的共享辦公室咖啡店，由在這裡工作的設計師們齊心合力幫忙布置過了。律和津曲也西裝革履出現。會場一如津曲計畫的，集結了許多拿到邀請卡的投資客。

到了發表簡報的時間，鈴愛拿起麥克風，站到來賓面前。

「大家好，感謝各位今天在百忙之中抽空蒞臨。我們Sparrow Rhythm工作室最近開發出能夠吹出自然風的電風扇，名稱是自然風扇。」會場設置的螢幕開始播放涼次製作的影片。

這時，一隻蝴蝶飛來，橫越過螢幕，牠有著藍色的翅膀。

鈴愛微笑，馬上即興說出台詞：「連蝴蝶都被自然風扇的微風吸引而來。」

螢幕正在播放涼次的影片，原本被蝴蝶吸引的投資客們也漸漸沉浸在影片中。

就是此刻——

二〇一一年三月十一日兩點四十六分。

眾人才感覺到一股地鳴般的聲響出其不意而來，下一秒，影片中的風扇就大幅搖晃。

鈴愛失去平衡，站都站不穩，緊緊抓著面前的桌子。

她的視線突然注意到剛才的蝴蝶。蝴蝶輕輕飛舞，消失在窗外。天空的藍與蝴蝶翅膀的藍色兩相呼應，絕美到駭人。

後來，鈴愛才知道這場東日本大地震對東北地方造成的影響，遠遠超過東京。

地震這天舉行的發表會，儘管進行到一半中斷，但以結果來說是成功收場。他們得到不少投資客的投資申請。

實在諷刺，由於東日本大地震的影響，貨運業者幾乎停止送貨，因此律和津曲去岩堀的工廠，討論如何解決零件調度遲滯的問題。在津曲的說服下，岩堀的工廠願意接單生產自然風扇。律和津曲風風火火忙著生產事宜，鈴愛卻一個人魂不守舍。

離地震發生已經過了三天，她還無法聯絡上裕子。仙台那邊有些地區的電話已經恢復通話，有些地區還沒有。儘管如此，她還是不停地打著裕子的電話號碼。一般人都知道，在災害發生時不可以一直打電話占線，但鈴愛克制不住，期盼盡早聽到裕子的聲音。

她仍記著裕子說過的話：從醫院窗戶能夠看到大海。

每次看到電視上重播海嘯畫面，她就會想起這句話，進而喘不過氣來。每家電視台輪番播放，鈴愛無法打開電視。秋風和小誠也很擔心。他們希望多少能夠同步消息，頻頻與鈴愛互通電話。但是誰也沒能與裕子說上話。

花野第一次遇到地震，臉上的表情卻比想像中更平靜。看到鈴愛來接，她面不改色地走到鈴愛身旁，以穩重可靠的語氣說：「媽媽，妳為什麼要來接我？我可以自己一個人回去。」

儘管如此，每次發生餘震，花野就會來找鈴愛。鈴愛會緊緊抱住女兒，直到餘震結束。

「今天啊，學校老師說東北的情況很糟糕。東北是指哪裡呢？」

「仙台……福島等地方。」

「仙台，裕子姊姊在的地方，仙台，裕子姊姊！裕子姊姊沒事吧？」

看到花野直視著自己這麼問，鈴愛有些無措，卻微笑說：「嗯……一定不會有事的。」

聽到她的回答，花野的臉上有些不安，再度緊緊抱住鈴愛。

鈴愛在Sparrow Rhythm工作室裡接到小誠的來電。電話響鈴一聲聲揪緊她的心臟，刺激著她的神經。

小誠說，他與裕子家聯絡上了，但只和裕子的丈夫洋二通到電話。聽說他們還沒有聯絡上地震那天人在醫院當班的裕子。

「她失蹤了？」鈴愛感覺自己臉上的血色盡褪。

小誠連忙安撫：「仙台現在一片混亂，還有很多人無法聯絡上，也許裕子就在某個避難所。洋二先生說一旦確認裕子平安，就會立刻聯絡我們，到時我會通知妳。」

「嗯……」

「鈴愛，妳還好嗎？裕子一定沒事的，相信我！」

「嗯……我知道。」掛斷電話後，鈴愛淚水盈眶。

律走近，輕輕擁住她的肩膀。「我們就相信她一定在某個地方平安無事吧。」

「嗯。」

明明已經不再看電視報導，但那混濁、驚人的海嘯畫面，仍烙印在腦海中。

鈴愛恐懼得不得了。

原本一臉不受影響的花野，突然說明天起不想去小學上課。問她是不是因為害怕地震，她說不是。

鈴愛勉強把花野送出門後，還以為她去上學了。沒想到花野跑去公園打發時間，等到鈴愛去上班，才偷偷回到家裡。

鈴愛去找花野的班導，才得知花野缺席沒去學校，以及遭到霸凌。

地震發生那天，花野在地震停止後鬆了一口氣，不小心失禁了。倒楣的是，這件事居然讓愛惡作劇的男同學發現。班導說，其他孩子們或許也因為地震的影響，無法保持平常心，進而做出霸凌的行為。

從學校回到家之後，花野抱腿蜷曲著。

「為什麼不願意告訴媽媽呢？」鈴愛盡可能以溫和的語氣問。

儘管如此，她的聲音還是透露出些許狼狽。她原以為母女兩人可以無話不談，所以對於現狀感到十分無措。

花野默不作聲，氣氛凝重。

「小花，妳不是本來什麼事情都會告訴我的嗎？」

「我沒有什麼事情都告訴妳。」

鈴愛被這句話刺傷。的確如此，花野的心是屬於花野的。

鈴愛嚥了嚥口水，凝視著女兒的眼睛，提議幫她轉學。花野就讀的小學明年也不會重新分班。與其和霸凌的孩子繼續待在同個班級，鈴愛認為不如去其他學校認識新朋友。

鈴愛詢問花野想要怎麼做。一開始，她聽到可以不用去原本的學校，臉上綻放光亮，後來又露出猶豫的表情。大概不想和朋友分開吧。

這時手機傳來電子郵件的提示音。

寄件人是小誠，他來報告今天也和洋二聯絡了，但還是沒有裕子的消息。郵件最後寫著：「鈴愛妳要好好堅持住，裕子一定還活著。我相信她，畢竟她是秋風塾出來的人！」

「秋風塾出來的人是怎樣……」

鈴愛想笑卻笑不出來，只簡短回覆「收到」，接著再度詢問花野是否考慮轉學。

「小花轉學的話，是不是就變成膽小鬼？是不是逃跑了？」花野問。

鈴愛搖頭。「不是，小花，妳不是逃跑，只是前往正確的地方而已。那是沒有必要打的戰爭，所以我們就換個地方，簡單粗暴。這樣懂嗎？」

「懂一半。」

「懂一半就夠了。有那種孩子在的地方，我們沒有必要奉陪。」

「好。」

「妳尿褲子的事情在二十年後，一定會成為有趣的回憶，妳甚至可以炫耀自己是個情感豐沛的人。」

「是嗎？」花野不安地問。

鈴愛朝她堅定點頭。「嗯，對，所以妳完全不用放在心上。好了，那麼，這件事情到此結束。我們今天吃咖哩喔。」

「太好了。」花野的臉上浮現笑容，但那抹笑不同以往，似乎少了雀躍的感覺。

結果，在鈴愛去買東西的時候，花野不見了。

鈴愛在住處附近到處找，但沒有花野的蹤影。她猜想花野會不會躲在家裡，於是回家徹底翻了一遍，卻還是沒找到人。

這時候，門鈴響起，鈴愛以為花野回來了，急忙跑向玄關。站在門外的是律，他說火箭大使的哨子掛在他家的門把上。

「我猜大概是妳來過，或是小花來過。」

「是小花……小花跑去哪裡了？」鈴愛魂不守舍地說。

手機一響她立刻接起，打來的是麥。她說花野現在人在藤村家。終於放心的鈴愛差點站不住，卻又因麥接下來說的話一陣心痛。

麥說，花野想要找涼次，所以跑去藤村家。

「可以讓他們見面嗎？」

「……我還怕太晚讓他們見面了。」其實鈴愛一直打算讓花野和涼次見面，一直在等適合的時機。只是沒想到先碰上大地震。

掛掉電話後，鈴愛告訴律已經找到花野了。

「她跑去找阿涼了。我這個媽媽果然不合格吧。」

「等一下，鈴愛。」

聽到鈴愛語氣落寞，律端起架子，把哨子拿給她看。

「小花去找阿涼先生之前，先來了我家，還留下『我來過了』的記號。這代表著什麼？代表找律也可以。說得更精確點，不就是她有事第一個想找的是我嗎？」

「你跩什麼跩呀。」聽完律的推理，鈴愛稍微笑了出來。

律面帶微笑，以溫柔的嗓音說：「她也有一些無法告訴媽媽的事情嘛。」

「在學校失禁的事情也沒有跟我說，卻告訴了你。」

花野把失禁的經過詳細告訴過律。霸凌者嘲笑她的時候，一個叫小燈的女孩子拿抹布擦掉失禁的尿液，再拉著花野的手說：「我們去保健室。那裡有多的內褲。」霸凌者繼續嘲笑花野好髒的時候，小燈還揍了對方一拳。這些事，花野都告訴了律。

「小花是因為顧慮裕子的事情。」

聽到律這句話，鈴愛愣了一下。

「雖然我不清楚在小花心中是否有具體的想法，她的小腦袋瓜是否能夠理解，但……小花或許也有自己的打算，不想讓媽媽要擔心裕子之外，還得擔心她。我在想，她或許也明白無法聯絡上裕子，代表的是什麼意思。」

「唉，都怪我，大概焦慮都寫在臉上。不行，我這樣沒資格當媽媽，這種時候我應該要保護小花才對啊！」鈴愛掩面。

律繞到鈴愛面前，抓住她的手慢慢拉開，接著直視她的眼睛。

「鈴愛，不要一個人扛，否則我是為了什麼而存在的呢？」

鈴愛不安地回看律的臉，輕輕點頭。

花野想要在轉學之前，去謝謝小燈的幫忙，於是她帶著小燈寄來的賀年卡，要涼次帶她去小燈家。她甚至從塞滿鈴愛寶物的抽屜裡，拿出貓頭鷹胸針要送小燈。花野記得鈴愛說過，將來有一天花野結婚時，會把這個胸針交給她。

「我還沒有要結婚，不過我想這個就是小花的東西了。這個貓頭鷹的眼睛好可愛，所以我想送給小燈。」花野對涼次說。

涼次告訴她這個胸針很貴時，花野嚇得瞪大了雙眼。

鈴愛匆匆忙忙趕到藤村家，從麥那兒聽了整件事的始末。這時花野已經睡著了。

「這陣子給妳們添了許多麻煩，真的很抱歉。」鈴愛低頭鞠躬。

光江苦笑著說：「妳說那什麼話啊，鈴愛。怎麼那麼客套，我們不是一家人嗎？」

這句話令鈴愛十分感動。她一個人一邊工作，一邊拉拔花野長大，過程中受到光江她們不少幫助；不止寄放或幫忙接送花野，有光江她們在身旁，鈴愛在心理上也獲得很大的支持。

「你這傢伙做了那種事情，怎麼還有臉回來見我們！」光江狠狠一瞪。

涼次不敢吭聲，小聲咳了咳，走到鈴愛面前直視著她。

「鈴愛，趁著這個時候，光江嬸嬸、麥嬸、瑪麗嬸嬸都在，我有話想要對妳說。」

光江她們還沒想到他準備說什麼，涼次已先一步開口，說出這陣子一直在考慮的想法。

「鈴愛，我們要不要重新來過？」

這時，律回到住處，躺在床上仰望天花板。

他感覺口袋裡有東西，伸手一拿，發現哨子放在口袋裡。他忘了要還給鈴愛。

律突然看向外面，他知道鈴愛現在去藤村家接花野，也知道涼次就在那裡。

「她可能已經不需要了……」

律獨自一人仍是一張撲克臉，手卻緊緊握住了哨子，握到發疼。

鈴愛背著睡著的花野回到家。

花野回到家，眼睛突然睜開，說要做螃蟹胸針。她說要用螃蟹胸針代替貓頭鷹胸針送給小燈。鈴愛也陪著她一起摺紙做胸針。

「小花，貓頭鷹胸針的事情對不起，那個還不能給妳。」

「嗯，小花也要說對不起，我不知道那是很貴的東西，有點嚇到。」

花野對於螃蟹胸針似乎也很滿意。

「小花，妳想要再跟爸爸一起住嗎？」

「為什麼？為什麼這樣問？」

「因為有人向媽媽求婚了，應該說復婚。」

「什麼是復婚？」

「意思就是離婚之後又再度結婚，要我再嫁給他一次。」

花野「哦」的一聲表示驚訝，卻還是專心在螃蟹胸針的改良上。接著她抬起頭來，清楚明白地說：「可是，那是媽媽的事情，所以媽媽決定就好。」

「妳好成熟啊。」

「結婚要跟喜歡的人結。」

「嗯……媽媽有其他喜歡的……重要的人。」

聽到花野這麼直白，鈴愛也有些難為情地坦白。

結果花野很乾脆地說：「早就知道了。」

「咦，妳知道？早就知道？誰？」

「……律。」

花野的答案讓鈴愛重重趴倒在地上。

「七歲小朋友都能看穿……小花，以後妳一個月可以見到爸爸一次。」

「了改。」花野模仿鈴愛的口頭禪說。

「小花喜歡爸爸也喜歡律，喜歡小燈，也喜歡瑪麗嬸婆、光江嬸婆、麥嬸婆，也喜歡媽媽、喜歡阿正哥。我喜歡的人有很多。」

「那樣很好。」鈴愛輕撫花野亮澤的細髮。

「只要有很多喜歡的人，我就不怕地震。」

「是這樣嗎？」鈴愛問。

花野稍微想了想。「嗯……怕還是會怕，不過會少怕一點。」

「這樣啊，也對。」

「可是，小花全世界最喜歡的就是媽媽。」

「我們想的一樣，媽媽全世界最喜歡的也是小花。」鈴愛緊緊抱住花野。

花野哈哈笑著，緊抓住鈴愛。

儘管鈴愛笑著，心裡某處還是惦記著裕子。

地震發生已經過了一週，整個日本還在愁雲慘霧之中，或者該說民眾終於開始感受到災害的嚴重與駭人。但日子還是要過；人還是要工作，還是要吃東西。

在一片兵荒馬亂中，Sparrow Rhythm 也很努力地運作著。受到地震的影響，零件停止供應，岩堀的工廠也無法調到零件，生產延遲。

鈴愛和律打電話給西日本每一家沒有受地震波及的零件工廠，想收集自然風扇所需的零件。但眾人的想法都一樣，因此無論任何一家工廠，零件都已經被大型製造商壟斷。

律曲提議改找國外的工廠生產，於是他們決定放寬生產工廠的搜尋條件。

就在這時候，洋二來電。

鈴愛惶恐不安地接起電話，聽洋二說：「還沒有找到裕子。」她失望地垮下肩膀。

他接著說：「不過，今天秋風羽織老師過來了……小誠先生阻止過老師，說會增加我們的負擔，所以老師要我保密。沒想到老師也有這麼可愛的地方。」

秋風就像是裕子的爸爸；結婚時，把裕子交到新郎手上的人也是秋風。他一定也為了裕子的消息坐立不安吧。鈴愛眼前彷彿可以看見菱本拚命阻止秋風的模樣；明明告訴了他那邊還很危險、現在去會給人添麻煩，但老師理都不理。

「秋風老師的三位弟子不是都有拿到他的漫畫原稿？」

「啊，對。」

「裕子很寶貝、很寶貝那份原稿，只讓我看過寥寥幾次。老師說他目前正在畫那部漫畫的續集，聽說會刊登在下一期的《非洲菊月刊》上，說是為了畫給歸來的裕子看。」

聞言，鈴愛胸口湧上一股情緒。她可以深刻感受到秋風祈求裕子平安的那份心，以及洋二的心意。

「所以我在想，都讓秋風老師做到這種地步，裕子也只能回來了，否則對不起老師。」說完，洋二笑了，那笑聲像是在替他自己打氣。「我沒說錯吧？鈴愛小姐，我打電話來，就是想告訴妳這件事。」

「對，沒錯，你說得對。唯我獨尊的秋風羽織都出手為她畫漫畫了，怎麼可能不回來！裕子沒那麼不識抬舉。」鈴愛眼眶泛淚笑著。

「所以啊，鈴愛小姐。」

「是。」

「妳也別擔心裕子，好好工作吧。」

洋二聽裕子提過自然風扇的事情。洋二表示，自然風扇一旦開賣，他也想擺在他的家居店裡。對方問起進展如何，鈴愛老實坦承，目前為了調度零件煞是辛苦。洋二說他會幫忙問問他認識的國外零件工廠。對於要不要麻煩洋二這種事情，鈴愛很猶豫，畢竟他剛遭遇地震，又正在擔心裕子的安危。

洋二淡然笑了笑。「……我沒有什麼能做的，只能擔心裕子。」

他說自己也正好藉此轉移注意力。鈴愛滿懷感激地接受他的好意。

律和涼次在Sparrow Rhythm的電腦前，一邊看著影片一邊討論。涼次的影片也決定在群眾募資網站上播放，因此需要長度較短的版本。兩人就是在開會討論這件事。

「你們要採群眾募資的方式呀？在電影界也常有這種情況，不過是在國外。」

涼次看著自然風扇的網頁，興味盎然地說。律苦笑。

「雖然幾乎募不到什麼錢，不過總比什麼也不做好。啊，鈴愛她今天出去開會了。」

鈴愛說自己在外頭還有其他會要開，所以在涼次出現前就匆忙離開了。涼次大概之前多少就有心理準備自己要和律兩個人單獨討論。

「啊，沒關係。那個，就麻煩你了。」涼次突然對律鞠躬。

「咦，啊？你是說這個？」律指著涼次的影片問。

涼次稍微笑了笑，搖頭。「不是，我是指鈴愛。這種時候我也很擔心她，不過……我已經沒有資格了。」

「是……嗎？」

「對，她已經很明白地……呃，拒絕了我。所以鈴愛就麻煩你了。」

律表面上微微頷首，心中卻十分鄭重地承接下這句請託。

晚上，小誠突然跑來鈴愛家。他說收到粉絲送的螃蟹，想起花野喜歡螃蟹。

鈴愛一邊準備螃蟹火鍋一邊想，小誠大概也沒辦法自己一個人獨處吧。

有螃蟹吃的小花很開心，他們隔著她天南地北閒聊著，感覺快壓垮自己的不安也因此稍微緩和。

吃完螃蟹火鍋，花野睡著後，小誠問能否打開電視。

小誠轉到ＮＨＫ頻道。新聞畫面顯示罹難者名單，正一一念出每個人的名字。小誠每天都像這樣確認罹難者的名字；鈴愛則因為很害怕，連一次都不敢看。

這天，直到最後都沒有出現裕子的名字。

「別擔心，鈴愛。」小誠說。

「嗯。」鈴愛輕輕點頭。這樣的對話在兩人之間重複了無數次。

「對了，這個。」小誠突然從口袋拿出一顆牛奶糖。

「給妳。」

「小誠為什麼帶著牛奶糖？」

「我畫著畫著就會想吃甜的東西，所以隨身帶著牛奶糖，就像護身符一樣。妳不覺得四方形的牛奶糖看起來很安心嗎？」

「什麼啊？」鈴愛笑了笑。

「因為啊，牛奶糖是像這樣正方形的，有很可靠、很穩固的四個角。打開來吃下去，好甜。啊，不安的時候就吃一顆吧，我還有。」

「……什麼奇怪的護身符。既然這樣我就收下了。」說完，鈴愛把牛奶糖放進口袋裡。

鈴愛正在Sparrow Rhythm開會，岩堀也加入討論。

他們在洋二的協助下，與國外的工廠交涉，目前也順利進行中。既然已經向投資者們募集到資金，無論採用什麼方法，都必須在今年內完成生產。

這時，鈴愛的手機振動。「不好意思，我接個電話。」

鈴愛離席，來到走廊上察看手機，來電顯示是小誠。鈴愛的臉色瞬間變得晦澀。

「啊，鈴愛，我是小誠。」

那個聲音聽起來很遙遠，與平常有些不同。

「嗯……」

「裕子，聽說找到了……」

「嗯……」

「她死了……」

鈴愛發出小小的聲音回應，卻說不出半句話。

耳朵拒絕聽到，腦袋拒絕理解，但惡耗還是一點一滴、毫不留情地滲入鈴愛心裡。

失去妳，我的世界只剩下一半。這消息比我在九歲夏天失去一邊聽力時，還要震驚數千倍。待在這個世界，已經無法再見到妳了。

裕子的葬禮只限家人參與。

之前有請洋二幫忙，所以鈴愛他們希望至少能送個花，徵求洋二同意。

葬禮在何時何地舉行，這些消息全由小誠負責通知。因為一個個打電話會造成洋二的負擔，小誠自願包辦所有聯絡事務。

收到通知後，鈴愛變得失魂落魄，每天都過得魂不守舍，也沒有食欲。有時望著半空中發呆，也會毫無前兆就突然掉眼淚。她原本熱心參與自然風扇的工作，現在也幾乎都不碰了。看著鈴愛日漸憔悴，律決定放她去休假，叫她回岐阜走走。還說花野也在放春假，這樣正好。

於是鈴愛帶著花野回去岐阜。

回到娘家後，鈴愛躲在自己的房間裡，闔家團圓時也沒出現。

鈴愛躺著，茫然仰望天花板，突然從包包裡的鉛筆盒拿出裕子送她的沾水筆，用筆尖刺進自己的食指。感覺到一陣刺痛後，血珠冒了出來。

「流血了，我還活著……」鈴愛望著鮮紅的血，再度熱淚盈眶。

到了晚上，鈴愛終於離開房間來到樓下，看到屠夫和菜生在杉菜食堂等她。

草太為了讓鈴愛恢復精神，把他們兩人找來。

一看到兩人的臉，鈴愛再度湧上淚水。他倆活力充沛、比手畫腳地聊著天。看到那個樣子，鈴愛又哭了。

少了鈴愛，律和津曲在Sparrow Rhythm裡一臉嚴肅地談話。

零件已經陸續收集到手，可是現有的零件能做出的設計有限，因此眼前不得不變更自然風扇的設計。

「要我來說，這也是個壯士斷腕的決定。」

「可是這部分的設計，是來自鈴愛一開始想到的點子。」

「但我想她現在什麼也決定不了吧。」

津曲的態度戰戰兢兢，說的話卻十分毒辣。律瞪了他一眼，津曲立刻道歉。

「啊，用不著道歉，你說得也沒錯。可是Sparrow Rhythm是我們兩個人的公司……自然風扇也是我們兩人一起做的電風扇。我一個人不能決定。」律說得決絕。

「等她回來再說，反正我已經等她四十年了。」說這話的律，臉上有著無可動搖的平靜。

津曲忍不住吸吸鼻子。「啊……該怎麼說，我有點感動。」

他的眼中泛起水霧，接著在記事本的「變更設計」旁打上一個大叉。

鈴愛對著佛壇雙手合十，看著和子的照片。照片中的和子以文靜的笑容注視著她。

她在想，如果這種時候能找和子說說話該有多好。

回到客廳後，彌一端出餅乾招待，是懷念的寶石餅乾。聽說鈴愛不管發生什麼事，只要有寶石餅乾就會恢復精神，所以和子特地在過世前把做法教給了彌一。

看到鈴愛忍不住哭出來，彌一手忙腳亂地遞上面紙。擦乾眼淚，擤了擤鼻子後，鈴愛稍微冷靜下來。她吃下寶石餅乾。有點烤焦，但仍是記憶中的味道。

「叔叔，你好厲害。」鈴愛小口吃著寶石餅乾，一邊說，「你好堅強。」

「什麼意思？」

「你有辦法跨越和子伯母過世的悲傷，像這樣好好活著。」

「我也是這樣以為，可其實不是這樣。悲傷永遠都會存在，我最近懂了。悲傷無法跨越，人只能與悲傷共存，帶著悲傷活下去，無法忘懷，而且隨時都有可能掉眼淚。」

彌一注視著裝飾在客廳裡的和子照片，稍微笑了笑。

「話雖如此，只要活下去，時間就會往前走，也會有好事發生。我聽到翼拍的照片得獎時很開心。鈴愛，我在想，死去的人不是消失了，他們就在這裡。」

彌一輕輕按住自己的胸口。

「每個人都活在生與死之間，最後死去。只是我們現在仍活著。不管是出生或死亡，都沒什麼特別的。我甚至覺得，誕生就值得慶賀，死亡就應該悲傷，這樣不對。」

鈴愛理智上明白彌一所說的，心裡卻不明白。她的心還在哀悼，悲傷得不得了。

彌一建議鈴愛去看看裕子。他說，必須先接受事實，否則無法往前走。

洋二阻止他們去參加葬禮。他說因為當地的情況仍然一團亂，而且還有餘震。鈴愛原本也在想，既然這樣就別去吧，可是她不去的真正原因，其實是因為害怕。她害怕親眼看到裕子的死。

從照相館回到娘家的鈴愛，猶豫了一會兒之後打電話給洋二，接著立刻動身前往仙台。

這是她第一次去裕子家。之前說過好幾次要去玩，最後卻沒有實現。

接待鈴愛的洋二送上茶，臉上帶著穩重的笑容。

鈴愛喝著茶，瞥了一眼裕子的遺照。四方形的盒子用白布包著，白得嚇人。

「我可以抱抱裕子嗎？」

「咦？啊，請。」

鈴愛捧起裝在四方形盒子裡的裕子，盒子拿起來沉甸甸的。她輕輕抱住裕子。

鈴愛想起自己抱著裕子那一晚的情景。裕子說：「妳就是我的生命。」那個溫暖的身體、那個聲音，她依然可以清楚憶起。

鈴愛抱著四方形盒子裡的裕子，靜靜流淚。

正人沒有事先打招呼，就突然出現在Sparrow Rhythm。他說自己是過來找在共享辦公室工作的設計師拿書本裝幀插畫。

正人問：「鈴愛呢？」

律簡短回答：「仙台。」

「啊……她終於還是去了。」裕子的事情，正人也知道了。

這時郵差找上門。「Sparrow Rhythm的快遞。」

律道謝之後收下，那是寫給鈴愛和律的信。

翻過背面看看寄信人是誰，上面寫著秋風羽織。

「是秋風老師……」

「既然派快遞送來，是不是最好趕快看一下？」

律很猶豫。他不希望鈴愛不在場自己就先拆信，但他也擔心會不會如正人所說，是很緊急的內容。

律把信拆開，開始看起。

「鈴愛、律，你們好嗎？

我寫這封短信來，是想要說：

人生不斷反覆著希望與絕望，

但是，人，擁有想像力，

擁有作夢的能力。

不管今天過得多糟，明天，今後，還是能夠作夢。

能否在逆境中想著還有路可走，想著未來一定光明，這些都端看個人。

我相信律和鈴愛，都有這份堅強。

秋風羽織」

看完秋風的一席話，律想起鈴愛說過自己是「幸福的天才」。律問自己，我有作夢的能力嗎？他思考著，自己或許不擅長從零開始作夢，但如果是跟鈴愛一起，就能把鈴愛從零變成一的夢想，再變成一百。

現在是這樣，今後也一定也是如此。

律想早一步讓鈴愛看到秋風這封信，他認為此刻的鈴愛很需要這段話。

他還不清楚鈴愛什麼時候回來，不過他相信此刻一步也動彈不了的鈴愛，一定會再度踩出強而有力的步伐向前走。就像鈴愛堅信律是天才一樣，律也相信著鈴愛，他相信鈴愛試圖活下去的力量。

「你為什麼讓她一個人去仙台？」正人問。

律靜靜回答：「裕子和鈴愛的關係是屬於她們兩人的東西，我去只會顯得多餘。我想還是讓鈴愛一個人面對裕子比較好，否則她無法真正接受裕子的離世，也無法跨過這件事。」

「我也不是不懂……」

「洋二先生應該也想見見鈴愛。我想，鈴愛對於裕子來說不只是單純的好友，大概也有特別的意義。」

「嗯……律，你一直以來都或近或遠地守護著鈴愛吧。」

「我來到這個世界的意義，就是為了守護鈴愛。」

在得知自己比鈴愛早一步誕生之時，律就覺得，這樣的安排大概就是為了守護鈴愛吧。從此以後，他經常有這種念頭。對此，他認為是義務，是自己存在的意義，也覺得天經地義，不曾改變。而現在，只要待在能守護鈴愛的地方，他就覺得很幸福了。

「這句話，你不對她本人說嗎？」

「不說。」律的態度堅定，說完又瞪著正人叮嚀：「你也不准說。」

「了改。」正人模仿鈴愛的口頭禪，接著把分別從他們兩人口中聽到的想法藏在心裡，淡淡一笑。

在洋二的盛情款待下，鈴愛和他一起吃著裕子生前喜歡的甜點。

鈴愛一邊吃著甜點，一邊失神地看著骨灰旁裕子的照片。她突然注意到照片旁放著一本書，那是小誠的《幫我問候女光源氏》最新一集。

「咦？小誠，來過了……？」鈴愛忍不住問，洋二點頭。

據說小誠想讓裕子看看完結篇，所以帶著書過來一趟。

「太卑鄙了……大家都這樣。」

他們一個個交代她不准現在去仙台、會給人家添麻煩，結果不止秋風老師，連小誠也來過。可鈴愛也十分明白他們無法不來的心情。

「這邊還有連續餘震，而且那個……還有很多地方沒有整理完畢，找人來是不太方便……而且我也沒有體力一一奉陪……」

「啊，對不起！」鈴愛連忙起身道歉。

洋二露出淺淺微笑，擺擺手。「沒關係，我懂你們有這份心，也考慮過我們的狀況。我們畢竟也是人，你們能過來看看，我很高興，也因為你們的溫暖而感到安慰。」

洋二稍微擦去淚水，再度面帶微笑。

「裕子經常提起妳，三不五時就說鈴愛啊、鈴愛怎樣。每次提到妳，她臉上總是前所未見的快樂，我都快要吃醋了。」

聽到洋二這番直白的敘述，鈴愛感覺裕子真的被這個人愛著。

這時，鈴愛突然注意到雨聲。

「下雨了嗎？」

「啊，對，從剛才開始下起小雨。」

「我因為左耳聽不見，待在屋裡的話，很晚才會發現外頭在下雨。」

「裕子她——啊，我說這話妳別生氣。」

「好的。」

「她說過，鈴愛一邊耳朵聽不見，是她最迷人的地方。」

鈴愛笑了出來，她彷彿可以想像裕子說這話時的表情。

「很有裕子的風格。裕子很有品味，她可以畫出《等我五分鐘》這樣名稱超帥的漫畫，所以我懂她的意思，也完全不會生氣。」

「這樣嗎？」

「因為我們所有事情都會告訴彼此。」

「也是。」洋二再度微笑，接著表情變得有些苦澀，緩緩說起地震那天的事。

「裕子那天和平常一樣出門去醫院上班，在醫院被地震引起的海嘯吞沒。」

「啊，我在過來這裡之前，先去醫院看過了，我正好知道地址和醫院名稱。對不起，我這樣自作主張跑去，因為我無論如何都想要過去那邊看看。」

「看了之後……嚇了一跳吧？」

「……我留下了花。」

「裕子提過要在醫院導入你和律合作的Sparrow Rhythm自然風扇。她說身體虛弱的病患和老年人一定會喜歡。」

那天，逃到醫院附近高台上的人都得救了。

「聽裕子的其他護理師同事說……嗯，醫院裡不是有很多病患嗎？有些人能夠走動，有些人可以坐輪椅；但也有人是臥床不能動，或在加護病房，不是所有人都能移動。」

「嗯……是這樣沒錯。」

「聽說直到最後，裕子都一直陪著不能動的患者。」

鈴愛用力握緊腿上的雙手，指甲甚至都刺進肉裡了。

「護理師同事對裕子說，陪著患者也救不了對方，快逃吧！可是她堅持不走。以我們這裡的方言來說，當時情況已經是海嘯滾滾而來了。大家紛紛勸她快走，可是那傢伙，堅持不走，不肯離開崗位。」

淚水從鈴愛的眼眶流下，她克制不住大聲嗚咽。

她以手背粗魯地擦掉淚水，抽抽搭搭著向洋二道歉。「你應該比我難過好幾倍。」

「我是不清楚有沒有好幾倍，不過……」洋二沉著地說，「那傢伙就是那種人，我反而、因此、馬上就……釋然了。」他按著眼頭，把臉轉向一邊。

鈴愛想起裕子說過的話：「病患握住我的手，握得很堅定。」

裕子無法放開那隻堅定的手，始終緊握到最後。

她也覺得這做法很有裕子的風格。無論如何，鈴愛都希望裕子活下去，她希望裕子選擇活下去，但是裕子就是這種人。鈴愛也勉勉強強、慢慢釋然。

「我想，那也是一種生活方式。」

「……對。」鈴愛腦海中浮現如聖女貞德般美麗的裕子臉龐。

離開時，洋二說有東西想讓鈴愛聽聽，把手機遞給她。

那是裕子的手機。聽說是海浪打上附近的海邊才偶然發現的。電話本身已經壞了，但裡頭的錄音檔案還在。

洋二播放那個錄音，聲音非常清楚。

「唉，我是裕子。雖然不曉得之後會變怎樣，總之就先錄下這段話。」

那聲音原本聽起來很悠哉。後來大概是狀況時時刻刻在改變吧，她說著說著，漸漸變成像在留下「遺言」般沉重。

「小酷，即使媽媽不在了，你也要好好活下去，你一定可以的。洋二，對不起，我無法丟下病患不管就逃走，小酷就拜託你了。這些日子謝謝你……小誠，你可要好好畫漫畫啊！你是我們之中唯一存活下來的，又是當紅漫畫家，你要加油！」

彷彿想要甩掉嚴肅般，她刻意以開朗的語氣說話，這點也很有裕子的風格。

「鈴愛！鈴愛，好好活著！最後還這樣熱血大喊真是不好意思，不過，妳要連我的份一起活下去！然後闖出一番成就來，那是我的夢想。活下去！」

傳來裕子吸鼻子的聲音，她大概在哭吧，可是聲音仍舊開朗。

「怎麼辦……我，唱一首歌好了……」

原本一直安靜聆聽的鈴愛一邊哭，一邊輕輕笑了出來。「笨蛋……」

裕子真的開始唱起歌來。SHEENA & THE ROKKETS的〈You May Dream〉。那是鈴愛搬出秋風之家時，大家一起唱過的歌，也是裕子最愛的歌。

這時，有個婆婆的聲音在呼喚裕子。

裕子回應：「來了！」又說：「啊，有人按護士鈴，那就這樣。」

錄音到此結束。

「直到最後都匆匆忙忙的……」

洋二眼眶盈滿淚水，一邊淺淺微笑。鈴愛則無聲掉著眼淚。

即使最後，裕子沒有說自己有多害怕或不安，只是鼓勵著鈴愛他們，甚至連歌都唱了。

她不希望兒子、丈夫、朋友們，聽到自己最後的聲音是悲傷、難過的聲音吧，鈴愛心想。這點很有裕子的風格，真的很像她的作風。

鈴愛從洋二那兒複製裕子的錄音檔後，返回東京。

回到東京的鈴愛，直接往海邊去，就是離開秋風之家那天，她和裕子、小誠一起歡笑，一起跳舞的那個海邊。她沿著濱海公路走，小聲哼著〈You May Dream〉。

「一想到你啊，胸口好炙熱。總是憂鬱的雨聲，也成了森巴的節奏。」

鈴愛在防波堤坐下，拉開手中易開罐的拉環，是與小誠當時買來一樣的罐裝果汁。

她把另一罐果汁放在自己身旁。

她繼續哼著歌，接著突然看向身旁的罐裝果汁。「裕子，輪到妳唱了。」

海面一片寧靜，但鈴愛耳裡隱約聽見遠處裕子的歌聲。

鈴愛突然注意到口袋裡有小誠給的牛奶糖。她笑了笑，打開包裝，把牛奶糖扔進嘴裡。

好甜，這個甜味使她鬆了一口氣。

鈴愛讓牛奶糖在口腔裡轉了轉，一邊繼續唱著：「那是我美好的夢想，夢想夢想夢想。」

藍天中，有三隻白鳥並肩飛過，一如秋風在壁畫上畫的。鈴愛始終仰望著天空，直到看不見那些鳥的身影為止。

第二天早上，鈴愛用力打開Sparrow Rhythm的門。

「鈴愛。」律驚訝地喊。

鈴愛笑著說：「律，我們來做自然風扇吧。」

注意到鈴愛的眼睛恢復光芒，律也跟著微笑。

「正好熊本的工廠通知我們說有一家大公司暫停生產，所以他們有空替我們製作零件。」

「鈴愛，好好活著，連我的份一起活下去，然後闖出一番成就來！」這是裕子的遺言。我要活下去，實現她的夢想。鈴愛不假思索地宣示。

她要和裕子一起活下去。她會繼續向前進，也不會忘記裕子。

鈴愛緊緊握住手機裡裕子的聲音。

鈴愛開始為了自然風扇的上市發售積極行動。

他們好不容易找到零件，生產也總算就緒，仍有不少事情要做。要決定包裝、印製說明書、構思宣傳活動。鈴愛主動攬下這些事，替自己增加了許多工作。律很擔心她，要她休息，她卻恍若未聞。她不是在勉強自己工作，只是很投入而已，努力讓夢想逐步成形。

自然風扇的上市日期終於確定了。

二〇一一年七月七日，在商品上市之前，他們先行舉辦自然風扇的上市紀念派對，地點就在杉菜食堂。

「看！」

鈴愛拿出今天的主角給晴看。按下開關後，鈴愛叫晴站遠一點感受風。漩渦氣流被破壞之後，風的面積更廣。

沐浴在風中的晴，舒服地閉上眼。

「哦，啊，感覺很棒呢，讓我想起那個微風。」

聽到晴的話，鈴愛微笑。晴所說的就是仙吉他們長眠處所吹的風。鈴愛看到晴的神情，再次感受到能夠實現一直追求的微風，有多麼喜悅。

店裡掛上七夕的裝飾。隨風搖曳的矮竹更有效突顯出自然風扇風力的輕柔。

晴、宇太郎、草太，還有健人他們，所有人都認真布置、做菜、協助準備派對。

距離派對開始還有一段時間，屠夫夫婦、貴美香醫生等熟面孔也一一聚集到店裡來，說要來幫忙。先到的這群人已經先一步開始慶祝。

律還沒有出現。他在東京還有其他工作要處理，要到晚上派對開始前一刻才會抵達。

「要這樣寫。」來幫忙的彌一，教孩子們七夕短籤的寫法。

彌一也遞給鈴愛一張空白短籤。她拿著短籤，沉思了一會兒。

她想起不久前與彌一的對話。

「我老是給律添麻煩，老是耍得他團團轉，一直覺得對他很抱歉。」

說完，鈴愛低頭鞠躬。

彌一說：「沒有，不對，鈴愛。律因為有妳，人生才變得很快樂。妳帶給了他勇氣，和子也經常這麼說。」

「是這樣嗎？」

「鈴愛，叔叔認為呀，人與人之間的相處，不是單向的。乍看之下好像是妳老在依賴他，但是呀，不是這樣的。如果是這樣，你們兩個的關係不會持續這麼久。」

「真的嗎，叔叔？我一直都覺得對律很過意不去，還用哨子召喚他。」

「完全用不著過意不去。鈴愛願意吹哨子召喚律，他也覺得很幸福。唉，只是有時候會愛睏就是了。」彌一逗得鈴愛笑出來。彌一說的話還是和高中時一樣，聽起來合情合理。

可是，鈴愛還是覺得有些歉疚。就像律帶給自己幸福一樣，她也想帶給律更多更多的幸福。記起這個感覺，鈴愛用藍筆在白色短籤寫下心願。

「希望律能夠幸福。鈴愛」

接著，她把自己的心願悄悄地混入眾人的心願中。

在派對開始之前，鈴愛要先接受當地報紙的訪問。雖說這報紙只在岐阜當地發行，不過訂戶數量相當多。鈴愛很緊張。出現在鈴愛面前的，正是小林，就是那位以前和鈴愛去明治村約過一次會，就很乾脆分手的小林。

「好久不見。」小林率先打招呼，但鈴愛已經完全忘記這個人了。直到小林說曾經請她幫忙畫拷問道具，她才總算想起對方。

小林是很好的記者。原本很緊張的鈴愛，已然恢復成平常那嘴巴比羽毛還輕的狀態，侃侃而談自然風扇發明的來龍去脈。但她直到最後都沒能適應拍照這件事，站在自然風扇旁邊微笑的臉始終僵硬。

「……啊，好了。呃，報紙沒辦法讓妳校對內容和檢查照片，不過，啊，這個電風扇的名字叫自然風扇，沒錯吧？」小林謹慎確認了一遍。

鈴愛很明確地回答：「對。」

「因為母親生病，所以想到要發明這樣的電風扇，真的很棒。應該能夠寫成不錯的報導。」

鈴愛心不在焉聽著小林的話，看著晴的模樣。

晴正在將矮竹葉上的短籤整理整齊，她的頭髮隨著自然風扇的風輕輕搖曳。

鈴愛希望眼前美麗的場景，能就這樣持續到永遠。

小林看著行事曆，和鈴愛確定刊登日期。鈴愛突然回過神來，喊了一聲：「等一下。」

「等我一下，等等、等等、等等！」鈴愛示意小林別動，打電話給律。

「律，那個自然風扇，名字太普通了。我一直在想，這個名字太沒創意了，你也有同感吧？」

「……嗯，算是吧？」

「改叫『MOTHER』。」鈴愛自信滿滿地果斷說。

「取名叫MOTHER，這個名字，你覺得怎樣？」

「MOTHER。」律小聲說，似乎在感受念起來的感覺。

的確遠比自然風扇更好，可以確實傳達出「想讓媽媽吹柔風」的意念，也能夠讓人聯想到母親以前替孩子搖團扇時，搧出的微風。更重要的是，從鈴愛口中聽到這名稱的瞬間，律也有強烈的預感。他覺得就是這個了。

於是，鈴愛和律在上市日近在眼前的時間點，做出變更商品名稱的重大決定。

鈴愛立刻在食堂的角落，畫起MOTHER的商標設計。

她指派工作給屠夫他們，請他們幫忙聯絡相關單位，通知變更商品名稱。

「我們本來是來參加慶祝會喝酒的，為什麼變成要幫鈴愛工作？那傢伙果然得罪不起。」

屠夫抱怨著。菜生笑著說：「很好玩啊，感覺我們也參與在其中了。」

包裝和說明書都要重新印製，簡介手冊和廣告傳單等也全都要重做。

明知重印會浪費龐大的成本，但一起來的津曲鐵口直斷說，名稱改成MOTHER的話，銷量會增加五倍。

眾人好不容易在派對開始之前，成功讓一切能趕上原訂的上市日。

「非常謝謝各位！多虧有你們幫忙，產品才能夠準時上市！」

拿著玻璃杯的鈴愛帶頭乾杯，她再次對出手相助的眾人深深鞠躬。

「今天是MOTHER完成的，啊，剛剛才決定改名成MOTHER，總之很感謝各位前來參加MOTHER完成的上市紀念派對。就由小的我大膽帶領各位一起——」

說完，才剛高舉玻璃杯，拉門就喀啦一聲打開。

律衝了進來。「趕上了……抱歉，我遲到了！」

「律。」

律看向鈴愛，鈴愛也回望著律。兩人同時微笑。

「那麼——」鈴愛匆匆忙忙往律的玻璃杯裡倒入啤酒，再次和律齊聲帶領眾人舉杯高喊——「乾杯！」

下一秒，所有人拿出藏著的拉砲拉開。鈴愛和律驚訝地睜大眼，接著微笑看著眾人。「那個，今天是七夕，也是你們兩位的生日。距離現在幾十年前，兩位在我的岡田醫院誕生。」貴美香醫生說完，菜生和屠夫搬來一個大蛋糕。

這些似乎是眾人瞞著鈴愛偷偷準備的。

所有人齊聲高喊「生日快樂」，高舉酒杯互相碰撞。

鈴愛和律帶著滿臉笑意與每個人碰杯。

有些人，鈴愛沒有在當初慶祝找到工作時看過，也有些參加過慶祝會的人，如今不見蹤影；有些人是後來相遇又失去，也有些人不曾改變。鈴愛在眾人的歡笑中擁抱這一切，堅定自己要活下去的信念。

派對熱熱鬧鬧地結束。

律說自己必須馬上回東京。鈴愛告訴他，她請小林幫忙介紹了《專業報》等名古屋的媒體，確定要接受採訪。律說回東京再慢慢聊，還說他和津曲已經完成了上市的準備。

鈴愛送律離開杉菜食堂。

律才踏出一步就停下腳步。「啊，我忘了要把這個給妳。」

律把一直拿在手裡的東西交給鈴愛，細長的包裝上頭綁著緞帶。看到鈴愛訝異的反應，律微笑。「這是生日禮物。」

「咦……咦咦？我沒有跟人交換過生日禮物，不對，小學的時候好像有，可是後來就沒有了，所以我什麼都沒有準備。」鈴愛忐忑不安地說。

律笑著搖頭。「我已經拿到妳的禮物了，在那邊。」

「什麼？」

「我看到短籤了。」

「啊……」鈴愛面紅耳赤地垂下頭。

「這個是雨傘。」

「雨傘？」

聞言，鈴愛拆開包裝。裡頭的確是一把傘。

「好可愛。」

「這是能夠讓雨聲變好聽的傘。」

聽到律的話，鈴愛立刻想起高中畢業那個下雨天的往事。

那天，鈴愛問：「雨下在左邊是什麼感覺呢？」律揚起迷人的笑容說：「其實……雨打在傘上的聲音本來就不怎麼好聽，所以只有右邊聽到，不是也挺好的嗎？」

接著，鈴愛對律要求：「發明可以讓雨聲聽起來更美妙的傘吧。」

那時的約定，律為她實現了。

可是，雨遲遲不肯下來，我在等待。我想像著下雨的聲音，光是想像也很愉快。律總是為我帶來意料之外的幸福。

就這樣，還沒等到下雨，就要返回東京了。

鈴愛牽著花野的手，匆匆忙忙往玄關走。

先一步走出門外的晴告訴她：「雨天，天氣預報是雨天。」

外面本來很明亮，走出去還真的開始下雨。鈴愛連忙撐起律送她的傘，站在雨中。

晴和花野也跑進傘下。三人豎起耳朵聽著雨水落在傘面上的聲音。

那聲響真美。每當雨水在傘面彈跳，就能聽見清澈、響亮的聲音。

鈴愛三人驚呼，互看彼此。

「是雨的旋律。」

鈴愛聽著雨聲，抬頭仰望，雲間可以窺見藍藍的天。

（全書完）

國家圖書館出版品預行編目資料

半邊藍天 / 北川悅吏子著；緋華璃，黃薇嬪譯. -- 初版. -- 臺北市：春光，城邦文化出版：家庭傳媒城邦分公司發行，民109.01
冊； 公分
譯自：半分、青い。
ISBN 978-957-9439-86-2 (第3冊：平裝)

861.57　　108019331

半邊藍天3（完結篇）

原著書名／半分、青い。
作　　者／北川悅吏子
譯　　者／緋華璃、黃薇嬪
企劃選書人／何寧
責任編輯／何寧

版權行政暨數位業務專員／陳玉鈴
資深版權專員／許儀盈
行銷企劃／陳姿億
行銷業務經理／李振東
副總編輯／王雪莉
發 行 人／何飛鵬
法律顧問／元禾法律事務所　王子文律師
出　　版／春光出版
台北市 104 中山區民生東路二段 141 號 8 樓
電話：(02) 2500-7008　傳真：(02) 2502-7676
部落格：http://stareast.pixnet.net/blog　E-mail：stareast_service@cite.com.tw
發　　行／英屬蓋曼群島商家庭傳媒股份有限公司城邦分公司
台北市中山區民生東路二段 141 號11 樓
書虫客服服務專線：(02) 2500-7718 / (02) 2500-7719
24小時傳真服務：(02) 2500-1990 / (02) 2500-1991
服務時間：週一至週五上午9:30～12:00，下午13:30～17:00
郵撥帳號：19863813　戶名：書虫股份有限公司
讀者服務信箱E-mail: service@readingclub.com.tw
歡迎光臨城邦讀書花園　網址：www.cite.com.tw
香港發行所／城邦（香港）出版集團有限公司
香港灣仔駱克道 193 號東超商業中心 1 樓
電話：(852) 2508-6231　傳真：(852) 2578-9337
E-mail : hkcite@biznetvigator.com
馬新發行所／城邦（馬新）出版集團　Cite(M)Sdn. Bhd
41, Jalan Radin Anum, Bandar Baru Sri Petaling,
57000 Kuala Lumpur, Malaysia.
Tel: (603) 90578822　Fax:(603) 90576622　E-mail:cite@cite.com.my

封面設計／木木 Lin
排　　版／極翔企業有限公司
印　　刷／高典印刷有限公司

■ 2020 年 (民 109) 1 月 30 日初版一刷　　Printed in Taiwan

售價／380元

ISBN　978-957-9439-86-2

廣　告　回　函
北區郵政管理登記證
台北廣字第000791號
郵資已付，免貼郵票

104 台北市民生東路二段 141 號 11 樓

英屬蓋曼群島商家庭傳媒股份有限公司

城邦分公司

請沿虛線對折，謝謝！

愛情．生活．心靈

閱讀春光，生命從此神采飛揚

春光出版

書號：OG0034　書名：半邊藍天 3（完結篇）

請於此處用膠水黏貼

讀者回函卡

謝謝您購買我們出版的書籍！請費心填寫此回函卡，我們將不定期寄上城邦集團最新的出版訊息。

姓名：________________

性別：□男　□女

生日：西元________年________月________日

地址：________________

聯絡電話：________________　傳真：________________

E-mail：________________

職業：□ 1. 學生 □ 2. 軍公教 □ 3. 服務 □ 4. 金融 □ 5. 製造 □ 6. 資訊

□ 7. 傳播 □ 8. 自由業 □ 9. 農漁牧 □ 10. 家管 □ 11. 退休

□ 12. 其他 ________________

您從何種方式得知本書消息？

□ 1. 書店 □ 2. 網路 □ 3. 報紙 □ 4. 雜誌 □ 5. 廣播 □ 6. 電視

□ 7. 親友推薦 □ 8. 其他 ________________

您通常以何種方式購書？

□ 1. 書店 □ 2. 網路 □ 3. 傳真訂購 □ 4. 郵局劃撥 □ 5. 其他 ______

您喜歡閱讀哪些類別的書籍？

□ 1. 財經商業 □ 2. 自然科學 □ 3. 歷史 □ 4. 法律 □ 5. 文學

□ 6. 休閒旅遊 □ 7. 小說 □ 8. 人物傳記 □ 9. 生活、勵志

□ 10. 其他 ________________

請於此處用膠水黏貼